LUZ
ANT
IGA

LUZ ANTIGA

JOHN **BANVILLE**

TRADUÇÃO **SERGIO FLAKSMAN**

Texto fixado conforme as regras do Novo Acordo Ortográfico da Língua Portuguesa (Decreto Legislativo nº 54, de 1995)

Título original: *Ancient light*

Editor responsável: Alexandre Barbosa de Souza
Editor assistente: Juliana de Araujo Rodrigues
Revisão: Bruno Costa e Ana Lima Cecilio
Capa e paginação: Luciana Facchini
Imagem da capa: Ferdinando Scianna/Magnum/LatinStock
Tratamento da imagem da capa: Wagner Fernandes / Photato

1ª edição, 2013

Dados Internacionais de Catalogação na Publicação (CIP)
(Câmara Brasileira do Livro, SP, Brasil)

Banville, John
Luz antiga / John Banville
tradução: Sergio Flaksman
São Paulo: Globo, 2013.
Título original: Ancient light.

ISBN 978-85-250-5411-1

1. Ficção irlandesa I. Título.

13-04413 CDD-IR823.9

Índices para catálogo sistemático:
1. Ficção: Literatura irlandesa IR823.9

Direitos de edição em língua portuguesa para o Brasil
adquiridos por Editora Globo S.A.
Av. Jaguaré, 1485 – 05356-030 – São Paulo – SP
www.globolivros.com.br

in memoriam
Caroline Walsh

O Broto está em botão. A Lama é Marrom.
Sinto-me pronta como uma Pulga.
As coisas podem dar errado.

CATHERINE CLEAVE, NA INFÂNCIA

I

BILLY GRAY ERA O MEU MELHOR AMIGO, e me apaixonei pela mãe dele. Talvez dizer que me apaixonei seja forte demais, mas não conheço palavra mais fraca que se aplique. Tudo aconteceu meio século atrás. Eu tinha quinze anos, e a sra Gray, trinta e cinco. Essas coisas são fáceis de dizer, já que as palavras em si não sentem vergonha nem podem ser surpreendidas. Talvez ela ainda esteja viva. Teria, o quê, uns oitenta e três, oitenta e quatro anos? Hoje em dia, nem é mais uma idade tão avançada. E se eu saísse à sua procura? Uma saga e tanto. Eu gostaria de me apaixonar de novo, só mais uma vez. Podíamos tomar uma série de injeções à base de glândulas de macaco, ela e eu, e voltar a ser como éramos cinquenta anos atrás, perdidos em enlevos. Tento imaginar como andarão as coisas com ela, supondo que ainda esteja viva. Ela era tão infeliz naquela época, tão infeliz, devia ser, apesar de sua alegria destemida e invariável, e espero sinceramente que não tenha continuado na mesma infelicidade.

O que me lembro dela, aqui nesses dias pálidos e suaves de passagem do ano? Imagens do passado distante se aglomeram na minha cabeça, e quase nunca sei dizer se são memórias ou invenções. Não que exista muita diferença entre as duas, se é que existe qualquer diferença. Há quem diga que, sem percebermos, vamos inventado tudo à medida que avançamos, com bordados e enfeites, e me inclino a concordar, pois a Senhora Memória é muito dissimulada e sutil. Quando olho para trás tudo é fluxo, sem começo e correndo para fim nenhum, ou nenhum que eu vá viver diretamente, salvo como ponto final. Os objetos à deriva que opto por resgatar do naufrágio generalizado — e o que é a vida senão um naufrágio gradual? — podem ter uma aparência de inevitabilidade quando decido exibi-los em suas vitrines, mas são aleatórios; representativos, talvez, talvez irresistivelmente representativos, mas ainda assim aleatórios.

Ocorreram para mim duas manifestações iniciais distintas da sra Gray, separadas por um intervalo de anos. A primeira mulher pode nem ter sido ela, apenas uma anunciação sua, por assim dizer, mas prefiro pensar que as duas tenham sido a mesma. Abril, é claro. Lembram-se de como era abril quando éramos jovens, aquela sensação de ímpeto fluente, o vento arrebatando colheradas do ar azul e os pássaros fora de si nas árvores em flor? Eu teria uns dez ou onze anos. Tinha entrado pelo portão da igreja de Maria Nossa Mãe Imaculada, de cabeça baixa como sempre — Lydia diz que eu caminho como um perene penitente — e o primeiro presságio que tive da mulher de bicicleta foi o sibilar dos pneus, um som que me parecia erótico na infância e até hoje ainda parece, não sei por quê. A igreja se erguia no alto de uma ladeira, e quando levantei os olhos e a vi cada vez mais próxima, com a torre a se lançar para o alto por trás dela, tive a impressão eletrizante de que ela acabara de descer do céu naquele exato momento: eu teria ouvido o som não de pneus no calçamento, mas de asas leves agitadas no ar. Ela estava quase em cima de mim, sem pedalar, inclinada para trás, relaxada, guiando a bicicleta com uma só mão. Usava uma capa de chuva de gabardine, cujas abas se agitavam atrás dela à direita e à esquerda, sim, como asas, e uma jaqueta azul por cima de uma blusa de colarinho branco. Com que clareza ainda a vejo! Devo estar inventando, quer dizer, devo estar criando esses detalhes. Sua saia era ampla e folgada, e agora, de repente, a brisa de primavera a levanta, deixando-a exposta até a cintura. Ah, sim.

Hoje nos garantem que mal existe diferença na maneira como os sexos vivenciam o mundo, mas mulher alguma, estou disposto a apostar, jamais conheceu a irrupção de encantamento que inunda as veias de um homem de qualquer idade, tenha um ou noventa anos, perante o espetáculo das partes pudendas de uma mulher, como costumavam ser graciosamente denominadas, expostas por acidente, quer dizer, fortuitamente, à súbita visão do público. Ao contrário das suposições femininas, e imagino que para sua decepção, não é o vislumbre da carne propriamente dita que deixa a nós, homens, paralisados no mesmo lugar, com a boca seca e os olhos esbugalhados, mas precisamente as peças diminutas e sedosas que se interpõem entre a nudez de uma mulher e nossa fixidez arregalada. Não faz sentido, eu sei, mas se numa praia lotada num dia de verão os maiôs das banhistas fossem transformados, por algum feitiço sinistro, em roupas de baixo, todos os homens presentes, dos garotinhos nus e barrigudos com as pirocas à mostra aos guarda-vidas indolentes e musculosos, até mesmo os maridos submissos com as pernas das calças arregaçadas e lenços com as pontas amarradas na cabeça, todos, eu dizia, se transformariam imediatamente num rebanho de sátiros ululantes de olhos vermelhos lançados à rapina.

Penso especialmente nos tempos de outrora, quando eu era jovem e as mulheres debaixo de seus vestidos — e qual delas não usava vestido, salvo a ocasional jogadora de golfe ou a estrela de cinema estraga-prazeres com suas calças vincadas? — pareciam ter sido aparelhadas, por algum fornecedor de velas e cordame de navio, com todo tipo de pano e aparelho, bujarronas e velas de ré, cabos e estais. Minha Dama da Bicicleta, então, com suas ligas esticadas e suas calcinhas de cetim branco aperolado, tinha todo o ímpeto e toda a graça de uma esguia escuna singrando sem medo as águas ao sopro de um forte vento de noroeste. Ela me pareceu tão espantada quanto eu com o que a brisa fazia de seu pudor. Baixou os olhos para si mesma e em seguida olhou para mim erguendo as sobrancelhas e descrevendo um O com sua boca, dando um riso gorgolejante antes de abaixar a saia na altura dos joelhos com um gesto descuidado das costas da mão e seguir singrando a tarde alegre. Achei que era uma visão da deusa em pessoa, mas quando me virei para segui-la com os olhos vi apenas uma mulher sacolejando numa bicicleta preta, uma mulher com aquelas abas ou dragonas nos ombros da capa de chuva que na época estavam na moda, meias de *nylon* com as costuras tortas e cabelos curtos como os da minha mãe. Prudente, ela reduziu a velocidade no portão, com a roda da frente bambeando, e fez tilintar sua campainha antes de continuar até a rua e virar a esquerda para descer a ladeira da igreja.

Eu não a conhecia, nunca a tinha visto, até onde soubesse, embora me ocorra que àquela altura eu já devesse ter visto pelo menos uma vez todos os moradores de nossa pequena e apinhada cidade. E a terei realmente visto dessa vez? Será possível que fosse de fato a sra Gray, a mesma que dali a quatro ou cinco anos irromperia na minha vida de maneira tão momentosa? Não consigo invocar os traços fisionômicos da mulher da bicicleta com clareza suficiente para dizer com certeza se terá sido ou não um vislumbre precoce da minha *Venus Domestica*, embora eu me aferre a essa possibilidade com uma insistência obstinada.

O que tanto me afetou nesse encontro no pátio da igreja, além da excitação crua que produziu, foi a sensação de me ter sido concedida uma visão de relance do mundo das mulheres, de ter sido admitido, ainda que apenas por um ou dois segundos, no grande mistério. O que me tocou e me deixou encantado foi não só a visão que tive das bem moldadas pernas da mulher e da fascinante complexidade de seu aparato íntimo, mas a maneira simples, bem-humorada e generosa como ela me olhou, com aquele riso arranhado, e a graça negligente com que submeteu, com as costas da mão, sua saia enfunada. E este deve ser mais um motivo para ela se fundir na minha memória à sra Gray, para ela e a sra Gray serem, a meu ver, duas faces da mesma preciosa moeda, pois a graça e a generosidade eram as coisas de que eu mais gostava, na primeira e, às vezes me ocorre com deslealdade — desculpe, Lydia — única verdadeira paixão da minha vida. A gentileza, ou o carinho, era a marca perceptível de todo gesto da sra Gray para comigo. Não acho que eu esteja exagerando. Eu não a merecia, hoje eu sei, mas como podia saber disso naquele tempo, quando não passava de um garoto, implume e inexperiente? E assim que acabo de escrever essas palavras ouço nelas a nota lamurienta e insincera, minha tentativa de encontrar uma desculpa a qualquer preço. A verdade é que nunca a amei o bastante, quer dizer, nunca a amei como podia ter amado, por mais jovem que eu fosse. Acho que ela sofria por causa disso, e não tenho mais nada a dizer a respeito, embora saiba que mesmo assim ainda vou falar muito.

Seu nome era Celia. Celia Gray. Uma combinação que não soa muito bem, não é? Os nomes de casada das mulheres nunca soam direito, na minha opinião. Será porque se casam com o homem errado, ou com homens que usam o sobrenome errado? *Celia* e *Gray* formam um acoplamento lânguido demais, um silvo lento seguido por um ligeiro baque seco, embora o *g* de Gray não produza tanto impacto quanto devia. Ela não tinha nada de lânguida, era tudo menos lânguida. Se eu disser que era viçosa, esse bom e velho adjetivo será mal interpretado, e podem atribuir-lhe um peso excessivo, tanto literal quanto figurativo. Não acho que fosse bonita, pelo menos não de uma beleza convencional, embora imagine que um garoto de quinze anos não fosse exatamente a melhor escolha para decidir quem levava o pomo de ouro; para mim ela não era bonita e nem mais nada; infelizmente, depois que o brilho inicial se opacificou, eu nunca pensava nela, e não lhe dava, embora devidamente grato, nenhum valor especial.

Uma lembrança dela, uma imagem repentina que me retornou sem ser convocada, foi o que precipitou minha rememoração. Uma coisa que ela costumava usar, uma anágua, eu acho — sim, novamente roupas íntimas — uma peça escorregadia, do mesmo tamanho da saia, de seda ou *nylon* rosa-salmão, deixava, depois de tirada, um sulco avermelhado no lugar onde o elástico pressionava a carne flexível e prateada da sua barriga e dos seus flancos, e, embora menos fácil de discernir, também nas costas, acima de sua bunda admirável e proeminente, com suas duas covinhas fundas e as duas manchas gêmeas um tanto ásperas, na parte mais baixa, onde ela se sentava. Aquela marca encarnada em torno de sua cintura me afetava profundamente, na medida em que sugeria um castigo suave, um sofrimento deleitoso — lembrava-me um harém, sem dúvida, as *huris* marcadas a ferro e coisas parecidas — e eu pousava a cabeça em sua barriga, seguindo aquela linha franzida com a ponta lenta de um dedo, meu hálito agitando os pelos pretos e lustrosos da base de seu ventre e, no meu ouvido, os gotejamentos e gorgolejos de suas entranhas no trabalho incansável da transubstanciação. A pele estava sempre mais quente ao longo daquela marca estreita e irregular deixada pelo elástico, onde o sangue acorria protetor à superfície. Desconfio também que eu saboreasse a sugestão blasfema que me trazia da coroa de espinhos. Pois o que fazíamos juntos era impregnado de fora a fora de uma religiosidade leve, muito leve, mas doentia.

*

Faço uma pausa para registrar, ou ao menos mencionar, um sonho que tive ontem à noite, em que minha mulher me trocava por outra mulher. Não sei o que isso pode querer dizer, ou se quer dizer alguma coisa, mas sem dúvida fiquei impressionado. Como em qualquer sonho, neste as pessoas eram elas mesmas e, ao mesmo tempo, claramente não eram. A minha mulher, para só falar da protagonista, aparecia como uma senhora baixinha, loura e mandona. Como eu podia saber que se tratava dela, debaixo daquela aparência tão diferente? Eu também não aparecia como sou, mas corpulento e muito pesado, com olhos caídos e gestos lentos, uma espécie de elefante-marinho moroso, por exemplo, ou algum outro mamífero aquático flácido e desajeitado; eu tinha a sensação de um dorso arredondado, revestido de um couro cinzento e escorregadio, desaparecendo por trás de uma pedra. E lá estávamos nós, perdidos um para o outro, ela não ela e eu não eu.

Minha mulher nunca teve inclinações sáficas, que eu saiba — embora até onde eu possa saber? — mas no sonho ela era uma lésbica alegremente brusca e masculina. O objeto de seu afeto transferido era uma estranha criaturinha que lembrava um homem, com suíças eriçadas, um bigode tênue e quadris inexistentes, uma sósia perfeita, agora vejo, de Edgar Allan Poe. Quanto ao sonho propriamente dito, não pretendo entediar vocês, ou a mim mesmo, com os detalhes. De qualquer maneira, como creio já ter dito, não acho que sejamos capazes de reter detalhes ou, quando conseguimos conservá-los, eles acabam tão profundamente alterados, editados e censurados, e a tal ponto edulcorados, que acabam constituindo uma outra coisa, o sonho de um sonho, em que o original aparece transfigurado, assim como o próprio sonho transfigura a experiência da vigília. Isto não me impede de creditar aos sonhos todo tipo de revelação ou implicação profética. Mas sem dúvida já é tarde demais para Lydia me deixar. Tudo o que sei é que, hoje de manhã, acordei antes do amanhecer com uma sensação opressiva de perda e privação, e uma tristeza difusa. Alguma coisa parece a ponto de acontecer.

Acho que eu já amava um pouco Billy Gray antes de me apaixonar tanto pela mãe dele. Pronto, lá vêm essas palavras de novo: amor, paixão; com que facilidade paixão e amor brotam da pena. É estranho, pensar em Billy dessa maneira. Hoje ele deve ter a minha idade. O que não tem nada de notável — ele era da minha idade naquele tempo — mas ainda assim me deixa espantado. Sinto como se de repente eu tivesse subido — ou descido? — um degrau que leva a uma nova fase do envelhecimento. Será que eu reconheceria Billy, se o encontrasse? E ele, me reconheceria? Billy ficou tão alterado com o escândalo. Estou certo de que sentiu o mesmo choque que eu com a infâmia pública, ou ainda maior, imagino, mas ainda assim fiquei muito admirado com a intensidade emocional do seu repúdio. Afinal, eu não me incomodaria muito se ele estivesse dormindo com a minha mãe, por mais que isso seja difícil de imaginar — era difícil imaginar qualquer pessoa dormindo com a minha mãe, pobrezinha da velha, que era como eu pensava nela: velha e pobre. E sem dúvida foi isso que tanto incomodou Billy, ver-se obrigado a contemplar o fato de sua mãe ser uma mulher que alguém desejava, e ainda por cima esse alguém ser eu. Sim, deve ter sido a mais profunda agonia para ele imaginar sua mãe e eu rolando nus nos braços um do outro naquele colchão imundo do chão do casebre de Cotter. É provável que ele nunca tenha visto sua mãe sem roupas, não que se lembrasse, é claro.

Foi ele que descobriu por acaso o casebre, e eu tinha medo de que um dia desse com sua mãe e comigo lá, em nossos embates amorosos. Ela sabia que Billy conhecia aquele lugar? Não me lembro. Se sabia, meu medo não era nada em comparação com seu terror ante a possibilidade de ser descoberta por seu único filho enquanto se entregava ao melhor amigo dele na imundície antiga de um chão sujo e coberto de folhas caídas.

Lembro da primeira vez que vi o casebre. Nós estávamos no pequeno bosque de aveleiras perto do rio, Billy e eu, ele me trouxe até um ponto mais alto e apontou para o telhado em meio às copas das árvores. Do ponto onde estávamos, só se via o telhado, e num primeiro momento nem consegui distingui-lo, pois as telhas de ardósia estavam cobertas de um musgo tão verde quanto a folhagem circundante. Deve ter sido por isso que o casebre permaneceu escondido por tanto tempo, e que, mais adiante, constituiu-se num ponto de encontro tão seguro para a sra Gray e para mim. Eu quis ir até lá e entrar na mesma hora — pois éramos garotos, afinal, e ainda jovens a ponto de estarmos sempre à procura do que podemos chamar de uma sede de clube — mas Billy relutou, o que achei estranho, pois tinha descoberto o local e já chegara mesmo a entrar na casa, ou pelo menos foi o que me disse. Acredito que ele sentisse algum medo do lugar; talvez tivesse uma premonição, ou achasse que era assombrado, como de fato logo viria a ser, não por fantasmas mas pela Dama Vênus e seu alegre servidor.

É estranho, mas vejo os nossos bolsos naquele dia cheios de avelãs que teríamos colhido no bosque, e o chão à nossa volta coberto do ouro martelado das folhas mortas, e no entanto estávamos em abril, deve ter sido em abril, com as folhas verdes ainda nas árvores, e as avelãs nem mesmo formadas. Por mais que me esforce, porém, não é a primavera que eu vejo, mas o outono. Imagino que tenhamos vagado para longe, nós dois, em meio às folhas verdes e não douradas, com nossos bolsos não cheios de avelãs, e voltado para casa, deixando em paz o casebre de Cotter.

Alguma coisa em mim, contudo, tinha sido tocada pela visão daquele telhado meio desabado em meio às árvores, e voltei até lá já no dia seguinte, impelido pelo amor, sempre carente e prático, descobrindo na casa arruinada exatamente o abrigo de que a sra Gray e eu precisávamos. Já que, sim, a essa altura já éramos íntimos, para descrever as coisas com a maior delicadeza possível.

Billy tinha uma doçura muito atraente em sua natureza. Seus traços eram bonitos, embora não tivesse a pele boa, mas um tanto encaroçada, como a de sua mãe, infelizmente, e propensa a espinhas. Também tinha os olhos da mãe, de um tom líquido de âmbar, e cílios esplendidamente compridos, cada um deles perfeitamente distinto, de modo que me lembravam, ou hoje me lembram, o pincel especial dos miniaturistas, feito da ponta de um filamento isolado de pelo de arminho. Ele caminhava com um curioso passo oscilante de pernas arqueadas, os braços sempre descrevendo curvas amplas que davam a impressão de que recolhia no ar feixes invisíveis de alguma coisa à sua frente. Naquele Natal, ele me deu de presente um conjunto de manicure num belo estojo de couro de porco — sim, um conjunto de manicure, com um par de tesouras, um cortador de unhas e uma lima, e um palito de marfim polido, com uma das pontas na forma de uma colher minúscula e chata, que minha mãe examinou com ar incerto e declarou servir ou para empurrar cutículas — um *empurrador* de cutículas? — ou, mais prosaicamente, para tirar a sujeira presa debaixo das unhas. Fiquei intrigado com esse presente tão feminino, mas ainda assim o aceitei de bom grado, ainda que hesitante. Não tinha pensado em comprar nada para ele; e ele não deu a impressão de esperar nenhum presente de mim, ou de se incomodar com o fato de não ganhar nada.

Eu me pergunto agora, de uma hora para outra, se não terá sido sua mãe quem comprou o conjunto de manicure para ele me dar, como um presente secreto entregue por um intermediário, que ela achou que eu poderia imaginar que, na verdade, provinha dela. Isto foi alguns meses antes de ela e eu nos tornarmos — ora, diga logo, pelo amor de Deus! — antes de nos tornarmos amantes. Ela já me conhecia, é claro, pois naquele inverno quase todo dia eu passava na casa dela atrás de Billy, a caminho da escola. Será que eu lhe parecia o tipo de menino que acharia um estojo de manicure o presente de Natal perfeito? Os cuidados do próprio Billy com a higiene deixavam bastante a desejar. Ele tomava banho com uma frequência menor ainda que o resto de nós, como indicava a aura um tanto marrom que ele às vezes emanava; os poros dos sulcos ao lado de suas narinas estavam todos entupidos com cravos de ponta negra, e com um estremecimento em que a repulsa se combinava ao deleite eu me imaginava usando as unhas dos polegares à guisa de pinças, depois do que certamente haveria de dar muito bom uso àquela elegante minigoiva de marfim. Ele usava casacos furados, e seus colarinhos pareciam nunca estar limpos. Era dono de uma espingarda de ar comprimido, com a qual atirava em rãs. Era realmente o meu melhor amigo, e eu o amava, de um modo ou de outro. Nossa camaradagem ficou selada num fim de tarde de inverno em que dividimos um cigarro clandestino no banco traseiro da camionete da família dele, estacionada em frente à sua casa — um veículo com que havemos de nos familiarizar profundamente em seguida — e ele me revelou que seu nome de batismo não era William, como queria que o mundo todo imaginasse, mas Wilfred, e além disso que seu nome do meio era Florence, em homenagem ao seu falecido tio Flor. Wilfred! Florence! Guardei seu segredo, isso pelo menos posso dizer em minha defesa, embora não seja grande coisa, eu sei. Mas, ah, como choramos, de dor, raiva e humilhação, no dia em que nos encontramos depois que ele descobriu o que havia entre a mãe dele e eu; como nós choramos, e fui eu a causa principal de suas lágrimas amargas.

Não consigo me lembrar da primeira vez que vi a sra Gray, quer dizer, se ela não tiver sido a mulher da bicicleta. As mães não eram pessoas a quem déssemos muita atenção; os irmãos, sim, até as irmãs, mas não as mães. Vagas, informes, desprovidas de sexo, eram pouco mais que um avental, uma cabeleira malcuidada e um leve mas acentuado aroma de suor. Estavam sempre indefinidamente ocupadas ao fundo, lidando com assadeiras ou meias. Devo ter estado inúmeras vezes nas proximidades da sra Gray antes de registrar sua presença com clareza particular. E o que me confunde é que tenho dela o que só pode ser uma memória falsa, no meio do inverno, aplicando talco às faces internas de um rosado lustroso das minhas coxas, que ficavam assadas de tanto roçar na costura das calças; altamente improvável, pois além de tudo as calças que eu usava na ocasião eram curtas, o que não podia ser o caso se eu já tivesse quinze anos, pois todos usávamos as muito desejadas calças compridas desde os onze ou, no máximo, os doze anos. Então de quem seria esta mãe, eu me pergunto, a aplicadora de talco, e que oportunidade para uma iniciação ainda mais precoce terei talvez deixado escapar?

De toda forma, não houve um momento de clareza cegante em que a pessoa da sra Gray se tenha afastado das tarefas e dos trambolhos da vida doméstica para flutuar na minha direção numa concha aberta, impelida por zéfiros primaveris de bochechas infladas. Mesmo depois de já estarmos indo juntos para a cama havia algum tempo, eu teria dificuldades para descrevê-la com alguma precisão — e se tivesse tentado, o que teria descrito seria provavelmente alguma versão de mim mesmo, pois quando olhava para ela era a mim que via em primeiro lugar, refletido no glorioso espelho em que a transformei.

Billy nunca falava comigo sobre ela — por que haveria de falar? — e parecia não lhe dar mais atenção do que eu tinha prestado por tanto tempo. Era um menino preguiçoso, e muitas vezes, quando eu passava em sua casa pela manhã a caminho da escola, ainda não estava pronto e eu era convidado a entrar, especialmente se estivesse chovendo ou fazendo muito frio. Não era ele quem fazia o convite — lembram-se da fúria muda e da vergonha ardente que sentíamos brotar em nós quando algum amigo nosso tinha algum vislumbre *in flagrante* da nossa vida no seio nu das nossas famílias? — e portanto devia ser ela. Ainda assim, não consigo me lembrar de momento nenhum em que ela tenha aparecido na porta da frente de avental, com as mangas arregaçadas, insistindo para que eu entrasse e me incorporasse ao círculo da família em torno da mesa do café. Ainda vejo a mesa, porém, e a cozinha que ela ocupava quase inteira, além da geladeira grande tipo americana pintada com a cor e a textura de creme batido, a cesta de palha de roupa lavada ao lado da pia, a folhinha da mercearia mostrando o mês errado, e a torradeira gorda e cromada com um agitado brilho de sol da janela refletido no ombro.

Ah, o cheiro matinal de uma cozinha alheia, o calor da flanela, o tinir de frigideiras e caçarolas e a pressa, todos ainda meio adormecidos e mal-humorados. A novidade e a estranheza da vida nunca se mostravam de maneira mais nítida que nesses momentos de intimidade e tumulto doméstico.

Billy tinha uma irmã, mais nova que ele, criatura irritante que lembrava um duende, com tranças compridas e bastante gordurosas e um rosto fino, áspero e branco cuja metade superior aparecia deformada por trás de imensos óculos de armação de chifre com vidros circulares grossos como lentes de aumento. Ela dava a impressão de me achar irresistivelmente engraçado, e se contorcia dentro das roupas com uma hilaridade maligna sempre que eu aparecia na cozinha com minha sacola do colégio, arrastando os pés como um corcunda. Chamava-se Kitty, e tinha realmente alguma coisa de felino na maneira como apertava os olhos quando sorria para mim, comprimindo os lábios num arco fino e descolorido que parecia esticar-se de lado a lado entre as suas translúcidas orelhas cor-de-rosa, proeminentes e intricadamente ornadas de volutas. Me pergunto se ela também não teria uma queda por mim, e se todas aquelas risadas não podiam ser um meio de esconder essa preferência. Ou será apenas vaidade da minha parte? Eu sou, ou era, afinal, um ator. Havia algum problema com ela, ela tinha alguma doença de que não se falava e fazia dela uma criança, como se dizia naquele tempo, delicada. Eu a achava irritante, e acho até que tinha um certo medo dela; se for verdade, era premonitório da minha parte.

O sr Gray, o marido e pai, era comprido e magro, além de míope, como a filha — era dono de uma ótica, aliás, um fato cuja alta ironia não deve passar despercebida de nenhum de nós — e usava gravatas-borboleta e suéteres coloridos sem mangas. E é claro que ostentava, àquela altura, aqueles dois curtos chifres que brotavam logo acima de sua testa, a marca do marido logrado, que, lamento dizer, nele surgiram por minha causa.

Terá sido minha paixão pela sra Gray, pelo menos no início, mais que uma simples intensificação da certeza que todos temos nessa idade, de que as famílias dos nossos amigos são sempre mais gentis, mais graciosas e mais interessantes — numa palavra, mais desejáveis — do que as nossas? Billy pelo menos tinha uma família, enquanto eu só tinha minha mãe viúva, dona de uma pensão para caixeiros-viajantes e outros residentes temporários, que mais assombravam do que habitavam a casa, como fantasmas ansiosos. Eu ficava fora de casa o mais que podia. A casa da família Gray costumava ficar vazia no final das tardes, e Billy e eu passávamos horas lá depois das aulas. E onde estariam os outros, a sra Gray e Kitty, por exemplo, onde estariam elas nesses momentos? Ainda vejo Billy, com seu paletó azul do uniforme do colégio e a camisa branca de cujo colarinho encardido tinha acabado de destacar com uma das mãos a gravata manchada do uniforme, de pé em frente da geladeira com a porta aberta, contemplando com os olhos vidrados seu interior iluminado como se assistisse algum programa fascinante na televisão. E a verdade é que havia uma televisão na sala de estar do andar de cima, e às vezes subíamos para lá e desabávamos sentados diante dela com as mãos enfiadas nos bolsos das calças e os pés apoiados na sacola com o material escolar, tentando assistir às corridas de cavalos de lugares com nomes exóticos de além-mar, como Epsom, ou Chepstow, ou Haydock Park. A recepção era ruim, e muitas vezes víamos os jóqueis-fantasma encolhidos no dorso de suas montarias-fantasma, galopando às cegas através de uma densa chuva de interferência estática.

No ócio desesperado de uma dessas tardes, Billy localizou a chave do armário de bebidas — sim, a família Gray possuía um desses móveis exóticos, pois estavam entre as pessoas mais prósperas da cidade, embora eu duvide que qualquer dos moradores da casa jamais tivesse bebido muito — e abrimos uma preciosa garrafa do uísque doze anos de seu pai. De pé junto à janela, copinho de cristal lavrado nas mãos, meu parceiro e eu nos sentíamos como uma dupla de devassos do passado contemplando com extremo desdém o mundo insípido da sobriedade. Foi a primeira vez que bebi uísque, e embora nunca tenha desenvolvido muito gosto por esta bebida, naquele dia seu cheiro forte e amargo, além do calor que produzia na minha língua, me pareceram presságios do futuro, uma promessa de todas as ricas aventuras que a vida decerto me reservava. Do lado de fora, na pracinha, a luz baça do sol do início da primavera dourava as cerejeiras e fazia cintilar as pontas negras e artríticas de seus galhos, e o velho Busher, o comprador de ferragens e roupas velhas, passou triturando o calçamento com sua carroça enquanto um passarinho levantava voo para sair do caminho dos cascos orlados de pelos de seu cavalo, e à vista dessas coisas eu sempre sentia uma pontada aguda mas doce, carente de alguma coisa que não era nada em particular, como a dor-fantasma no membro perdido por um amputado. Será que eu via, ou pressentia, já então, bem adiante no túnel do tempo, ainda distante mas adquirindo cada vez mais substância, a figura do meu futuro amor, a castelã da Casa de Gray, já caminhando frívola e despreocupada na minha direção?

E como eu a chamava, quer dizer, como me dirigia a ela? Não me lembro de ter dito o seu nome, jamais, embora em algum momento deva ter dito. Seu marido às vezes a chamava de Lily, mas não acho que eu tivesse um apelido carinhoso, um apelido amoroso, para ela. Tenho a suspeita, que não posso rechaçar de todo, de que em mais de uma ocasião, nas vascas da paixão, eu tenha gritado a palavra *Mãe!* Ah, meu Deus. O que digo sobre isso? Não, espero eu, o que me diriam que eu deva declarar.

Billy levou a garrafa de uísque para o banheiro e preencheu a lacuna reveladora com um jato de água da torneira. Sequei e poli os copos o melhor que pude com o meu lenço e os pus de volta em seu lugar, na prateleira do armário de bebidas. Cúmplices no crime, Billy e eu sentimos uma vergonha repentina um do outro; peguei minha sacola às pressas e fui embora, deixando meu amigo novamente desabado no sofá, vendo os cavalos invisíveis que galopavam em meio à nevasca elétrica.

Eu gostaria de poder dizer que foi nesse dia, já que me lembro dele tão claramente, que me vi diante da sra Gray pela primeira vez, de verdade, na porta da frente, ela talvez entrando enquanto eu saía, o rosto dela corado do ar frio de fora e meus nervos ainda estimulados depois do uísque; um toque fortuito da mão dela, um olhar surpreso e depois mais detido; um aperto na garganta; um súbito espasmo do coração. Mas não, a entrada da frente estava vazia a não ser pela bicicleta de Billy e um patim de rodas desemparelhado que devia pertencer a Kitty, e não cruzei com ninguém na porta, ninguém. A calçada, quando pisei nela, parecia mais distante da minha cabeça do que devia estar, e tendia a adernar, como se estivesse apoiada em estacas e essas estacas tivessem molas na ponta — em suma, eu estava bêbado, não seriamente mas bêbado de qualquer maneira. Melhor, então, que eu não tenha encontrado a sra Gray nesse estado de euforia alcoólica, pois não há como prever o que eu poderia ter feito, estragando tudo antes mesmo que começasse.

E vejam só! Na praça, quando saio agora, é impossivelmente de novo outono, e não primavera, e a luz do sol se atenuou mais ainda, as folhas da cerejeira se oxidaram e Busher, o comprador de ferragens e roupas usadas, está morto. Por que as estações se mostram tão obstinadas, por que resistem tanto a mim? Por que a Mãe das Musas insiste em me espetar assim com o cotovelo, sugerindo-me sempre pistas enganosas, piscando-me o olho nas horas erradas?

Minha mulher acaba de subir aqui até o meu refúgio aéreo debaixo do telhado, esfalfando-se a contragosto para subir a íngreme e traiçoeira escada do sótão que ela detesta, para me dizer que acabaram de me telefonar. Num primeiro momento, quando enfiou a cabeça pela porta baixa — e como foi elegante meu gesto de ocultar esta página com meu braço protetor, como um menino de escola flagrado desenhando obscenidades — mal consegui compreender o que ela dizia. Devia ser grande a minha concentração, perdido no mundo perdido do passado. Geralmente ouço o telefone tocar, lá embaixo na sala, um som remoto e estranhamente queixoso que faz meu coração disparar de ansiedade, assim como disparava tempos atrás quando minha filha era bebê e seu choro me despertava no meio da noite.

A pessoa que me ligou, disse Lydia, era uma mulher cujo nome ela não entendeu, embora fosse inconfundivelmente americana. Fiquei esperando. Lydia olhava sonhadora para além de mim, pela janela inclinada em frente à minha mesa, para as montanhas à distância, tingidas de um azul-claro sem contrastes, como se tivessem sido pintadas contra o céu com uma aquarela lavanda muito diluída; um dos encantos da nossa cidade é que são poucos os lugares de onde essas montanhas suaves e, sempre me parecem, virginais não sejam visíveis, se a pessoa se dispõe a esticar o corpo. E sobre o quê, perguntei em voz baixa, essa mulher ao telefone queria falar comigo? Lydia, com um esforço, afastou o olhar do panorama. Um filme, disse ela, um longa-metragem, em que me oferecia um papel de relevo. Interessante. Nunca trabalhei antes num filme. Perguntei qual era o título, ou do que tratava o filme. O olhar de Lydia adquiriu uma expressão vaga, quero dizer, mais vaga do que até então. Não achava que a mulher tivesse dito como o filme se chamava. Aparentemente era biográfico, mas ela não sabia ao certo quem era o biografado — achava que era algum alemão. Assenti com a cabeça. E teria essa mulher, talvez, deixado um número para que eu pudesse ligar de volta? A essa altura, Lydia baixou a cabeça e franziu os olhos para mim debaixo das sobrancelhas, num silêncio solene, como uma criança a quem se faz uma pergunta difícil e trabalhosa cuja resposta ela desconhece. Tudo bem, disse eu, sem dúvida ela há de ligar de novo, quem quer que tenha sido.

Pobre Lydia, está sempre um pouco aturdida assim depois de uma das suas noites difíceis. Seu nome, a propósito, na verdade é Leah — Lydia foi uma confusão que eu fiz e acabou pegando — Leah *née* Merceer, como teria dito a minha mãe. Ela é alta e bonita, com ombros largos e um perfil dramático. Hoje em dia, seus cabelos têm os dois tons do que antigamente se chamava sal-com-pimenta, deixando entrever, por baixo, um matiz amarelado algo incerto. Quando eu a conheci, seu cabelo tinha o lustro negro de uma asa de corvo, com uma grande mecha prateada, um risco de fogo branco; assim que o prateado começou a se espalhar, ela se deixou sucumbir à insistência de Adrian, do salão Curl Up and Dye, de onde retorna quase irreconhecível depois de sua sessão mensal com esse mestre colorista. Seus olhos reluzentes e muito negros, esses olhos de filha do deserto, como eu costumava pensar, ultimamente adquiriram um aspecto desbotado e opaco, que me causam alguma preocupação com a possibilidade de cataratas. Na juventude, sua silhueta tinha as linhas amplas de uma das odaliscas de Ingres, mas hoje sua glória decaiu e ela só usa trajes largos e folgados em tons contidos: sua camuflagem, diz ela com um riso triste. Ela bebe um pouco demais, mas acontece que eu também; nossa dor imensa, ao fim de uma década de existência, simplesmente se recusa a ser afogada, por mais que a empurremos para baixo da superfície e tentemos mantê-la ali. E também fuma muito. Tem uma língua afiada de que eu sinto um receio cada vez maior. Gosto muito dela, e ela, acredito, gosta de mim, malgrado nossos atritos e ocasionais desentendimentos furiosos.

Passamos uma noite péssima. Nós dois. Eu com meu sonho de ter sido substituído no afeto de Lydia por um andrógino autor de contos góticos, e Lydia sofrendo um dos acessos noturnos de mania que a assolam a intervalos regulares ao longo dos últimos dez anos. Ela acorda, ou pelo menos pula da cama, e dispara no escuro, percorrendo todos os aposentos dos pisos superior e térreo, chamando o nome da nossa filha. É uma espécie de sonambulismo às carreiras, em que ela acredita que nossa Catherine, a nossa Cass, ainda está viva, voltou a ser criança e está perdida em algum lugar da casa. Eu me levanto zonzo e saio atrás dela, também ainda meio adormecido. Não tento contê-la, obedecendo à recomendação tradicional de não interferir de maneira alguma com uma pessoa nesse estado. Mas fico por perto, para poder segurá-la antes que caia caso venha a tropeçar, ou evitar que se machuque. É um tanto sinistro, vagar pela casa às escuras — não me atrevo a acender a luz — perseguindo desesperado esse vulto rápido. As sombras à nossa volta nos oprimem como um coro silencioso, e a intervalos um rasgo de luar ou a luz de um lampião da rua que entra por uma janela parece um refletor atenuado, e me faz pensar numa dessas rainhas trágicas do teatro grego, errando aos gritos pelo palácio do rei seu marido à procura de um filho que perdeu. Finalmente ela se cansa, ou recobra os sentidos, ou as duas coisas, como ocorreu na noite passada, e desaba num dos degraus da escada, desfeita, soluçando e vertendo lágrimas terríveis. Fiquei pairando à volta dela sem saber o que fazer, ou de que modo rodeá-la com meus braços, de tanto que seus contornos me pareciam amorfos na camisola preta sem mangas, com a cabeça pendente e as mãos mergulhadas nos cabelos que no escuro pareciam tão escuros como da primeira vez que a vi, saindo para um dia de verão pela porta giratória do hotel de seu pai, o Halcyon de tão feliz memória, os altos panos de vidro da porta permitindo vislumbres repetidos e explosivos de azul e dourado — sim, sim, a crista de uma onda!

A pior parte, para mim, desses extravasamentos de choro e clamores de angústia ocorre no final, quando ela vira toda contrição, censurando-se por sua estupidez e implorando perdão por me despertar com tamanha violência, provocando um pânico tão desnecessário. O que acontece, diz ela, é que em seu estado sonambúlico parece-lhe totalmente real que Cass esteja viva, a sua filha; viva, presa em alguma das peças da casa, aterrorizada e incapaz de nos fazer ouvir seus pedidos de socorro. Ontem à noite ela ficou tão envergonhada e irritada que se amaldiçoava e xingava, usando palavras horríveis, até eu me acocorar a seu lado e enlaçá-la num abraço simiesco e desajeitado, ao que finalmente ela se calou. Seu nariz escorria, e eu deixei que o assoasse na manga do meu pijama. Ela tremia, mas quando me ofereci para ir buscar um roupão ou um cobertor ela se agarrou a mim com mais força e não me deixou sair de perto. O cheiro levemente estagnado de seus cabelos penetrava nas minhas narinas, e seu ombro nu estava gelado e liso como um globo de mármore debaixo de minha mão em concha. Em torno de nós, a mobília da casa se erguia vagamente nas sombras, como criados atônitos e sem fala.

Acho que sei o que atormenta Lydia, além da dor interminável que ela vem cultivando no coração pelos dez longos anos desde a morte da nossa filha. Como eu, ela nunca acreditou em nenhum dos mundos vindouros, mas desconfio que ela tema que, devido a alguma lacuna nas leis da vida e da morte, Cass não tenha morrido por completo e de algum modo continue existindo, cativa da terra das sombras e ali penando, metade das sementes de romã ainda por engolir em sua boca, esperando em vão que sua mãe venha buscá-la e a devolva ao mundo dos vivos. No entanto, o que hoje é o terror de Lydia já foi sua esperança. *Como pode morrer uma pessoa tão intensamente viva?* ela me perguntou aquela noite no hotel da Itália aonde fomos recuperar o corpo de Cass, e seu tom era tão inconformado, e sua expressão tão impressionante, que por um instante também achei que algum erro podia ter sido cometido, que podia ser a filha irreconhecível de outra pessoa que morrera espatifada nas pedras lavadas pelas ondas, abaixo da despojada igrejinha de San Pietro.

Como eu já disse, nunca tínhamos acreditado na imortalidade da alma, Lydia e eu, e sorríamos com suave condescendência quando outras pessoas falavam de sua esperança de algum dia tornar a ver entes queridos já mortos, mas nada como a perda de uma filha única para dissolver o lacre de convicções seladas. Depois da morte de Cass — até hoje não consigo ver essas palavras escritas sem um choque de incredulidade, de tão improváveis que me parecem no mesmo momento em que as traço na página — nós dois nos descobrimos arriscando, muito relutantes e encabulados, a noção de que pudesse haver não exatamente um outro mundo, mas um mundo próximo a este em que vivemos, contíguo a ele, onde de algum modo possam prosseguir os espíritos dos que não estão mais aqui mas tampouco partiram de todo. Colecionávamos o que podiam ser sinais, os mais vagos portentos, farrapos de intimação. As coincidências não eram mais o que tinham sido até então, meras ondulações na superfície de resto suavemente plausível da realidade, mas partes de algum código, vasto e urgente, uma espécie de semáfora desesperada do além que, enlouquecedoramente, não sabíamos ler. E como agora ficávamos atentos, suspendendo todo o resto, quando, em algum grupo, ouvíamos por acaso alguém dizer que tinha sofrido alguma perda, como nos prendíamos sem respirar às suas palavras, como perscrutávamos ansiosos os seus rostos, tentando ver se acreditavam de fato não ter perdido de todo a pessoa que perderam. Certas disposições de objetos supostamente aleatórios nos impressionavam com uma força rúnica. Em especial, os grande bandos de aves, estorninhos, creio que se chamam, que se reúnem sobre o mar em certos dias, em movimentos e cabriolas ameboides, mudando de direção em coordenação perfeita e instantânea, pareciam inscrever no céu uma série de ideogramas dirigidos exclusivamente a nós, mas desenhados com uma rapidez e uma fluidez tamanhas que não conseguíamos interpretá-los. Toda essa ilegibilidade era um tormento para nós dois.

Digo para nós dois mas é claro que nunca conversávamos sobre essas esperanças patéticas em alguma mensagem do além. A perda provoca um curioso constrangimento entre as pessoas que a sofrem, uma vergonha, quase, que não é fácil de explicar. Será o medo de que essas coisas, enunciadas em voz alta, venham a assumir um peso ainda maior, tornando-se um fardo ainda mais esmagador? Não, não é isso, não exatamente. A reticência, o tato, que nossa dor mútua impunha a Lydia e a mim era ao mesmo tempo um sinal de magnanimidade, a mesma que faz o carcereiro passar na ponta dos pés pela cela onde o condenado dorme sua última noite, e uma medida do nosso pavor de despertar e incitar a esforços ainda mais inventivos os torturadores demoníacos cuja tarefa específica era, é, atormentar-nos. Ainda assim, mesmo sem dizer nada, cada um de nós sabe o que o outro está pensando, e, de maneira mais aguda, o que o outro está sentindo — mais um efeito da nossa dor compartilhada, essa empatia, essa telepatia do luto.

Penso na manhã que se seguiu ao primeiro dos acessos noturnos de Lydia, a primeira vez que ela se levantou do travesseiro convencida de que nossa Cass recém-morta estava viva em algum lugar da casa. Mesmo depois que o pânico passou e conseguimos nos arrastar de volta para a cama, não tornamos a adormecer, não propriamente — Lydia ainda soluçava depois de chorar muito, e meu coração ainda batia com toda a força — mas ficamos deitados de costas na cama por muito tempo, como que treinando para os cadáveres que um dia viremos a ser. As cortinas eram grossas e estavam cerradas, e só percebi que tinha amanhecido quando vi formar-se acima de mim uma trêmula imagem luminosa que se espalhou até cobrir quase todo o teto. Num primeiro momento, achei que fosse uma alucinação produzida pela minha consciência privada de sono e ainda agitada quase ao frenesi. Também não conseguia distinguir o que mostrava, o que não surpreende, visto que a imagem, como percebi depois de alguns momentos, estava de cabeça para baixo. O que acontecia é que havia entre as cortinas uma abertura da largura de um furo de alfinete, deixando passar um estreito raio de luz que tinha transformado o quarto numa *camera obscura*, e a projeção acima de nós era uma imagem imediata e invertida do mundo do lado de fora. Lá estava a rua por baixo da janela, com seu asfalto azulado, e, mais perto, um dorso preto reluzente que era parte da capota do nosso carro, além do único vidoeiro prateado do outro lado da rua, fino e trêmulo como uma garota nua, e para além de tudo isso a baía, envolvida entre o polegar e o indicador de seus dois cais, o do norte e o do sul, e em seguida o azul-celeste mais distante e esbatido do mar, que no horizonte invisível transformava-se imperceptivelmente no céu. Como tudo aparecia claro, delineado com plena nitidez! Pude ver os barracões ao longo do cais norte, seus telhados de amianto refletindo opacos o sol matinal, e abrigadas do vento pelo cais sul as pontas dos mastros cor de âmbar dos veleiros que se acotovelavam ali ancorados. Imaginei ser capaz de distinguir até as ondas baixas do mar, exibindo aqui e ali carneiros cinzentos de espuma. Pensando ainda que podia estar sonhando, ou vitimado por alguma ilusão, perguntei a Lydia se ela também via aquela miragem luminosa e ela respondeu que sim, sim, e estendeu a mão para segurar a minha com força. Falávamos aos sussurros, como se a mera emissão das nossas vozes pudesse esfacelar aquele frágil arranjo de luz e cores espectrais sobre nossas cabeças. A imagem parecia animada por uma vibração interna, tremeluzindo timidamente em toda parte, como se o que estivéssemos vendo fossem as incontáveis partículas da própria luz, os caudalosos fótons, o que imagino de fato fossem, no sentido estrito. Mas certamente, sentíamos, certamente aquilo não podia ser um fenômeno inteiramente natural, para o qual houvesse uma explicação científica perfeitamente simples, precedida por um pigarro discreto e acompanhada de uma interjeição hesitante como *hmm* — aquilo era certamente algo que nos era apresentado, um presente, uma dádiva, noutras palavras um sinal seguro, mandado para nos consolar. Ficamos ali deitados, assistindo, transidos de espanto, por nem sei quanto tempo. À medida que o sol se levantava o mundo invertido sobre as nossas cabeças se deslocava, recuando ao longo do teto até desenvolver uma dobra numa das pontas e começar a descer claramente pela parede oposta, derramando-se finalmente pelo tapete antes de desaparecer. No mesmo instante nos levantamos — o que mais haveria a fazer ali? — e começamos as tarefas do dia. Estávamos mais reconfortados, sentíamo-nos mais leves? Um pouco, até que o esplendor do espetáculo que nos tinha sido proporcionado começou a diluir-se, a desfazer-se e ser absorvido pela textura fibrosa habitual das coisas.

Foi junto ao mar também que nossa filha morreu, num outro litoral, em Portovenere, que é, se vocês não souberem, um antigo porto da Ligúria na ponta de uma tira de terra que se estende pelo golfo de Gênova adentro, do outro lado de Lerici, onde o poeta Shelley se afogou. Os romanos conheciam o lugar como Portus Veneris, pois muito tempo atrás havia um santuário dessa encantadora deusa no estreito promontório onde hoje se ergue a igreja de São Pedro Apóstolo. Bizâncio abrigava sua frota na baía de Portovenere. A glória do lugar há muito se apagou, e hoje é uma cidadezinha tenuemente melancólica alvejada pelo sal, muito apreciada por turistas e para festas de casamento. Quando nos mostraram nossa filha no necrotério ela não tinha rosto: seus traços tinham sido apagados pelas pedras de São Pedro e pelas ondas do mar, que a reduziram a um anonimato sem cara. Mas era ela, claro, sem a menor dúvida, malgrado a desesperada esperança materna de um erro de identificação.

O que Cass fazia na Ligúria, justamente lá, nunca chegamos a descobrir. Tinha vinte e sete anos e era uma espécie de acadêmica, embora inconstante — sofria desde a infância da síndrome de Mandelbaum, uma rara afecção mental. O que uma pessoa pode saber sobre outra, mesmo quando é sua filha? Um homem inteligente cujo nome esqueci — minha memória se transformou numa peneira — propôs o enigma: qual a extensão de um litoral? Parece uma pergunta bem simples, fácil de responder, digamos, por um agrimensor profissional, munido de sua luneta e sua trena. Mas reflitam um pouco. O quanto essa trena precisa ser finamente calibrada para medir cada um dos recortes e reentrâncias da costa? E os recortes têm outros recortes, e as reentrâncias outras reentrâncias, *ad infinitum*, ou pelo menos ao limite indefinido em que a chamada matéria se desmancha, sem transição, no ar. De forma similar, ante as dimensões de uma vida, é preciso deter-se num certo ponto e dizer que isto, *isto* era ela, embora sabendo, claro, que não.

Ela estava grávida quando morreu. Foi um choque para nós, seus pais, um choque suplementar à calamidade da sua morte. Eu gostaria de saber quem era o pai, o pai que nunca chegaria a sê-lo; sim, isto é algo que eu gostaria muitíssimo de saber.

A misteriosa mulher do cinema tornou a ligar, e dessa vez fui o primeiro a chegar ao telefone, descendo às carreiras as escadas desde o sótão dobrando os joelhos como se fossem cotovelos — eu nem sabia que estava tão ansioso, e senti uma certa vergonha. Seu nome, ela me disse, era Marcy Meriwether, e me ligava de Carver City, na costa da Califórnia. Não era jovem, e tinha voz de fumante. Perguntou se estava falando pessoalmente com o sr Alexander Cleave, o ator. Eu me perguntei se alguma conhecida decidira me passar um trote — o pessoal de teatro tem um gosto desconcertante por trotes telefônicos. Ela parecia contrariada por eu não ter retornado sua ligação original. Apressei-me em explicar que minha mulher não tinha anotado o seu nome, o que incitou Marcy Meriwether a soletrá-lo para mim, num tom de ironia esfalfada, indicando que ou não acreditava na minha desculpa — que soava capenga e improvável até mesmo aos meus próprios ouvidos — ou que só estava cansada de se ver obrigada a soletrar sua denominação melíflua mas um tanto ridícula para pessoas desatentas ou descrentes demais para registrá-lo da maneira certa desde a primeira vez. É uma executiva, importante, imagino, na Pentagram Pictures, uma produtora independente decidida a fazer um filme baseado na vida de um certo Axel Vander. E cuidou de também soletrar para mim esse nome, bem devagar, como se a essa altura tivesse concluído estar às voltas com um idiota, o que não deixa de ser compreensível numa pessoa que passou a vida inteira lidando com atores. Confessei que não sabia quem Axel Vander é, ou era, mas a isto ela não deu a menor atenção, dizendo que me mandaria um material sobre ele. Ao dizê-lo, emitiu um riso seco, não sei por quê. O filme vai se chamar *A invenção do passado*, um título que achei não muito atraente nem fácil de lembrar, embora não tenha dito nada. Deve ser dirigido por Toby Taggart. Este anúncio foi acompanhado de um silêncio duradouro e expectante, que ela obviamente esperava que eu preenchesse, o que não pude fazer, pois nunca tinha ouvido falar tampouco em Toby Taggart.

Achei que a essa altura Marcy Meriwether estaria pronta a desistir de alguém tão mal informado quanto era claramente o meu caso, mas pelo contrário ela me garantiu que todas as pessoas envolvidas no projeto se mostravam muito animadas com a ideia de trabalhar comigo, muito animadas, e que, é claro, eu tinha sido a primeira e evidente escolha para o papel. Manifestei minha devida gratidão por essa lisonja, e em seguida mencionei, com alguma hesitação mas não, a meu ver, qualquer reserva, que nunca antes tinha trabalhado no cinema. Terá sido um rápido arquejo o que ouvi do outro lado da linha? Será possível que uma pessoa com uma vasta experiência cinematográfica, como Marcy Meriwether havia de ser, não soubesse desse fato acerca de um ator a quem oferecia um papel principal? Tudo bem, respondeu ela, nenhum problema; a verdade é que Toby queria um estreante nas telas, um rosto novo — e lembro que tenho mais de sessenta anos — afirmação em que, percebi, ela não acreditava nem um pouco, menos ainda do que eu. Então, com uma brusquidão que me deixou piscando os olhos, ela desligou. A última coisa que a ouvi proferir, quando o fone se dirigia ao gancho, foi o início de um acesso de tosse, rouco e carregado. Perguntei-me mais uma vez, desconcertado, se não seria tudo um trote, mas concluí, mesmo sem provas cabais, que não.

Axel Vander. Pois muito bem.

A SRA GRAY E EU TIVEMOS O NOSSO PRIMEIRO — como devo dizer? Nosso primeiro encontro? Não, soa íntimo e imediato demais — já que no fim das contas não foi um encontro propriamente dito — e ao mesmo tempo bastante prosaico. Seja qual for o nome, ocorreu num dia de aquarela em abril, com rajadas de vento, chuva repentina e céus vastos e lavados. Sim, outro abril; de certo modo, nessa história é sempre abril. Àquela altura eu era um menino verde de quinze anos, e a sra Gray uma mulher casada na maturidade de seus trinta e tantos. Nossa cidade, imagino, nunca devia ter testemunhado uma ligação desse tipo, embora eu deva estar errado, pois não existe nada que já não tenha acontecido antes, exceto os fatos passados no Éden, o início catastrófico de tudo. Não que a cidade tenha sabido dos fatos antes de muito tempo, e talvez nunca os tivesse descoberto não fosse pela curiosidade e pela intromissão insaciável de uma certa pessoa. Mas eis o que lembro, eis o que guardei.

Hesito, consciente de uma restrição, como se o passado puritano puxasse minha manga e me impedisse de falar. Ainda assim, a diversão — eis a palavra! — daquele dia foi brincadeira de criança, se comparada ao que viria depois.

De qualquer maneira, vou contar.

Meu Deus, sinto-me com quinze anos de novo.

Não era sábado, e certamente tampouco domingo, de maneira que deve ter sido um feriado, provavelmente um feriado religioso — a Festa de São Príapo, talvez. De qualquer maneira não havia aula, e passei pela casa de Billy à sua procura. Planejávamos ir a algum lugar, fazer alguma coisa. Na pequena praça revestida de cascalho onde morava a família Gray as cerejeiras estremeciam ao vento e esteiras sinuosas de flores de cerejeira rolavam pelo chão como boás de plumas de um cor-de-rosa desbotado. As nuvens ligeiras, de um cinzento de fumaça e da cor de prata fundida, apresentavam grandes rasgos pelos quais reluzia o céu de um azul úmido, e passarinhos agitados esvoaçavam em alta velocidade aqui e ali, ou se empoleiravam muito juntos na beira dos telhados, afofando as penas, tagarelando e piando em tom bandalho. Billy abriu a porta para mim. Ainda não estava pronto, como sempre. Estava meio vestido, de camisa e pulôver, mas ainda usava as calças riscadas do pijama e estava descalço, emanando o cheiro lanoso de uma cama cujos lençóis não eram trocados havia algum tempo. E seguiu à minha frente escada acima, na direção da sala de estar.

Naquele tempo, quando só os muito ricos podiam se dar ao luxo da calefação central, nossas casas, nas manhãs de primavera como essa, eram especialmente frias, o que conferia um gume agudo e laqueado a todas as coisas, como se o ar se tivesse convertido em vidro solúvel da noite para o dia. Billy foi acabar de se vestir e fiquei parado no meio do piso não sendo muito nada, quase nem mesmo eu. Existem momentos em que engatamos o ponto morto, por assim dizer, sem dar conta de nada, e muitas vezes sem perceber nada, e nem mesmo propriamente *existir*, em algum sentido vital. Meu estado de espírito naquela manhã, porém, não era de ausência, não exatamente, mas de receptividade passiva, eu diria agora, um estado de espera não de todo consciente. As janelas oblongas com esquadrias de metal, todas brilho e céu, refulgiam demais para que eu pudesse sustentar o olhar fixo nelas, e virei-me para correr os olhos ociosos pela sala. Como nos parecem sempre cheias de presságios, as coisas que ocupam aposentos que não são nossos: aquela poltrona forrada de chintz de algum modo retesada, como que a ponto de levantar-se irritada nas pernas; aquele abajur de pé totalmente imóvel, escondendo o rosto por baixo de um chapéu de *coolie*; o piano-armário, com a tampa acinzentada por uma imaculada camada de poeira, aferrado contra a parede com um semblante rejeitado e rancoroso, como um animal de estimação grande demais que a família tivesse deixado de amar havia muito. Claramente, eu ouvia os passarinhos safados do lado de fora produzindo seus assobios de chamar lobos. Comecei a sentir uma coisa, uma sensação vaga e contraída de um dos lados do corpo, como se um raio de luz fraca tivesse sido assestado em mim ou um alento morno tivesse roçado a minha face. Lancei um olhar rápido para a porta, mas ela estava vazia. Teria alguém estado ali? Era o fim de um guincho de riso distante que eu tinha escutado?

Fui rapidamente até a porta. O corredor do lado estava vazio, embora eu tivesse a impressão de detectar o vestígio de uma presença, uma dobra no ar marcando o espaço que alguém ocupara momentos antes. De Billy não havia sinal — talvez ele tivesse voltado para a cama, não me surpreenderia nem um pouco. Adentrei o corredor, onde o tapete — de que cor, de que cor era? — abafando meus passos, sem saber aonde estava indo ou o que procurava. O vento sussurrava nas chaminés. Como o mundo fala sozinho, à sua maneira sonhadora e coalhada de segredos. Uma porta estava semiaberta, do que só me dei conta ao quase passar por ela. E me vejo ali, olhando para os lados e para trás, e tudo começando a se mover repentinamente a uma velocidade mais lenta, com uma espécie de guinada e um solavanco.

O tapete, agora me lembro: era de um azul-claro ou de um cinza-azulado; só uma tira, o que se chama de passadeira; acho que era, e as tábuas do piso dos dois lados eram envernizadas num tom desagradável de marrom cintilante, como o de um caramelo grudento e muito chupado. As coisas que conseguimos invocar, coisas de todo tipo, quando nos concentramos.

Tempo e Memória são uma dupla nervosa de decoradores, porém, sempre trocando a mobília de lugar, alterando a disposição e até a finalidade dos aposentos da casa. Estou convencido de que a peça que contemplei através daquela porta aberta era um banheiro, pois me lembro claramente do brilho frio da porcelana e do zinco, mas o que atraiu meu olhar foi o tipo de espelho que as penteadeiras dos quartos das mulheres tinham naquele tempo, com uma borda superior curvilínea, dois painéis móveis nos cantos e até — será possível? — pequenas abas triangulares no alto dos painéis que a senhora sentada à sua penteadeira podia inclinar para a frente no ângulo desejado para poder ver-se de cima. E, o que me confunde mais ainda, havia outro espelho, de corpo inteiro, preso ao que deveria ser a face externa de uma porta que abria para dentro, e foi nesse espelho que vi o aposento refletido, tendo no seu centro a penteadeira, ou seja o que fosse, com seu próprio espelho, ou seus próprios espelhos, melhor dizendo. O que eu tive, portanto, não foi estritamente uma visão do banheiro, mas um reflexo dela, e da sra Gray, não um reflexo, mas o reflexo de um reflexo.

Não me percam nesse labirinto cristalino.

Então lá estou eu, parado do lado de fora dessa porta, olhando de viés para o espelho de corpo inteiro fixado, improvavelmente, na parte externa de uma porta entreaberta para dentro. Não registrei de imediato o que via. Até então, o único corpo que eu conhecia de perto era o meu próprio, e mesmo com essa entidade ainda em desenvolvimento não tinha um entendimento especialmente íntimo. E como eu esperava que fosse a aparência de uma mulher sem roupas não sei ao certo. Sem dúvida, devo ter contemplado com ardor reproduções de antigas pinturas, aquilatado as coxas rosadas da robusta ninfa deste ou daquele mestre de antanho a fugir de um fauno, ou a matrona clássica entronizada em pompa e cercada, nas felizes palavras de madame Geoffrin, de um *fricassé* de crianças, mas eu sabia que mesmo as mais nuas dessas figuras corpulentas, com seus seios de funil raso e seus deltas perfeitamente depilados e sem reentrâncias, proporcionavam uma representação nem um pouco naturalista das mulheres de carne e osso. De tempos em tempos, na escola, algum provocante cartão-postal de outros tempos era passado de mão em mão ansiosa por baixo das mesas, mas na maioria das vezes as *cocottes* do daguerreótipo, exibindo trechos nus de sua carne, apareciam obscurecidas pelas impressões de polegares sujos e uma rica filigrana de vincos brancos. Na verdade, meu ideal de feminilidade madura era a mulher da Kayser Bondor, uma beldade de papelão com uns trinta centímetros de altura, apoiada no balcão de meias do armarinho da srta D'Arcy, quase ao final da nossa Main Street, envergando um robe cor de lavanda e exibindo a casta franja de rendas de suas anáguas acima de um par de pernas adoráveis e impossivelmente compridas envoltas em *nylon* de quinze *deniers*, uma senhora esbelta e sofisticada que invadia imperiosa muitas das minhas fantasias noturnas. Qual mulher mortal poderia se comparar a essa presença, a uma pose tão majestosa?

A sra Gray no espelho, no reflexo do espelho, estava nua. Seria mais elegante, talvez, dizer que estava despida, eu sei; mas nua é a palavra. Depois de um primeiro instante de confusão e espanto, fiquei impressionado com a textura granulada da sua pele — imagino que devesse estar arrepiada, de pé ali — e pelo fulgor opaco que emitia, como o brilho de uma lâmina de faca embaçada. Em vez das nuances de cor-de-rosa e pêssego que eu poderia esperar — Rubens tem muitas satisfações a nos dar — seu corpo exibia, de maneira desconcertante, toda uma gama de tons muito atenuados, do branco de magnésio ao prateado e ao zinco, um amarelo esbatido, o ocre pálido, e até mesmo, em certos pontos, um ligeiro esverdeado além da presença, nas concavidades, da sombra de um musgo malva.

O que me era apresentado era um tríptico com ela, um corpo como que desmembrado ou, talvez eu deva dizer, desmontado. O painel central do espelho, ou seja, o painel central do espelho da penteadeira, se era mesmo um espelho assim, emoldurava seu tronco, os seios, a barriga e o borrão escuro mais abaixo, enquanto os painéis de cada lado mostravam os braços e os cotovelos, fletidos de um modo estranho. Havia um único olho, em algum ponto mais acima, fixado horizontalmente em mim e com uma sugestão de desafio, como se dissesse, *Sim, estou aqui, o que você acha?* Sei muito bem que esse arranjo desconjuntado é improvável, se não impossível — para começo de conversa, ela precisaria estar postada perto do espelho e bem à sua frente, de costas para mim, para que eu a pudesse ver refletida assim, mas não estava, eu só via o seu reflexo. Poderia estar de pé a uma certa distância, do lado oposto da peça, encoberta pelo ângulo da porta entrecerrada? Mas nesse caso ela não apareceria tão grande no espelho, mostrar-se-ia mais distante e muito menor do que me lembro. A menos que a combinação dos dois espelhos, o da penteadeira em que ela se refletia e o da porta, que refletia o seu reflexo, produzissem um efeito de ampliação. Mas creio que não. Ainda assim, como explicar essas anomalias, essas improbabilidades? Não sei. O que descrevi é o que se revela ao olho da minha memória, e só posso contar o que vejo. Mais tarde, quando lhe perguntei, a sra Gray negou que tal situação tivesse acontecido, e disse que só mesmo se eu a considerasse muito ordinária — palavras dela — poderia achar que iria exibir-se daquela forma a um estranho em sua casa, quanto mais um menino, o melhor amigo do seu filho. Mas tenho certeza de que estava mentindo.

E foi só isso que aconteceu, um brevíssimo vislumbre de uma mulher em pedaços, e na mesma hora segui caminho pelo corredor, tropeçando, como se tivesse levado um empurrão forte na base das costas. O quê? vocês irão exclamar. E chamo isso de encontro, de diversão? Ah, mas imaginem a tempestade que fervilhou no coração do menino depois de tamanha revelação, tamanha condescendência. Ainda assim, não, não foi uma tempestade. Não fiquei tão chocado ou incandescente como devia ter ficado. A sensação mais forte que eu tive foi de uma satisfação tranquila, como a que um antropólogo pode experimentar, ou um zoólogo, se, por um feliz acaso, tivesse um encontro inesperado com uma criatura cujo aspecto e cujos atributos confirmassem toda uma teoria quanto à natureza de uma espécie. Agora eu sabia uma coisa que não podia mais deixar de saber, e se vocês fazem um ar de mofa e dizem que no final das contas era apenas o conhecimento de como era uma mulher nua, mostram que não se lembram de como foi ter sido jovem e sedento de experiências, ansiando pelo que geralmente se chama de amor. Que a mulher não tenha se encolhido diante do meu olhar, que não tenha corrido para bater a porta ou nem mesmo levantado uma das mãos para se cobrir, não me pareceu descuido nem atrevimento, mas antes uma coisa estranha, muito estranha, objeto de intensa e prolongada especulação.

Mas a coisa não terminaria sem susto. No momento em que, chegando ao alto das escadas, ouvi passos rápidos atrás de mim, não me virei por medo de que pudesse ser ela, correndo em meu encalço como uma mênade, ainda totalmente pelada e impelida por sabe-se lá qual intento absurdo. Senti que a pele da minha nuca se encolhia como na expectativa de ser atingida com violência, por mãos, dedos em garra, até mesmo dentes. O que podia ela querer comigo? O óbvio não era o óbvio — lembrem-se de que eu tinha apenas quinze anos. Fiquei dividido entre o rompante de disparar escada abaixo e fugir daquela casa, para nunca mais pisar novamente em seu umbral, e o impulso oposto de parar ali mesmo, virar-me e abrir os braços para neles receber aquela abundante dádiva inesperada de feminilidade, nua como uma agulha, na feliz formulação de Piers Plowman, toda arquejante, agitada e pendente de desejo. A pessoa atrás de mim, porém, não era a sra Gray, mas sua filha, a irmã de Billy, a irritante Kitty, toda trancinhas e óculos, que agora se espremia para passar por mim, emitindo arquejos fanhosos e risinhos antes de descer com estrépito a escada, ao pé da qual parou, virou-se e me lançou um sorriso afetado que me deixou arrepiado, de tanto que parecia saber, antes de ir embora.

Depois de respirar fundo, o que por algum motivo me doeu no peito, também desci, circunspecto. A entrada estava vazia, e Kitty não estava em lugar algum que se pudesse ver, o que me deixou aliviado. Abri em silêncio a porta da frente e saí para a praça, com minhas gônadas emitindo um zumbido igual ao dos isoladores de porcelana, aquelas coisinhas que parecem bonecas e que costumavam ser usadas nos postes dos telégrafos, e pelas quais, ou ao redor das quais — vocês se lembram? — passavam os fios. Eu sabia que Billy iria se perguntar o que teria acontecido comigo, mas achei, nas circunstâncias, que era melhor eu não me ver frente a frente com ele, pelo menos não naquele momento. Ele era muito parecido com a mãe, já contei? Estranhamente, porém, ele não fez menção àquela minha fuga de sua casa, nem quando me encontrei com ele no dia seguinte nem, na verdade, em momento algum. Às vezes eu me pergunto — bem, nem sei mais o que eu me pergunto. As famílias são instituições estranhas, e seus membros sabem de muitas coisas estranhas, muitas vezes sem nem saber que sabem. Quando Billy finalmente descobriu o que havia entre mim e a mãe dele, não achei a raiva dele, aquelas lágrimas violentas, um pouco excessivas, mesmo num caso tão escandaloso como aquele, em que nos vimos todos repentinamente atolados? O que estou querendo insinuar? Nada. Em frente, em frente, como nos dizem para seguir quando nos deparamos com a cena de um acidente, ou de um crime.

Dias se passaram. Metade do tempo eu gastava na contemplação da sra Gray refletida no espelho da minha memória, e a outra metade imaginando que tivesse imaginado tudo. Pelo menos uma semana transcorreu antes que eu tornasse a vê-la. Havia um clube de tênis fora da cidade, perto do estuário, onde os Gray tinham um título familiar, e aonde às vezes eu ia com Billy para bater uma bola, sentindo que chamava uma atenção horrível com meus sapatos de lona baratos e minha camiseta surrada. Ah, mas os clubes de tênis de outrora! Meu coração ainda percorre, como uma assombração, aquelas quadras encantadas. Até mesmo os nomes, Melrose, Ashburn, Wilton, The Limes, falavam de um mundo muito mais cheio de graça que o triste lugarejo onde morávamos. Aquele clube, próximo ao estuário, chamava-se Courtlands; imagino que o trocadilho, *court land,* terra das quadras, não tenha sido intencional. Eu já tinha visto a sra Gray jogando lá, só uma vez, formando dupla com o marido num jogo contra outro casal que na minha memória não passa de uma dupla de fantasmas vestidos de branco saltitando e pulando para a frente sem produzir nenhum som num passado perdido. A sra Gray estava junto à rede, ameaçadoramente curvada com o traseiro erguido, e pulou para cortar a bola como um samurai que cortasse um inimigo ao meio na diagonal. Suas pernas não eram tão compridas quanto as da mulher da Kayser Bondor, e na verdade eram antes roliças que qualquer outra coisa, mas tinham um belo bronzeado, e seu tornozelo era muito bem torneado. Preferia usar *shorts* àqueles saiotes aborrecidos, e havia largas manchas úmidas nas axilas de sua camisa de algodão de mangas curtas.

Naquele dia, o dia do incidente — o incidente! — que desejo assinalar, eu caminhava sozinho para casa quando ela me ultrapassou de carro e então parou. Terá sido o mesmo dia do jogo de duplas? Não me lembro. Se tiver sido, onde estaria o marido? E se eu voltava do clube, onde estaria Billy? Detidos, os dois, pela deusa do amor, atrasados, desviados, trancados no banheiro e gritando em vão por socorro — não importa, mas não estavam lá. Caía a tarde, e a luz do sol estava aguada ao final de um dia de pancadas de chuva. A estrada, ornamentada por aromáticas manchas úmidas, corria ao lado da linha do trem; para além desta, o estuário era uma massa de púrpura turbulento, e o horizonte estava franjado por uma espuma de nuvens brancas como gelo. Eu tinha jogado o casaco nas costas e amarrado as mangas na frente, como um tenista de verdade, e carregava minha raquete em sua prensa formando um ângulo negligente debaixo do braço. Quando ouvi o motor reduzindo a velocidade atrás de mim, eu sabia, não sei como, que era ela, e as batidas do meu coração parecem ter desacelerado também, desenvolvendo uma cadência sincopada. Parei e me virei, franzindo o rosto de falsa surpresa. Ela precisou esticar-se toda por cima do assento do carona para baixar a janela. Na verdade, o carro não era um carro mas uma camionete, pintada num tom de cinza e um tanto arruinada; ela deixou o motor ligado e aquela coisa feia, com sua imensa corcova, arquejava e tremia em seu chassis como um velho cavalo resfriado, tossindo fumaça azulada pela traseira. A sra Gray debruçou-se muito, com o rosto voltado para cima na direção da janela aberta, sorrindo para mim com ar zombeteiro, lembrando-me as heroínas amistosamente sardônicas das comédias agitadas de tempos anteriores, que diziam frases espirituosas uma atrás da outra, não deixavam os namorados em paz e esbanjavam alegremente os incontáveis milhões de seus pais ríspidos em carros esporte e chapéus absurdos. Já contei que seus cabelos eram de um tom de carvalho e cortados num estilo indeterminado, e que de um lado havia um cacho que ela estava sempre prendendo atrás da orelha, embora ele nunca ficasse no lugar? "Eu acho, meu rapaz", disse ela, "que estamos indo ambos na mesma direção." E era verdade, embora no fim das contas não tenha sido o caminho da minha casa.

Ela dirigia com impaciência, tendendo a deixar os pedais lhe escaparem dos pés, e costumava praguejar em voz muito baixa e a manejar com violência a alavanca de mudanças, que era presa à coluna de direção, com seu braço esquerdo funcionando como a alavanca articulada de uma bomba de sucção. Fumava um cigarro? Sim, fumava, com frequência, desferindo com ele estocadas frequentes na direção da brecha de poucos centímetros que sua janela deixava aberta no alto, embora a cada vez quase toda a cinza voasse de volta para dentro do carro. O banco dianteiro não tinha descanso para o braço entre o motorista e o passageiro, e era largo e macio, estofado como um sofá, e toda vez que ela acionava os freios ou trocava as marchas balançávamos um pouco em uníssono. Por muito tempo a sra Gray nada disse, fixando os olhos no caminho à sua frente, os pensamentos aparentemente longe dali. Eu ia sentado com minhas mãos pousadas no colo, os dedos de uma encostados na ponta dos da outra. No que pensava? Em nada, que eu me lembre; só estava esperando, de novo, pelo que calharia de acontecer, da mesma forma como estava à espera no outro dia, na sala da casa da família Gray, antes do encontro através do espelho; dessa vez estava mais ansioso, quase sem fôlego. Ela tinha trocado sua roupa branca de tênis por um vestido feito de algum tecido leve com um estampado de flores claras. De vez em quando eu captava um traço suave de sua mistura de fragrâncias, enquanto um filete de fumaça de cigarro de seus lábios corria para o lado e entrava em minha boca. Eu nunca tivera uma consciência tão aguda da presença de outro ser humano, esta entidade à parte, este incomensurável não-eu; um volume que deslocava ar, um peso macio exercendo sua pressão sobre o outro lado do assento do carro; um cérebro funcionando; um coração batendo.

Contornamos a cidade, seguindo por um caminho salpicado de sol ao lado de um muro de pedra e um arvoredo de bétulas reluzentes. Era uma parte quase rural da cidade que eu raramente frequentava; estranho, como num lugar tão estreitamente circunscrito como aquele em que vivíamos houvesse partes que não costumássemos frequentar. A tarde morria, mas a luz ainda era forte e o sol corria através das árvores ao nosso lado, as árvores que, como as vejo agora, apresentam uma folhagem abundante demais para o mês de abril, pois as estações estão mudando mais uma vez. Passamos pela crista de um morro baixo por cuja encosta as árvores se espalhavam, e fomos premiados com uma inesperada visão panorâmica do mar, para além de campos festivamente iluminados, em seguida mergulhamos num vale estreito tomado pela sombra e de repente, numa curva enlameada, a sra Gray com um grunhido deu uma guinada no volante, virou o carro para a esquerda e saímos da estrada, enveredando por um caminho que corria pelo meio das árvores. Ela tirou o pé do acelerador, o carro oscilou bêbado por alguns metros de terreno irregular e finalmente parou, com um balanço e um gemido.

Ela desligou o motor. O canto dos pássaros invadiu o silêncio. Com as mãos ainda pousadas no volante, ela se debruçou para a frente e olhou para cima pelo para-brisa inclinado, fitando o entrelaçado de marfim e galhos escuros acima de nós. "Você gostaria de me beijar?" perguntou ela, ainda com os olhos virados para o alto.

Entendi suas palavras menos como um convite que como uma pergunta de caráter geral, algo que ela simplesmente estivesse curiosa para saber. Olhei para os arbustos nas sombras ao lado do carro. O surpreendente era eu não ficar surpreso com nada daquilo. E então, da maneira como essas coisas acontecem, nós dois nos viramos ao mesmo tempo, ela apoiou um punho fechado entre nós dois no banco macio para se firmar e com um ombro erguido avançou o rosto, um pouco inclinado de lado, com os olhos fechados, e eu a beijei. Na verdade, foi um beijo bem inocente. Seus lábios estavam secos e transmitiram uma sensação quebradiça como a asa de um besouro. Depois de um ou dois segundos nos separamos, apoiando-nos de volta no encosto, e precisei limpar a garganta. Como soava penetrante o canto dos pássaros no bosque vazio. "Isso mesmo", murmurou a sra Gray, como se confirmasse alguma coisa para si mesma, depois tornou a dar a partida e virou-se para trás a fim de olhar pelo vidro traseiro, com os tendões de seu pescoço muito esticados do lado e um braço apoiado no encosto do banco, engatou com força a marcha a ré e nos conduziu de volta aos solavancos até a estrada pelo caminho de terra.

Eu tinha raros conhecimentos a respeito de garotas — raros e preciosos — e praticamente nenhum sobre mulheres adultas. À beira do mar num verão, quando eu tinha dez ou onze anos, encontrei uma beldade morena da minha idade que adorava à distância — mas também, quem no nevoeiro de mel da infância não terá adorado uma beldade bronzeada à beira-mar? — e num inverno uma ruiva, chamada Hettie Hickey, que apesar de seu nome menos que gracioso era delicada como um bibelô de Meissen, que usava várias camadas de roupas de baixo de renda e mostrava as pernas quando dançava música de jazz mais animada, e que em três noites de sábado consecutivas, que jamais esquecerei, aceitou sentar-se comigo nas últimas fileiras do cinema Alhambra e deixar que eu enfiasse a mão pela frente do seu vestido e envolvesse com a palma um de seus seios macios, de um frio surpreendente mas de excitante maleabilidade.

Esses breves vislumbres do dardos do deus do amor, juntamente com aquela visão da ciclista na entrada da igreja desnudada pelo vento — aqui também, decerto, um jocoso deus do amor em ação — constituíam a soma da minha experiência erótica até então, além dos exercícios solitários, que para mim não contam. Agora, depois daquele beijo no carro, eu tinha a impressão de não estar propriamente vivo, mas suspenso num estado de potencial trêmulo, vivendo meus dias às cegas e revirando-me à noite numa cama suada e malcheirosa, perguntando-me se eu ousaria —? e se ela ousaria —? E imaginava planos para tornar a encontrá-la, estar novamente a sós com ela, verificar o que mal me atrevia a esperar que fosse verdade, pensando que se eu decidisse aproveitar a ocasião vantajosa ela poderia — bem, ela poderia o quê? E esse era o ponto em que tudo ficava vago. Muitas vezes eu não sabia dizer o que era mais urgente, o desejo de ser autorizado a sondar sua carne — já que depois daquele beijo minhas intenções antes passivas tinham escalado para um estágio de determinação ativa — ou a necessidade de compreender o que acarretariam exatamente essas sondagens e essas iniciativas. Era uma confusão entre as várias categorias do verbo conhecer. Ou seja, eu tinha uma ideia razoável do que precisaria fazer e ela precisaria deixar-me fazer, mas apesar da minha inexperiência tinha clareza de que a simples mecânica da coisa era a menor das minhas preocupações.

O que eu sabia ao certo é que o que pareciam prometer aqueles meus dois encontros com a sra Gray, um na extremidade daquele nexo de espelhos e o outro do lado de cá, na caminhonete debaixo das árvores, seria de uma ordem totalmente diversa de experiência. Meus sentimentos eram uma mescla tonta e intensificada de antecipação e alarme, e uma determinação efervescente de agarrar com as duas mãos, e quaisquer outras extremidades envolvidas, qualquer coisa que se revelasse um oferecimento. Havia agora uma pulsação ávida no meu sangue que me espantava, e também me deixava chocado, um pouco, acho eu. E ainda assim, o tempo todo, apesar de toda essa paixão e dessas dores, permanecia uma estranha sensação de desconexão, de registro incompleto das coisas, de estar ali e ao mesmo tempo não estar, como se tudo ainda ocorresse nas profundezas de um espelho enquanto eu permanecia do lado de fora, intocado, olhando para dentro. Bem, vocês devem conhecer a sensação, que não há de ser exclusividade minha.

Àquele breve momento de contato no arvoredo de bétulas, sucedeu-se mais uma semana de silêncio. Num primeiro momento fiquei decepcionado, depois irritado, e mais adiante abatido pelo desânimo. Achei que estava iludido e que aquele beijo, tanto quanto a exibição ao espelho, não significara quase nada para a sra Gray. Sentia-me isolado, a sós com a minha humilhação. Evitava Billy, e ia para a escola andando sozinho. Billy não dava sinal de perceber minha frieza, minha hostilidade recente. Eu o observava às escondidas, em busca de qualquer indício de que ele pudesse conhecer alguma parte do que havia ocorrido entre sua mãe e eu. Nos meus momentos mais sombrios, eu me convencia de que a sra Gray tinha decidido pregar-me uma peça elaborada para zombar de mim, e ardia de vergonha por ser tão fácil de lograr. Ocorria-me uma visão horrenda em que ela, sentada à mesa do chá, contava o que tinha ocorrido entre nós dois — "E então ele veio e realmente me beijou!" — e eles quatro, inclusive o soturno sr Gray, gargalhavam e empurravam uns aos outros, entregues a uma hilaridade estridente. Minha angústia era tamanha que tirou até minha mãe da sua crônica letargia, embora seus murmúrios de interrogação e preocupação morna só me deixassem enfurecido e eu não lhe desse qualquer resposta, limitando-me a sair de casa pisando duro e batendo a porta.

Quando afinal, ao cabo de duas semanas de tormentos, encontrei-me por acaso com a sra Gray na rua, meu primeiro impulso foi fazer de conta que não a reconhecia, exibir um comportamento seco e altaneiro, passando direto por ela sem lhe dirigir palavra ou sinal. Era um dia de primavera, de ventos invernais e chuva gelada, e éramos as duas únicas pessoas caminhando pela Fishers Walk, uma aleia de casinhas caiadas que se alinhavam abaixo do muro de granito da estação de trem. Ela avançava com esforço contra o vento, mantendo a cabeça baixa sob a agitação das asas de morcego de seu guarda-chuva, e teria sido ela quem passaria direto, sem ver nada de mim acima dos joelhos, se eu não tivesse barrado o seu caminho. Onde terei encontrado a coragem, o desplante, desse gesto tão ousado? Por um segundo ela não me reconheceu, percebi, e quando viu que era eu pareceu confusa. Já teria esquecido, ou decidido fingir que esquecera, a exibição ao espelho, o beijo na camionete? Não usava chapéu, e seus cabelos estavam salpicados de contas coruscantes de gelo derretido. "Ah", disse ela, com um sorriso vacilante, "olhe só, você está gelado." Imagino que eu estivesse tremendo, nem tanto devido ao frio como à agitação de encontrá-la daquele modo. Ela usava galochas e uma capa de plástico transparente cor de fumaça, abotoada até o pescoço. Hoje em dia ninguém mais usa essas capas, e nem galochas; não sei dizer por quê. Seu rosto tinha manchas de frio, sua pele estava áspera e lustrosa, e seus olhos lacrimejavam. Ficamos ali parados, açoitados pelo vento, cada um indefeso a seu modo. Uma rajada malcheirosa chegou a nós da fábrica de bacon instalada à beira do rio. Ao nosso lado, o muro de pedra lavado pela chuva refulgia e emanava um cheiro de argamassa molhada. Acho que ela teria me evitado e seguido em frente se não tivesse percebido meu ar de carência e desalento suplicante. Ela me encarou por um bom tempo perdida em conjeturas, sem dúvida aquilatando as possibilidades e calculando os riscos, e então finalmente chegou a uma decisão.

"Venha comigo", disse ela. Virou-se, e saímos ambos caminhando na direção de onde ela vinha.

Era a semana dos feriados da Páscoa, e o sr Gray tinha levado Billy e a irmã ao circo naquela tarde. Imaginei os três bem juntos na arquibancada de madeira, no frio, com o cheiro da grama pisoteada subindo entre os seus joelhos e a tenda adejando ao vento com um som trovejante, enquanto a banda se esgoelava em clarinadas e peidos, e me considerei melhor e mais adulto não só do que Billy e sua irmã, mas também do que o pai de ambos. Eu estava na casa deles, na cozinha deles, sentado àquela grande mesa quadrada, tomando uma caneca de chá com leite que a sra Gray tinha preparado para mim, alerta e intimidado, é verdade, mas abrigado, quente e trêmulo de expectativa como um cão de caça. De que me interessavam acrobatas, ou um melancólico número de palhaços, ou mesmo uma cintilante amazona cavalgando sem arreios? De onde eu me encontrava, teria recebido feliz a notícia de que a grande tenda tinha desabado com o vento e sufocado todos os presentes, tanto artistas quanto espectadores. Uma fornalha de ferro, a um canto, faiscava e chiava abaixo de uma janela fuliginosa, sua chaminé alta agitada de calor. Atrás de mim, o motor da grande geladeira desligou-se com um arquejo e um ronco final, e onde havia um zumbido inaudível fez-se de repente um silêncio vazio. A sra Gray, que tinha ido tirar sua capa de chuva e as galochas de borracha que usava cobrindo os sapatos, voltou para a cozinha esfregando as mãos. Seu rosto, antes manchado de vermelho, apresentava agora um rosado uniforme, mas seus cabelos continuavam escuros com a umidade, emitindo grandes pontas para o alto. "Você não me disse que eu tinha uma gota de gelo na ponta do nariz", queixou-se ela.

A sra Gray transmitia uma impressão atenuada de desespero, mas ao mesmo tempo parecia estar achando graça na situação, ainda que a contragosto. Afinal, estávamos em território certamente não mapeado, tanto ela quanto eu. Fosse eu um homem e não um garoto, talvez ela soubesse como agir, fingindo que brincava, exibindo sorrisos de malícia, simulando hesitar para dar a entender o contrário — o de sempre — mas o que fazer comigo, acocorado ali como um sapo no banco da mesa da sua cozinha, com as pernas encharcadas das minhas calças fumegando de leve, meus olhos determinadamente baixos, meus cotovelos plantados no tampo de madeira e a caneca presa com força entre as mãos, emudecido pela timidez e a luxúria contida?

Na ocasião, ela se saiu com uma leveza e uma sagacidade que eu ainda não tinha experiência para apreciar devidamente àquela altura. Numa peça acanhada perto da cozinha ficava uma máquina de lavar de tampa que abria para cima com uma pá imensa de metal emergindo da tampa, um tanque de pedra, uma tábua de passar armada, tensa como um louva-a-deus sobre suas pernas finas, e uma cama dobrável com armação de metal que poderia também ser usada como mesa cirúrgica caso não ficasse tão perto do chão. No entanto, pensando bem, seria mesmo uma cama? Podia ser só um colchão de crina aberto no chão, pois tenho a impressão de me lembrar de um pano riscado como um uniforme de prisioneiro e de um forro áspero fazendo cócegas em meus joelhos nus. Ou estarei confundindo com o colchão posterior, no chão da casa de Cotter? De qualquer maneira, nesse lugar nós nos deitamos juntos, primeiramente de lado e de frente um para o outro. Ainda vestidos, ela se encostou em mim de corpo inteiro e me beijou na boca, com força, e por algum motivo com raiva, ou pelo menos foi o que me pareceu. Lançando um olhar rápido de lado para o teto, além da testa da sra Gray, tão longe de nós, tive a sensação de pânico de estar deitado em meio a destroços submersos, no fundo de uma cisterna profunda.

Acima da cama, à meia altura da parede, havia uma única janela de vidro fosco, e a luz chuvosa que ele deixava passar era suave, opaca e constante, e isso, somado ao aroma de roupa lavada e ao cheiro de algum sabonete ou creme que a sra Gray tinha usado no rosto, parecia emanar da minha infância mais distante. E de fato eu me sentia como um bebê impossivelmente crescido, debatendo-me e vagindo em cima daquela mulher quente e matronal. Pois tínhamos progredido, ah, sim, tínhamos avançado bem depressa. Imagino que ela não pretendesse ir além de deitar-se ali comigo por algum tempo, os dois castamente vestidos, espremendo-nos contra os lábios e os dentes e os quadris um do outro, mas se era este o caso ela não contara com a cega e violenta obstinação de um garoto de quinze anos. Depois que me livrei das minhas calças e cuecas, aos pontapés e contorções, senti o ar tão frio e acetinado contra a minha pele nua que tive a impressão de prorromper inteiro num sorriso idiota. Ainda estaria de meias? A sra Gray, apoiando uma das mãos no meu peito para conter minha impaciência, levantou-se, tirou o vestido e a anágua, escorregou para fora de suas roupas de baixo e então, ainda de combinação, submeteu novamente o corpo ao assédio dos meus tentáculos. Agora repetia *não* ao meu ouvido, *não não não nããão!* embora aquele som me parecesse antes um riso contido que um pedido para interromper o que eu vinha fazendo.

E o que eu fiz, no fim das contas, me ocorreu com a maior facilidade, como quem aprende a nadar sem esforço. Assustadora, também, é claro, pairando acima dessas profundezas insondadas, mas muito mais forte que o medo, era a sensação de ter chegado afinal, mas ainda assim tão cedo, a esse triunfante apogeu. Logo que acabei — sim, devo admitir que foi tudo muito rápido — e saí de cima da sra Gray, deitei-me de lado e fiquei estendido, oscilando bem na beira do colchão estreito com uma das pernas dobrada enquanto ela se encolhia junto à parede, comecei a me sentir inchado de orgulho, enquanto ainda precisava me esforçar para recuperar o fôlego. O meu desejo era sair correndo e contar para alguém — mas a quem poderia contar? Não ao meu melhor amigo, que estava fora de questão. Precisaria me contentar de acalentar o meu segredo bem junto ao corpo, sem compartilhá-lo com ninguém. Apesar da minha juventude, eu já tinha idade suficiente para perceber que nesse silêncio residia uma forma de poder, tanto sobre a sra Gray como sobre mim mesmo.

Se eu estava mergulhado no medo, em que me debatia frenético, quais seriam os sentimentos dela? E se ocorresse de fato uma catástrofe no circo, interrompendo a função e fazendo Kitty voltar correndo para casa, ansiosa para contar como o jovem trapezista voador tinha soltado a barra e despencado na escuridão pulverulenta, quebrando o pescoço em meio a uma nuvem de serragem, bem no centro do picadeiro, e ela encontrasse a mãe seminua, envolvida em acrobacias incompreensíveis com o ridículo amigo do irmão dela? Hoje eu fico perplexo diante dos riscos que a sra Gray correu. O que ela terá pensado, de onde terá tirado coragem para tamanha ousadia? Apesar do orgulho pela minha proeza, não me ocorreu que fosse por minha causa, somente por minha causa, que ela se mostrava disposta, e mais que disposta, a pôr tanta coisa em perigo. Devo dizer que não me imaginei dotado de todo esse valor, que não me senti tão amado assim. Não por insegurança ou por não fazer ideia da minha importância, não, mas justamente o contrário: absorvido pelos sentimentos que eu próprio me inspirava, me faltava medida para poder avaliar o que ela sentiria por mim. Foi assim no começo, e assim continuaria a ser até o final. E é assim que é, quando a pessoa se descobre através de outra.

Tendo obtido dela o que mais intensamente desejava, agora eu me via diante da difícil tarefa de livrar-me da sra Gray. Não que não me sentisse grato, ou que não gostasse dela. Pelo contrário, sentia-me imerso num nevoeiro de carinho e incrédula gratidão. Uma mulher adulta da idade da minha própria mãe, mas tirante isso tão diferente dela quanto podia ser, uma mulher casada e com filhos, a mãe do meu melhor amigo, tinha tirado o vestido, soltado as ligas, tirado as calcinhas — brancas, amplas, sensatas — e, com uma das meias ainda erguida e a outra arriada até o joelho, deitara-se debaixo de mim com os braços abertos, deixando que eu me jorrasse dentro dela, e agora mesmo tornara a se deitar de lado com um suspiro entrecortado de satisfação, apoiando a testa nas minhas costas, com a anágua arrebanhada em torno da cintura e a pelagem do seu ventre áspera e quente contra as minhas nádegas, acariciando minha têmpora esquerda com as pontas dos dedos e cantarolando no meu ouvido o que me parecia uma terna e erótica cantiga de ninar. Como eu poderia não me achar o filho mais favorecido e o garoto mais abençoado da cidade, do país — do mundo!

Eu ainda tinha o seu sabor na minha boca. Minhas mãos ainda sentiam a aspereza ligeira e fria dos seus flancos e da parte externa do alto dos seus braços. Eu ainda ouvia seus arquejos roufenhos e sentia a impressão que ela dera, de estar caindo e caindo dos meus braços, no momento em que se arqueou com violência contra mim. E no entanto ela não era eu, era totalmente uma outra pessoa, e por mais que eu fosse jovem e novato naquilo, percebi de imediato, com uma clareza impiedosa, a delicada tarefa que agora tinha pela frente, a de empurrá-la de volta para o mundo das incontáveis outras coisas que não eram eu. Na verdade, eu já me distanciara dela, já estava triste e saudoso, embora ainda preso em seus braços e com seu hálito morno na minha nuca. Uma vez vi um casal de cães engatados depois do coito, um com o rabo encostado no do outro e cada um olhando para um lado, o macho correndo os olhos em volta com um ar entediado e tristonho, a fêmea com a cabeça baixa de desânimo, e Deus me perdoe, mas era essa a imagem que não me saía da cabeça naquele momento, tenso como uma mola na beira daquela cama baixa, desejando estar em outro lugar, rememorando aqueles quinze minutos extraordinários, espantosos, impossíveis, de feliz labuta nos braços de uma mulher de tamanho real. Tão jovem, Alex, tão jovem e já tão brutal!

Finalmente nos levantamos às apalpadelas e fechamos nossas roupas, tão acanhados a essa altura como Adão e Eva depois da maçã. Ou não, o acanhamento era só meu. Embora eu achasse que decerto teria machucado suas entranhas com todos os meus arrancos e arremetidas, ela se mostrava muito tranquila, e até parecia distraída, pensando talvez no que prepararia para o chá quando a família chegasse em casa do circo, ou, por sugestão do local onde nos encontrávamos, perguntando-se se a minha mãe não iria encontrar manchas reveladoras na minha roupa de baixo, da próxima vez que lavasse as minhas roupas. Antes o amor, observa o cínico; depois os cálculos.

Eu também pensava nos meus assuntos, e gostaria de saber, por exemplo, por que havia uma cama, ou mesmo um colchão nu, se era disso que se tratava, no chão da lavanderia da casa, mas achei que a pergunta pudesse ser indelicada — nunca descobri o motivo — e talvez tenha passado pela minha cabeça a desconfiança de que não tivesse sido eu o primeiro a deitar-se ali com ela, embora essa suspeita não tivesse qualquer fundamento, do que tenho certeza, pois ela estava longe de ser promíscua — apesar de tudo que tinha acabado de ocorrer, e de tudo que ainda estava por ocorrer, entre ela e eu. Me incomodava uma desagradável sensação grudenta na região dos genitais, e ainda por cima eu estava com fome, e qual jovem não sentiria fome depois daquele exercício? A chuva tinha parado pouco antes, mas agora recomeçava a retinir na janela acima da cama, e eu via as gotas fantasmagóricas, impelidas pelo vento, escorregando trêmulas pelo vidro embaçado e cinzento. Pensei, com uma sensação que me pareceu de pena, na cintilação negra dos galhos molhados das cerejeiras do lado de fora, e nas flores encharcadas que caíam. Seria isso estar apaixonado, me perguntei, essas súbitas rajadas plangentes no coração?

A sra Gray prendia as meias às ligas, com a bainha do vestido bem levantada, e me imaginei caindo de joelhos diante dela e enterrando meu rosto entre a parte superior nua e muito branca das suas duas coxas, um pouco inchadas e arredondadas acima da barra apertada das suas meias. Ela me viu olhando e me dirigiu um sorriso indulgente. "Você é um menino tão bom", disse ela, endireitando o corpo e sacudindo-se dos ombros aos joelhos para arrumar suas roupas, coisa que, percebi com algum desalento, já tinha visto minha mãe fazer várias vezes. Então ela estendeu uma das mãos e encostou-a no meu rosto, apoiando a palma em concha na minha face, enquanto seu sorriso se turvava e se transformava quase numa careta. "O que eu vou fazer com você?" murmurou ela, com um risinho de desamparo, como se alegremente surpresa com tudo aquilo. "Você ainda nem se barbeia!"

Para mim, ela era bem velha — mais ou menos da mesma idade da minha mãe, afinal. E não sabia ao certo que sentimentos isso deveria me inspirar. Deveria me sentir lisonjeado por uma mulher madura como ela, esposa e mãe de família respeitável, ter-me achado, ainda que sujo, de barba por fazer e longe de perfumado, tão irresistivelmente desejável que não tinha conseguido evitar levar-me para a cama, enquanto seu marido e seus filhos, todos na mais completa ignorância, rebentavam de rir com as momices do palhaço Coco ou olhavam para cima com uma admiração fixa e ansiosa enquanto a miúda Roxanne e seus irmãos de queixo azul manobravam equilibrando os pés chatos no arame? Ou seria eu uma simples diversão, um brinquedo passageiro, com que a dona de casa farta podia se distrair no meio de uma tarde comum e depois, sem cerimônia, mandar embora, enquanto retornava aos afazeres da realidade e se esquecia totalmente de mim e das criaturas transfiguradas em que parecemos nos transformar quando ela se debatia nos meus braços e gritava de êxtase?

A propósito, não deixei de perceber a persistência com que o tema do circo, com suas lantejoulas e canutilhos, intrometeu-se no que descrevo aqui. Imagino que seja um fundo adequado para o espetáculo febril que a sra Gray e eu tínhamos acabado de encenar, embora nosso público se tenha limitado à máquina de lavar, uma tábua de passar roupa e uma caixa de sabão em pó, a menos, claro, que a deusa e seu séquito estrelado também estivessem presentes, mas invisíveis.

Deixei a casa com passo hesitante, mais embriagado do que com o uísque do pai de Billy, os joelhos fracos como os de um velho e meu rosto ainda em chamas. O dia de abril que me recebeu estava, claro, transfigurado: era todo florescimento, frêmito e espuma de luz, em contraste com a letargia de meu estado de saciedade, e enquanto eu atravessava a tarde tinha a impressão não tanto de andar quanto de me espojar em frente, como um balão bojudo e meio murcho. Quando cheguei em casa evitei minha mãe, pois tinha certeza de que as marcas lívidas de uma luxúria tão pouco antes, embora só temporariamente, satisfeita estariam claramente visíveis em meus traços febris, fui direto para o meu quarto e me atirei, propriamente me atirei, na cama, onde fiquei deitado de costas com um antebraço protegendo os olhos bem fechados, repassando numa tela interna, quadro a quadro, em câmera maniacamente lentíssima, tudo que havia ocorrido menos de uma hora antes naquela outra cama, assistido em espanto boquiaberto por uma galeria de inocentes utensílios domésticos. No jardim encharcado, um melro começou a limpar a garganta com uma cascata de gorjeios e quando o escutei lágrimas quentes brotaram em meus olhos. "*Ó sra Gray*!" exclamei baixinho, "*Ó minha querida!*", e me envolvi nos meus braços entregue à doçura daquela dor, enquanto sofria com a ardência de meu prepúcio esfolado.

Não tinha ideia se ela e eu alguma vez tornaríamos a fazer o que fizemos naquela tarde. Que acontecesse uma vez já era difícil de acreditar, que se repetisse era inimaginável. Era essencial, portanto, que cada detalhe fosse recolhido, verificado, catalogado e armazenado nos arquivos forrados de chumbo da memória. Nisso, contudo, experimentei uma certa frustração. O prazer revelou-se tão difícil de reviver como a dor. E esse fracasso era sem dúvida parte do preço a pagar pela blindagem contra os poderes reencenadores da imaginação, pois caso me fosse permitido tornar a sentir com a mesma intensidade, cada vez que pensasse no ocorrido, tudo que sentira enquanto corcoveava em cima da sra Gray, acho que eu teria morrido. Da mesma forma, nem da própria sra Gray eu conseguia evocar uma imagem satisfatoriamente clara e coerente. Eu me lembrava dela, claro, mas só como uma série de partes separadas e dispersas, como numa dessas pinturas antigas da Crucifixão em que os instrumentos de tortura, os cravos e o martelo, a lança e a esponja, aparecem dispostos em primeiro plano e primorosamente representados, enquanto a um lado o Cristo morre na cruz num anonimato indistinto — meu Deus, perdoai-me por somar blasfêmia à indecência. Eu revia seus olhos de âmbar líquido, tão perturbadoramente parecidos com os de Billy, quase transbordando debaixo das pálpebras semicerradas que palpitavam como as asas de uma mariposa; revia as raízes úmidas dos seus cabelos puxados para trás, já deixando entrever alguns fios brancos; tornava a sentir a lateral bulbosa de um seio farto e lustroso encostando-se na minha palma; tornava a ouvir seus gritos arrebatados e sentir o ligeiro aroma de ovo do seu hálito. Mas a mulher propriamente dita, sua totalidade, isto eu não tinha como recuperar em minha mente. E eu, também, até mesmo eu, lá com ela, estava fora do alcance da minha lembrança, não passava de um par de braços que agarravam, pernas em espasmo e uma bunda que bombeava freneticamente. Tudo isso era um enigma e me intranquilizava, pois eu não estava acostumado ao abismo que se abre entre fazer uma coisa e lembrar-se do que foi feito, e ainda precisaria de muita prática, e da familiaridade resultante, para poder fixá-la inteira na minha mente e integrá-la toda numa unidade só, numa totalidade, e eu juntamente com ela. Mas o que quero dizer, quando falo de totalidade e integridade? O que recuperei dela, além de fragmentos criados por mim mesmo? Este era um enigma ainda maior e mais perturbador, esse enigma do distanciamento.

Não quis estar com minha mãe naquele dia, e não só por achar que minha culpa estaria mais que patente na minha aparência. A questão é que eu nunca mais voltaria a olhar para nenhuma outra mulher, nem mesmo a minha mãe, da mesma forma. Onde antes eu via garotas e mães, agora havia uma coisa que não era uma nem a outra, e eu não sabia bem o que fazer com isso.

No momento eu que eu saía de sua casa naquele dia, a sra Gray me parou no capacho da porta da frente e me interrogou quanto à situação da minha alma. Ela era religiosa de algum modo nebuloso, e queria ter certeza de que eu estava em dia com Nosso Senhor e, especialmente, com sua Santa Mãe, por quem cultivava uma reverência especial. Queria que eu fosse me confessar o mais depressa possível. Ficou claro que tinha dedicado alguma reflexão à questão — estaria pensando a respeito quando ainda nos engalfinhávamos naquela cama improvisada da lavanderia?

— e agora disse que, embora eu não devesse perder tempo em revelar o pecado que acabara de cometer, não havia a menor necessidade de revelar com quem ele fora cometido. Ela também confessaria do seu lado, sem me identificar. Enquanto me dizia isso, arrumava atarefada meu colarinho e ajeitava até onde podia meu cabelo eriçado com os dedos — podia ser Billy que ela estava arrumando na hora de ir para a escola! Então ela pôs as mãos nos meus ombros, com os braços esticados, e me examinou de cima a baixo com um olhar crítico e minucioso. Sorriu, e me beijou na testa. "Você vai ser um homem bonito", disse ela, "sabia disso?" Por algum motivo, esse elogio, embora feito num tom irônico, na mesma hora fez o meu sangue retomar um pulso latejante, e fosse eu mais escolado, e menor a minha preocupação com o retorno iminente do resto da família, eu a teria convencido a voltar para dentro, para a lavanderia, tirado as roupas dela e as minhas e feito com que se deitasse naquele colchão, começando tudo de novo. Ela confundiu meu aspecto carrancudo com uma expressão de ressentimento cético, e disse que estava sendo sincera, que eu era bonito, e que devia ter ficado contente com o elogio. Não me ocorreu nenhuma resposta, e dei-lhe as costas tomado por um tumulto de emoções, partindo intumescido debaixo da chuva.

E fui me confessar. O padre que escolhi, depois de uma longa agonia enrubescida em meio às sombras da igreja no fim da tarde de sábado, era um com quem já tinha me confessado antes, muitas vezes, um sujeito gordo e asmático com os ombros caídos e um ar pesaroso, cujo nome, por um feliz acaso, embora talvez nem tão feliz para ele, era Priest, de modo que ele era o padre Priest. Temi que me reconhecesse de outras ocasiões, mas o fardo que eu carregava era tamanho que senti a necessidade de ouvidos com que já estivesse acostumado, e que também me reconhecessem. Toda vez que ele abria a portinhola por trás da treliça — ainda ouço o estalo abrupto e sempre surpreendente que ela costumava produzir — começava soltando um suspiro profundo que parecia emanar de uma resignada relutância. E isso me tranquilizava, era um sinal de que se sentia tão pouco disposto a ouvir meus pecados quanto eu a confessá-los. Percorri toda a lista prescrita de pequenos delitos — mentiras, palavrões, desobediência — antes de abordar, com a voz reduzida a um sussurro de pluma, a questão principal e mortal. O confessionário cheirava a cera de vela, verniz velho e sarja por lavar. O padre Priest ouviu meu hesitante gambito de abertura em silêncio e deixou escapar mais um suspiro, que dessa vez soou muito pesaroso. "Atos impuros", disse ele. "Entendo. Consigo mesmo ou com outra pessoa, meu filho?"

"Com outra pessoa, padre."

"E foi uma menina, ou um menino?"

O que me fez parar. Atos impuros com um menino — quais seriam? Ainda assim, aquilo me possibilitou uma astuta resposta evasiva. "Não, padre, não foi um menino", disse eu.

Aqui o padre deu o bote: "Sua irmã?"

Minha *irmã*, mesmo que eu tivesse uma? O colarinho da minha camisa começou a me apertar muito o pescoço. "Não, padre, não é minha irmã."

"Uma outra pessoa, então. Entendi. E você tocou na pele nua?"

"Toquei, padre."

"Na perna?"

"Foi, padre."

"No alto da perna?"

"Muito no alto da perna, padre."

"Ahh." Ouviu-se um deslocamento volumoso e dissimulado — ocorreu-me a imagem de um cavalo numa baia estreita — enquanto ele se postava mais próximo da treliça. Apesar da divisória de madeira que nos separava, tive a impressão de que estávamos agora quase nos braços um do outro, num colóquio sussurrado e suarento. "Continue, meu filho", murmurou ele.

E eu continuei. Quem vai saber com qual versão truncada dos acontecimentos eu tentei enganá-lo, mas ao cabo de algum tempo, depois de muitas ocasiões em que as folhas de parreira foram afastadas para o lado, ele finalmente penetrou o mistério: a pessoa com quem eu tinha cometido os atos impuros era uma mulher casada.

"E você se pôs dentro dela?" perguntou o padre.

"Sim, padre", respondi, e me ouvi engolindo em seco.

A bem da verdade, foi ela quem me tinha posto dentro de si, já que eu estava tão excitado e era tão desajeitado, mas achei que podíamos dispensar essa minúcia.

Seguiu-se um longo silêncio de respiração pesada, ao final do qual o padre Priest limpou a garganta e se aproximou mais ainda da grade. "Meu filho", disse ele, sua cabeça em três quartos de perfil preenchendo o mal iluminado quadrado da treliça, "este pecado é grave, é muito grave."

E ele tinha muito mais a dizer, sobre a santidade do leito matrimonial, que nossos corpos eram templos do Espírito Santo, e como cada pecado da carne que cometemos volta a enfiar os cravos nas mãos de Nosso Salvador e a lança em seu flanco, mas eu mal escutava, de tão ungido que me sentia com o bálsamo refrescante da absolvição. Quando prometi nunca mais tornar a errar, e o padre me abençoou, aproximei-me do altar e lá me ajoelhei para cumprir minha penitência, de cabeça baixa e mãos postas, ardendo por dentro de devoção e alívio — que privilégio, ser jovem e recém-absolvido! — mas em seguida, para meu horror, um diabinho vermelho encarapitou-se no meu ombro esquerdo e começou a sussurrar no meu ouvido uma descrição irresistível e anatomicamente precisa do que a sra Gray e eu tínhamos feito juntos naquele dia, naquela cama baixa. Como a lâmpada vermelha do altar me fitava em censura, quanta surpresa e quanta dor os santos de gesso em seus nichos à toda volta revelavam em seus rostos! Eu devia saber que, caso morresse naquele instante, iria direto para o Inferno, não só por ter praticado aqueles atos infames mas por passar em revista as infames memórias de seus pormenores naquele santuário, mas a voz do diabinho era tão insinuante, e as coisas que me dizia tão irresistíveis — de algum modo, seu relato era mais detalhado e fascinante do que qualquer repetição de que até então eu fora capaz — que não consegui deixar de lhe dar atenção, e no final precisei interromper minhas orações para escapar da igreja às pressas em meio à noite que caía.

Na segunda-feira seguinte, quando voltei da escola, minha mãe me recebeu na entrada de casa num estado de grande agitação. E bastou um olhar rápido para seu rosto severo e seu lábio inferior que tremia de raiva para eu ver que estava em maus lençóis. O padre Priest tinha vindo visitá-la, em pessoa! Num dia de semana, no meio da tarde, enquanto ela fazia as contas da casa, lá chegou ele, sem aviso, com as costas curvadas diante da porta da frente com o chapéu na mão, e ela não tivera alternativa além de recebê-lo na saleta dos fundos, a que nem mesmo os hóspedes tinham acesso, e preparar-lhe um chá. Eu sabia, claro, que ele tinha vindo falar de mim à luz do que eu lhe tinha contado. Fiquei tão escandalizado quanto assustado — onde fica o tão apregoado segredo da confissão? — e lágrimas de mágoa e ultraje brotaram nos meus olhos. O que, perguntou minha mãe, eu andava fazendo? Abanei a cabeça e mostrei-lhe minhas palmas inocentes, enquanto imaginava a sra Gray, com os pés descalços sangrando e o cabelo quase raspado, perseguida pelas ruas da cidade por uma chusma de mães ofendidas brandindo porretes e gritando insultos implacáveis.

Fui conduzido até a cozinha, o lugar onde todas as crises domésticas eram enfrentadas, e logo ficou claro que minha mãe não se importava com o que eu tinha feito, só estava furiosa comigo por causa da irrupção do padre Priest, perturbando a tranquilidade daquela tarde sem hóspedes em que ela se dedicava às suas contas. Minha mãe não tinha tempo para o clero, e nem, desconfio eu, para o Deus que este representava. Se podia ser definida como alguma coisa, era como pagã, sem saber disso, e toda a sua devoção era canalizada para as figuras menores do panteão, santo Antônio, por exemplo, que trazia de volta objetos perdidos, o bondoso são Francisco e, a preferida de todos, santa Catarina de Siena, virgem, intercessora e exultante portadora de estigmas inexplicavelmente invisíveis aos olhos dos mortais. "Eu não conseguia me livrar dele", contou-me ela indignada. "Sentou-se ali na mesa, não parava de tomar chá e falar da Congregação dos Irmãos Cristãos." Num primeiro momento, ela não tinha entendido nada e não sabia do que ele estava falando.

Ele discorreu sobre as magníficas instalações dos seminários da congregação, os verdejantes campos de esporte e as piscinas de padrão olímpico, as saborosas e nutritivas refeições voltadas para a construção de ossos fortes e músculos salientes, para não falar, é claro, da riqueza sem par dos conhecimentos incutidos na cabeça de um rapaz tão esperto e receptivo como sem dúvida o filho dela só poderia ser. Depois de algum tempo ela compreendeu, e ficou indignada.

"Uma vocação, para os Irmãos Cristãos!", disse ela com um tom amargo de zombaria. "Nem mesmo para o sacerdócio!"

De maneira que eu estava a salvo, meu pecado ainda em segredo, e nunca mais me confessaria com o padre Priest, ou mais ninguém, pois aquele dia marcou o começo da minha apostasia.

O MATERIAL, COMO DIZIA MARCY MERIWETHER — o que evocava, aos meus ouvidos, os restos de uma necropsia — chegou hoje, por entrega especial, da costa ensolarada da América. Tanto estardalhaço associado à sua chegada! O som de cascos e uma trombetada do arauto não teriam sido excessivos. O *courier*, que ostentava o porte de um criminoso de guerra balcânico, com a cabeça raspada, todo vestido de negro lustroso e usando botas de tipo militar amarradas até o meio das canelas, não se limitou a tocar a campainha mas, imediatamente, pôs-se a esmurrar a porta com o punho. Recusou-se a entregar o imenso envelope almofadado para Lydia, reafirmando que ele só podia ser entregue em pessoa ao destinatário indicado. Mesmo depois que me dispus a descer do meu poleiro no sótão, convocado por Lydia em tom de grande exasperação, ele exigiu que eu lhe apresentasse alguma identificação fotográfica de que era eu mesmo. Achei isto no mínimo um excesso, mas ele não se mostrava disposto a ceder — obviamente, a ideia que faz de si mesmo e dos seus deveres é de uma inflação delirante — e no fim das contas fui buscar meu passaporte, que ele estudou com cuidado por um bom meio minuto, expirando com força pelas narinas, usando a metade restante para esquadrinhar meu rosto com um olho dubitativo. Tão intimidado fiquei diante dessa truculência desnecessária que acho que minha mão tremia quando assinei meu nome no formulário que trazia preso à sua prancheta. Imagino que eu precise me acostumar com esse tipo de coisa, quero dizer, entregas especiais e o trato com sicários, se for me transformar num astro do cinema.

Tentei abrir o envelope com as unhas, mas ele vinha lacrado numa impenetrável embalagem de plástico, e precisei levá-lo até a cozinha, apoiá-lo na mesa e atacá-lo com a faca de pão, enquanto Lydia assistia achando graça. Quando finalmente consegui abrir o envelope, uma pilha de papéis jorrou para fora dele, derramando-se pela mesa. Havia recortes de jornal, separatas de artigos de revista e longas resenhas de livros em tipo miúdo, escritas por pessoas de que eu tinha ouvido falar vagamente, com nomes notáveis e muitas vezes difíceis — Deleuze, Baudrillard, Irigaray e, por algum motivo meu favorito, Paul de Man — todos assinando artigos em que, na maioria, repudiavam com veemência a obra e as ideias de Axel Vander.

De maneira que se tratava de uma figura literária, crítico e professor e, claramente, um animado provocador de controvérsias. Difícil de imaginar como tema óbvio para um grande filme, eu diria. Passei a manhã inteira sentado à minha mesa, percorrendo o que seus adversários e detratores decidiram dizer a seu respeito — o homem parece ter tido poucos amigos — mas não consegui avançar muito. Vander é o tipo de especialista misterioso e cifrado — a palavra *desconstrução* brota com frequência — que minha filha Cass certamente conheceria a fundo. Junto com essas folhas vinha não um roteiro cinematográfico mas, em lugar dele, um alentado volume, *A invenção do passado* — foi daí então que veio o título — que, com um desplante considerável, proclama-se uma biografia não autorizada de Axel Vander. Separei o livro para consideração posterior. Vou precisar respirar muito fundo antes de mergulhar nesse poço enlameado de fatos e, não tenho dúvida, ficções, já que toda biografia é por definição, ainda que inconscientemente, mendaz. Parece um freguês escorregadio, esse Vander — cujo nome, aliás, me parece um anagrama. Também me é ligeiramente familiar, e me pergunto se Cass não terá falado dele comigo.

À noite, Marcy Meriwether tornou a ligar — imagino o seu telefone, depois de tantos anos de uso, enxertado em sua mão, como a lira de Orfeu — para se certificar de que o *material* tinha chegado. Diz que está mandando uma pessoa para me ver, um dos seus "batedores", como ela descreve, chamado Billy Striker. Um nome estranho, mas pelo menos rompe com a cansativa série aliterativa em que figuram Marcy Meriwether, Toby Taggart e Dawn Devonport — isso mesmo, Dawn Devonport: contei que devo contracenar com ela em *A invenção do passado*? Vocês ficaram impressionados. Confesso achar meio assustadora a perspectiva de trabalhar com uma estrela de tamanho brilho. Certamente hei de me encolher sob a luz cegante de sua celebridade.

Para distrair meu espírito dessas novidades perturbadoras, estou rabiscando nas margens aqui, fazendo um pequeno cálculo. Aquele primeiro entrevero com a sra Gray, sob a égide da tábua de passar, ocorreu uma semana antes do aniversário dela, que caía, e ainda cai, se ela ainda estiver viva, no último dia de abril. O que significa que o nosso seja lá o nome que tenha — caso? romance? rompante de ousadia? — terá durado ao todo pouco menos de cinco meses, ou cento e cinquenta e três noites e dias, para ser exato. Ou, não, foram só cento e cinquenta e três noites, pois quando anoiteceu no último dia ela já me deixara para sempre. Não, em tempo, que tenhamos passado alguma noite juntos, nenhuma noite e nem parte de noite alguma, pois onde é que iríamos, ou poderíamos, passar uma noite juntos? É verdade que eu sempre sonhava acordado que a família dela viajava para passar a noite em algum lugar, mas a sra Gray voltava escondida, abrindo a casa para mim e me levando para o seu quarto, onde me mantinha atarefado de paixão até a aurora de dedos róseos insinuar-se por baixo da persiana para nos despertar. Era o tipo de fantasia com que eu ocupava os muitos intervalos vazios longe da minha querida. Uma fantasia, claro, pois além da considerável dificuldade que a sra Gray teria para se desembaraçar da família havia ainda a questão do que minha mãe haveria de dizer quando descobrisse minha cama intacta, para não falar do sr Gray e do que ele teria feito caso desconfiasse, voltasse às pressas para casa e surpreendesse a mulher com seu amante menor de idade poluindo o leito matrimonial a torto e a direito. Ou se todos voltassem juntos, o sr Gray, Billy e a irmã de Billy, e nos pegassem em flagrante? Imaginei os três de pé à porta do quarto, iluminados por uma sinistra cunha de luz vinda do alto da escada, o sr Gray no meio com Billy de um lado e Kitty de outro, os três apertando com força as mãos que mantinham dadas e contemplando, tomados de uma estupefação boquiaberta, os amantes culpados, surpreendidos em sua vergonhosa aflição, desprendendo-se às pressas do que viria a ser seu derradeiro enlace lascivo.

No início, o banco traseiro da velha camionete da família — era da cor de couro de elefante, eu a vejo claramente — ou mesmo o banco dianteiro nas ocasiões em que meu desejo não admitia qualquer demora, era uma alcova de delícias com comodidade suficiente para essa amante demoníaca e seu pequeno criado. Não vou dizer que fosse confortável, mas de que conta o conforto para um garoto, quando seu sangue ferve? Foi nesse último dia de abril que tornamos a nos encontrar, embora eu não soubesse que era seu aniversário até ela me contar. Se eu me mostrasse mais observador e menos impaciente para dar logo início ao que interessava, poderia ter notado como ela estava calada e pensativa, com uma tristeza suave, até, em contraste com o vigor e a alegria daquela outra, a primeira, vez em que nos deitamos juntos. Então ela me disse que dia era, e disse que começava a sentir o peso da idade, e deu um grande suspiro. "Trinta e cinco anos", disse ela, "imagine só!"

A camionete estava estacionada no mesmo caminho do bosque onde tínhamos parado naquela outra noite, e ela estava deitada no banco traseiro de pernas e braços abertos, a cabeça e os ombros mal e mal apoiados num cobertor dobrado usado em piqueniques, com o vestido levantado até as axilas e eu deitado por cima dela, momentaneamente esgotado e com a mão esquerda chapinhando no quente e encharcado vazio entre as suas coxas. O sol do fim da tarde brilhava fraco mas também chovia, e gotas grossas das árvores acima de nós desabavam num sincopado metálico sobre o teto do carro que nos protegia. Ela acendeu um cigarro — gostava dos Sweet Afton, em seus belos maços de cor creme — e quando lhe pedi que me desse um arregalou os olhos simulando surpresa e disse claro que não, antes de soprar fumaça na minha cara e rir.

Ela não era nativa da nossa cidade — foi isso mesmo que eu disse? — e nem o seu marido. Tinham vindo de algum outro lugar, logo depois que se casaram e antes de Billy nascer, e o sr Gray tinha alugado um espaço numa esquina da Haymarket e instalado ali a sua ótica. As circunstâncias de sua outra vida, sua vida em comum exterior a nós dois e ao que éramos um para o outro e um dentro do outro, constituía um assunto que eu achava ora aborrecido ora extremamente penoso, e quando ela se estendia nesse assunto, como fazia sempre, eu suspirava impaciente e tentava forçar nossa conversa a tomar outros rumos, forçar *a sra Gray* a tomar outros rumos. Deitado assim nos braços dela, eu conseguia esquecer que ela era casada com o sr Gray, ou mãe de Billy — conseguia esquecer até a felina Kitty — e não queria ter de pensar que tinha uma família firmemente estabelecida e que eu era, apesar de tudo, um intruso.

A cidade de onde o casal Gray tinha vindo — não me lembro onde ficava, se é que alguma vez me dei ao trabalho de perguntar — era muito maior e mais importante do que a nossa, ou pelo menos era o que ela sempre dizia. Ela gostava de me irritar descrevendo suas ruas largas, suas belas lojas e seus prósperos subúrbios; as pessoas também, dizia ela, eram mundanas e muito educadas, não como o pessoal daqui, onde ela se sentia encurralada e dominada por uma amarga insatisfação. Encurralada? Insatisfeita? Quando tinha a mim? Ela viu minha expressão, reclinou-se para a frente, tomou meu rosto entre as mãos, puxou-me para ela e me beijou, soprando riso e fumaça em minha boca. "Nunca recebi um presente melhor de aniversário", sussurrou ela com voz rouca. "Meu garoto lindo!"

O garoto lindo dela. Acredito mesmo que ela me visse, ou se convencesse a me ver, como alguma espécie de filho há muito perdido, um pródigo prodigiosamente retornado, animalizado por sua permanência entre os suínos e carecendo de suas atenções femininas, ou melhor, matronais, para ser aplacado e poder civilizar-se. Ela cedia, claro, cedia para além dos mais loucos caprichos de um adolescente, mas também me mantinha monitorado. Fez-me prometer que eu tomaria banho com mais frequência e mais capricho, e que escovaria sempre os dentes. Devia usar um par de meias limpas por dia, e pedir à minha mãe, mas sem provocar suspeitas, que me comprasse roupas de baixo apresentáveis. Numa tarde, no casebre de Cotter, ela me mostrou um estojo de camurça amarrado no meio com uma tira de couro, abriu o pacote e dispôs no colchão um reluzente conjunto de implementos de barbeiro, tesourinhas, uma navalha, pentes de tartaruga e reluzentes tesouras de barbeiro de prata com um par adicional de lâminas denteadas. O estojo era uma espécie de irmão mais velho do conjunto de manicure que Billy me dera no Natal. É que ela tinha feito um curso de cabeleireira, contou-me, e em casa cortava o cabelo de todos, inclusive o seu próprio. Apesar dos meus queixumes — como eu iria explicar aquilo à minha mãe? — ela me fez sentar numa velha cadeira de vime ao sol da entrada e atacou minhas intricadas madeixas com destreza profissional, cantarolando enquanto trabalhava. Quando acabou, deixou que eu me visse no espelhinho do seu estojo de pó compacto; eu tinha ficado parecido com Billy. Quanto à minha mãe, aliás, eu nem precisava ficar preocupado, pois com sua vaguidão costumeira ela nem percebeu meu inexplicado corte de cabelo — o que era bem típico da minha mãe.

Lembrei subitamente de onde vinham todas essas coisas, o conjunto de manicure, o estojo de barbeiro e provavelmente também a caixinha de pó compacto: eram todos artigos vendidos na loja do sr Gray, é claro! — como é que eu posso ter esquecido? Então saíam todos a preço de custo. A ideia de que a minha amada pudesse ser assim pão-dura é até certo ponto uma decepção, admito. Como meu julgamento dela é impiedoso, ainda hoje.

Mas não, não, ela era a generosidade em pessoa, o que eu já disse antes e torno a dizer. Não há dúvida de que me dava total liberdade com seu corpo, aquele opulento jardim dos prazeres onde eu sugava e bebericava como uma abelha em pleno estio. Noutras questões havia limites, porém, além dos quais eu não podia me aventurar. Por exemplo, eu podia falar o quanto quisesse de Billy, zombar dele, se quisesse, trair os seus segredos — e essas histórias sobre seu filho repentinamente convertido em estranho ela escutava com uma atenção integral, como se eu fosse um dos viajantes de outrora que voltasse com notícias sobre a fabulosa Catai — mas à sua delicada Kitty não era permitida a mínima alusão, nem, especialmente, a seu marido pateticamente míope. E nem preciso dizer que isso me fazia ansiar por exagerar em zombarias e escárnio em relação aos dois quando com ela, embora eu me contivesse, pois tinha algum juízo e sabia o que me convinha. Ah, sim, sabia perfeitamente o que me convinha.

Olhando retrospectivamente de hoje, fico surpreso ao ver como aprendi pouco sobre ela e sua vida. Será que eu não prestava atenção? Porque ela sem dúvida adorava falar. Havia ocasiões em que eu desconfiava que uma súbita intensificação da paixão por parte dela — um arranhar de unhas nas minhas omoplatas, uma palavra mais candente balbuciada no meu ouvido — não passava de manobra para me fazer terminar mais depressa, permitindo assim que ela se deitasse de costas e começasse a falar, feliz e à vontade. Sua mente era repleta de um verdadeiro bricabraque de informações interessantes e misteriosas, colhidas em suas vastas leituras da revista de variedades *Tit-Bits* e da coluna "Acredite se quiser!" publicada nos jornais. Conhecia as danças que as abelhas fazem quando colhem mel. Sabia dizer do que era feita a tinta dos antigos escribas. Numa tarde, no casebre de Cotter, com a luz do sol inclinado caindo em nós através de uma vidraça alta rachada, ela me explicou o princípio do direito dos donos das casas à luz natural — o céu devia ser visível no alto da janela, a partir da base da parede oposta, se a memória não me falha — pois já tinha trabalhado como escrevente no escritório de uma empresa de agrimensores. Sabia a definição de bens de mão-morta, e era capaz de recitar os signos do Zodíaco na ordem certa. De que são feitas cerejas glacê? De algas! Qual a palavra mais longa do inglês que pode ser datilografada apenas com as teclas da fileira do alto da máquina de escrever? *Typewriter*! "*Disso* você não sabia, não é, espertinho?" exclamava ela, e ria encantada, espetando minhas costelas com o cotovelo. Mas sobre ela própria, sobre o que os psicólogos populares definiriam como sua vida interior, o que ela terá me contado? Esquecido, tudo esquecido.

Ou nem tudo, não exatamente. Lembro do que ela me disse um dia quando observei, em tom complacente, que ela e o sr Gray não podiam claramente mais fazer juntos o que ela e eu fazíamos com tanta frequência. Primeiro ela franziu o rosto, sem entender exatamente o que eu queria dizer, depois me deu um sorriso muito carinhoso e sacudiu a cabeça com ar triste. "Mas sou casada com ele", disse, e era como se essa simples frase me revelasse tudo que eu precisava saber sobre suas relações com um homem que eu fazia todos os esforços para odiar e desprezar. Senti como se tivesse recebido um soco casual mas, ainda assim, rápido e forte no plexo solar. Primeiro fiquei amuado, depois comecei a soluçar. Ela me trouxe para junto do seio como um bebê, murmurando *ssh, ssh* contra a minha testa e fazendo-nos balançar suavemente de um lado para o outro. Submeti-me a esse abraço por algum tempo — quanto prazer docemente vingativo se oculta por trás das dores do amor — e depois me desembaracei dela enfurecido.

Estávamos na casa de Cotter, deitados no colchão no chão do que tinha sido a cozinha, ambos nus, ela sentada com as pernas cruzadas e os tornozelos entrelaçados — e eu não estava transtornado a ponto de deixar de perceber as lustrosas pérolas orvalhadas que eu deixara salpicadas no musgo emaranhado entre suas pernas — e eu ajoelhado à sua frente, com o rosto contorcido de ciúme e raiva e todo molhado de lágrimas misturadas a ranho, gritando com ela por causa da sua perfídia. Ela esperou até eu acabar e depois, fazendo-me encostar o corpo no dela, ainda fungando, começou a brincar distraída com o meu cabelo — que cachos, que mechas eu tinha na época, meu Deus, apesar da tesoura de barbeiro que ela tinha usado — e ao final de hesitações e falsos começos, com muitos suspiros e murmúrios preocupados, ela me disse que eu precisava entender o quanto aquilo tudo era difícil para ela, mulher casada e mãe de filhos, e que seu marido era um homem bom, um homem bom e gentil, e que ela preferia morrer a magoá-lo. Minha única resposta para essa repetição da parolagem romântica das revistas femininas de que ela tanto gostava foi me desvencilhar dela numa rejeição raivosa. Ela parou e ficou calada por muito tempo, e seus dedos também pararam de assanhar o meu cabelo. Do lado de fora, os tordos estavam enchendo o bosque com seus pios maníacos, e o sol do começo do verão, passando por uma janela de caixilho quebrado, aqueceu minhas costas nuas. Devíamos formar uma composição e tanto ali, nós dois, uma *pietà* profana, a mulher aflita acalentando em seu abraço um animal infeliz, jovem macho que não era mas ainda assim de algum modo era seu filho. Quando ela recomeçou a falar, sua voz parecia distante e diferente aos meus ouvidos, como se ela se tivesse transformado em outra pessoa, uma desconhecida, pensativa e calma: noutras palavras, de maneira alarmante, numa adulta. "Eu me casei jovem, você entende", disse ela, "mal tinha completado dezenove anos — o que é quanto, só quatro anos mais velha que você? Eu tinha medo de ficar para tia." Ela riu com um pesar amargo e eu sentia que abanava a cabeça. "E agora olhe só onde eu vim parar."

Considerei que essas palavras eram uma confissão de sua profunda infelicidade com a sorte de esposa, e aceitei que ela abrandasse meu comportamento.

E aqui, acho eu, é o ponto em que devo dizer uma palavra ou duas sobre o local dos nossos encontros secretos. Como fiquei orgulhoso de mim e da minha engenhosidade na primeira vez que levei a sra Gray para conhecer o casebre. Encontrei-me com ela ao lado da estrada acima do bosque de aveleiras, como tínhamos combinado, saindo da sombra das árvores e me sentindo alegremente como um sujeito num filme movido por óbvias más intenções. Ela chegou de carro, dirigindo da maneira negligente que eu sempre ficava eletrizado de ver, uma das mãos segurando sem fazer pressão o volante grande, usado, de uma cor creme polida, e a outra segurando um cigarro, o cotovelo sardento apontando para fora da janela aberta e aquele cacho atrás da sua orelha agitado ao vento.

Ela parou um pouco longe de mim e esperou até que outro carro que vinha na direção oposta passasse por nós. Era uma manhã encoberta de maio, com um fulgor metálico nas nuvens. Eu tinha faltado à escola, escapulira até ali, e minha sacola de estudante estava escondida debaixo de uma moita. Disse a ela que tinha o dia livre por causa de uma hora no dentista mais adiante. Pois apesar de tecnicamente ser minha amante, ela também era adulta, e muitas vezes eu me descobria mentindo desse modo para ela, como mentiria para a minha mãe. Ela estava usando o vestido florido e leve com a saia ampla, já sabendo a essa altura o quanto eu gostava de vê-la livrar-se dele — tirando o vestido pela cabeça e esticando bem os braços, os seios em seu pequeno sutiã encostando-se fartamente um no outro — e um par de sapatos pretos de veludo que ela precisou tirar e carregar na mão, para preservá-los da lama da mata. Tinha pés bonitos, e agora os vejo de novo, brancos e inesperadamente compridos e esbeltos, muito estreitos no calcanhar e se alargando graciosamente na direção dos dedos, que eram muito retos e quase tão preênseis quanto os da mão, cada um deles bem separado dos demais, e que ela remexia agora enquanto caminhava e os afundava com gosto nas folhas desfeitas e no barro molhado, soltando gritos abafados de prazer.

Pensei em obrigá-la a usar uma venda, para realçar a surpresa do que tinha para lhe mostrar, mas fiquei com medo que ela tropeçasse e quebrasse alguma coisa: tinha pavor de que ela se ferisse quando estivesse comigo, o que me obrigaria a sair correndo para pedir ajuda a alguém, minha mãe, por exemplo, ou até, Deus me livre, o sr Gray. Ela estava tomada por uma animação infantil, morrendo de vontade de saber qual era minha surpresa, mas eu não dizia nada, e quanto mais ela insistia mais eu me obstinava, ficando até um pouco aborrecido com o quanto me importunou, e saí caminhando à sua frente para que ela fosse quase obrigada a correr, descalça daquele jeito, só para poder me acompanhar. O caminho serpenteava na sombra debaixo das árvores que perdiam as suas folhas — pronto, de repente estamos novamente no outono, o que seria impossível! — e a essa altura eu estava tomado pela dúvida e a apreensão. Fico impressionado, quando rememoro, ao ver como o meu ânimo era volátil quando eu estava com ela, como precisava de pouco, ou mesmo nada, para perder a cabeça de um momento para o outro. Eu parecia eternamente suspenso acima de um poço repleto de chamas, a fúria sulfurosa de cuja fumaça fazia meus olhos lacrimejarem e mal me permitia respirar. Qual seria a causa dessa sensação persistente de estar sendo maltratado e incomodado que nunca parava de me atormentar? Eu não estava feliz?

Estava, mas por baixo dessa felicidade também sentia uma raiva constante. Talvez porque ela fosse demais para mim, porque o próprio amor e tudo que ele exigia de mim eram um fardo pesado demais, de modo que, ao mesmo tempo que me contorcia de êxtase em seus braços, também desejava em segredo as antigas complacências, o velho e fácil caráter comum que as coisas tinham antes que ela lhes desse aquele toque transformador. Imagino que intimamente eu quisesse voltar a ser apenas um garoto, e não aquela coisa, seja qual for, em que meu desejo por ela me tinha transformado. Que joguete de contradições eu era, pobre Pinóquio perplexo.

Mas ah, como o rosto dela caiu quando finalmente viu o que eu a tinha trazido para ver, ou seja, o velho casebre de Cotter, no meio da mata. Mas durou só um momento, aquele titubeio, e no mesmo instante ela se recobrou e me exibiu seu sorriso mais largo, mais corajoso e mais caprichado de monitora da turma, mas naquele momento até mesmo um sujeito tão absorto em si mesmo e pouco observador quanto eu não podia deixar de perceber o ar de profunda aflição que gretou a pele de seu rosto, repuxou sua boca e fez os cantos de seus olhos virarem para baixo, como se aquilo que tinha à frente, uma casa outrora sólida e bonita mas agora devastada pelo tempo, com as paredes desmoronando e o sofrido madeiramento todo à mostra, fosse a própria imagem de toda a loucura e de todo o perigo a que se tinha entregado ao tomar por amante um garoto com idade para ser seu filho.

Para disfarçar sua decepção tanto de mim quanto de si mesma, ela cuidou de calçar seus sapatos absurdamente frágeis e refinados, apoiando cada calcanhar no joelho oposto e usando o indicador como calçadeira, mantendo seu equilíbrio graças ao apoio do meu braço, a que se segurava com a mão que tremia do esforço de se manter na vertical. Afetado por sua decepção, também fiquei desiludido e vi o casebre abandonado como o que era na realidade, amaldiçoando a mim mesmo por tê-la levado até lá. Desprendi meu braço e me afastei dela num arranco, avancei e empurrei com força e com raiva a porta da frente coberta de mofo, o que a fez abrir-se com um gemido forte na única dobradiça que ainda a sustentava, e entrei no casebre. Em alguns pontos, as paredes eram pouco mais que um entrelaçado de ripas, a que ainda se prendiam aqui e ali trechos de massa já quase desfeita, e pedaços de um papel de parede que na maior parte pendia em tiras soltas, lembrando cipós. Havia um cheiro de madeira podre, cal e fuligem velha. A escada tinha desabado, havia buracos no teto, assim como no teto dos quartos do segundo piso, e no telhado por cima de todos eles, de maneira que, ao olhar para cima, eu podia atravessar com a vista dois andares e o sótão, chegando ao céu, que cintilava em vários pontos entre as telhas de ardósia.

De Cotter eu não sabia nada, a não ser que devia ter ido embora muito antes, levando consigo todo o resto da família Cotter.

Uma tábua do assoalho estalou atrás de mim. Ela pigarreou delicadamente. Eu teimei em não me virar. Ficamos ali parados no silêncio do fim da tarde, em meio a pálidas colunas de luz vindas de cima, eu de frente para a casa vazia e ela logo às minhas costas. Podíamos estar numa igreja.

"É um belo lugar", disse ela arrependida, numa voz baixa e abafada, "e foi muito bom você tê-lo encontrado."

Percorremos a casa com o semblante sóbrio e reflexivo, sem dizer nada e evitando o olhar do outro, como um par de recém-

-casados que percorresse inseguro o interior de seu futuro primeiro lar enquanto o corretor entediado matava o tempo ocioso fumando um cigarro do lado de fora. Nem mesmo nos beijamos, naquele dia.

Foi ela que numa ocasião posterior encontrou o colchão manchado e deformado, dobrado ao meio e enfiado num armário úmido e malcheiroso debaixo da escada. Puxamos o colchão para fora juntos, e para arejá-lo o abrimos sobre duas cadeiras da cozinha, perto da única janela que ainda tinha vidros e onde nos pareceu que o sol bateria com mais força. "Vai ficar bom", disse a sra Gray. "Da próxima vez, eu trago lençóis."

De fato, ao longo das semanas seguintes ela foi trazendo todo tipo de coisa: um lampião a querosene, que nunca acenderíamos, com a manga bulbosa de vidro fino magnificamente trabalhado que me fez imaginar a velha Moscóvia; um bule de chá e duas xícaras desemparelhadas com os respectivos pires, que também nunca usaríamos; sabão, uma toalha de banho e um frasco de água-de-colônia; vários petiscos, também, entre eles um pote de carne em conserva , sardinhas em lata e pacotes de biscoitos salgados, "para o caso", disse ela com um riso abafado, "de você ficar com fome".

Ela gostava daquela paródia de arrumação. Quando era pequena, contou, adorava brincar de casinha, e de fato, enquanto eu a via arrumar um artigo depois do outro, como se fossem brinquedos, nas prateleiras tortas das paredes da sala, ela parecia de nós dois de longe a mais nova. Fiz de conta que não dava importância a esse simulacro de bem-aventurança doméstica que ela montava peça por peça, mas devia haver alguma coisa em mim, uma persistência de traços infantis, que não me deixava ficar de fora mas me levava, como que pela mão, a juntar-me a ela na sua feliz brincadeira.

Uma brincadeira e tanto. Seria ela culpada de estupro de menor, nos termos da lei? Será que uma mulher pode ser a estupradora, tecnicamente? Levando para a cama um garoto de quinze anos, e ainda por cima virgem, imagino que ela poderia ser legalmente incriminada com um grau considerável de seriedade. E isso deve ter-lhe ocorrido. Talvez sua capacidade de conceber uma calamidade iminente estivesse embotada por uma constante consciência da possibilidade — ou da inevitabilidade, como ficou claro — de um dia, no futuro distante, ela ser descoberta e cair em desgraça não só diante da sua família mas aos olhos de toda a cidade, quiçá todo o país. Havia ocasiões em que ela se calava e me dava as costas, dando a impressão de ter os olhos fixos em alguma coisa que se aproximava e ainda estava distante, mas não ao ponto de não poder ser percebida claramente em todo o seu horror. E nessas ocasiões eu lhe oferecia algum conforto, tentava distraí-la, afastá-la daquele terrível panorama? Não. Eu me abespinhava por estar sendo ignorado, ou produzia alguma observação cortante, descia do colchão para o assoalho apodrecido e saía batendo os pés para outro local da casa. O banheiro caiado do lado de fora da casa, com sua privada manchada e sem assento e o acúmulo de cem anos de teias de aranha nos cantos, era meu recanto favorito quando eu desejava castigá-la por algum malfeito com uma ausência prolongada e, esperava eu, inquietante. O que ocupava a minha mente sentado ali na pose clássica, com os cotovelos nos joelhos e meu queixo nas mãos? Não precisamos recorrer aos gregos, nossas trágicas provações estão escritas em rolos e rolos de papel higiênico. Havia um cheiro peculiar que vinha do lado de fora, pungente e de um azedume verde, que entrava pela abertura quadrada situada num ponto alto da parede atrás da caixa de descarga, que às vezes ainda capto em certos dias úmidos de verão e faz alguma coisa se esforçar por abrir, dentro de mim, um broto atrofiado que o passado teima em produzir.

Que ela nunca me seguisse ou tentasse me convencer a voltar quando eu saía dessa forma intempestiva só fazia aumentar meu ressentimento, e quando eu acabava voltando, simulando uma indiferença pétrea e fria, ficava procurando com o canto do olho qualquer sinal de riso ou zombaria — os dentes mordendo o lábio para conter um sorriso, ou mesmo um olhar que se desviasse depressa demais, me faria marchar de volta direto para a latrina — mas eu a encontrava sempre à minha espera com um olhar calmo e pausado, e uma expressão humilde de desculpas, embora pelo menos metade das vezes ela não devesse ter a menor ideia do motivo que poderia levá-la a me pedir perdão. Mas como ela me abraçava com ternura nessas ocasiões, e como se estendia confortavelmente naquele colchão imundo para receber dentro de si toda a ingurgitação da minha fúria, da minha carência e da minha frustração.

É extraordinário que não tenhamos sido descobertos antes do que fomos. Tomávamos as precauções possíveis. No início, sempre tínhamos o cuidado de ir separados até o casebre de Cotter. Ela estacionava a camionete numa alameda quase toda coberta pela folhagem a quase um quilômetro dali, e eu escondia a minha bicicleta debaixo de moitas de amoreiras-silvestres ao lado do caminho que atravessava o bosque de aveleiras. E o medo se misturava à antecipação enquanto eu avançava sorrateiro até o terreno baixo onde ficava a casa, parando de tempos em tempos e concentrando a atenção nos ouvidos, atento como Leatherstocking ao silêncio enganoso da floresta.

E não sei dizer o que eu preferia, chegar lá primeiro e precisar esperar por ela, com as palmas úmidas e meu coração martelando o peito — será que ela viria de novo, ou teria caído em si, decidindo se livrar de mim de uma vez por todas? — ou encontrá-la já à minha espera, acocorada como sempre do lado de fora diante da porta da frente, pois tinha medo dos ratos, disse ela, e não se atrevia a entrar sozinha no casebre. No primeiro minuto, ou nos dois primeiros, um constrangimento peculiar se instalava entre nós dois e não dizíamos nada, ou só trocávamos algumas palavras tensas, como desconhecidos bem-educados, mal nos entreolhando, admirados diante do que significávamos um para o outro e também, mais uma vez, diante da enormidade do que vivíamos juntos. Então ela dava um jeito de me tocar casualmente de algum modo, roçar a mão como que por acaso na minha ou encostar uma mecha dos cabelos no meu rosto, e na mesma hora, como se uma trava tivesse sido removida, caíamos nos braços um do outro, beijando-nos e agarrando-nos enquanto ela soltava gemidos abafados de doce sofrimento.

Tornamo-nos especialistas em nos livrar das nossas roupas, ou a maioria delas, sem desfazer o abraço, e então, com sua pele magnificamente fresca e um pouco granulada toda encostada na minha, avançávamos de lado até nossa cama improvisada e caíamos lentamente, juntos, numa espécie de desmaio desabado. Num primeiro momento, já no colchão, éramos todos joelhos, quadris e cotovelos, mas depois de alguns segundos de escaramuças desesperadas todos os nossos ossos pareciam relaxar, soltar-se e se encaixar, e então ela encostava a boca no meu ombro e exalava um longo suspiro trêmulo, ao que começávamos.

Mas e, vocês estarão se perguntando, o meu amigo Billy, o que ele estaria fazendo, ou deixando de fazer, enquanto sua mãe e eu nos entregávamos à nossa calistenia folgazã? Eis uma pergunta que eu mesmo me propunha o tempo todo, com grande ansiedade. Claro que a essa altura eu achava cada vez mais difícil me ver frente a frente com ele, olhá-lo naqueles olhos sempre relaxados e à vontade, pois como poderia ele deixar de perceber o fulgor da culpa que eu tinha certeza de revelar com toda a clareza? Esta dificuldade se reduziu quando as aulas acabaram e começaram as férias de verão. Nas férias as lealdades se deslocavam, emergiam novos interesses que nos envolviam inevitavelmente com novas companhias, ou pelo menos companhias diferentes. Não havia dúvida, entre Billy e eu, de que ainda éramos o melhor amigo um do outro, só que nos víamos muito menos do que antes, só isso. Longe da escola, mesmo os melhores amigos sentiam uma certa reserva, uma timidez, um acanhamento, como se, diante dessa nova distribuição de intermináveis e desimpedidas liberdades, temessem surpreender inesperadamente um ao outro em alguma circunstância constrangedora, usando uma roupa de banho ridícula, por exemplo, ou de mãos dadas com uma garota. Naquele verão, assim, Billy e eu, como todo mundo, começamos a nos evitar discretamente, ele pelas razões mais corriqueiras que mencionei, eu — bem, eu por minhas razões próprias, bem menos comuns.

Um dia pela manhã, a mãe dele e eu levamos um susto horrível. Era um sábado nublado no começo do verão, o sol forcejava branco entre as ramagens mas ainda assim trazia a promessa de um dia muito quente. A sra Gray disse em casa que ia às compras, e eu que ia fazer nem me lembro o quê. Estávamos sentados a lado a lado no colchão, encostados na parede que se esfarelava, os cotovelos nos joelhos, e ela me deixou dar uma tragada no seu cigarro — era convencionado entre nós que eu não fumava, embora eu já consumisse de dez a quinze cigarros por dia, como ela sabia perfeitamente — quando de repente ela se levantou de um salto e apoiou a mão, assustada, no meu pulso. Eu não tinha escutado nada, mas agora ouvi. Havia vozes no alto, perto de nós. Pensei imediatamente em Billy e em mim naquele dia em que ele tinha mostrado o telhado da casa de Cotter, camuflado pelo musgo, em meio às copas das árvores. Seria ele de novo, vindo mostrar o casebre a alguma outra pessoa? Eu e ela nos esforçamos para escutar, respirando só com a parte mais alta e mais rasa dos pulmões. A sra Gray me olhava enviesado, os brancos de seus olhos refulgindo de pavor. As vozes que nos chegavam do alto por entre as árvores produziam um som oco e persistente, como o barulho de marretas de aço golpeando musicalmente peças de madeira — ou dos Fados, mais provavelmente, tocando alegremente seus tambores de dedo. Seriam as vozes de crianças, de adultos, ou tanto umas como outras? Não tínhamos como saber. As fantasias mais loucas passaram pela minha cabeça. Se não fosse Billy, seriam operários vindo demolir, com suas marretas e seus pés de cabra, o que restava do casebre; seria uma patrulha à procura de uma pessoa perdida; seria a polícia, mandada pelo sr Gray para prender a esposa desnaturada e o respectivo amante precoce.

O lábio inferior da sra Gray começou a tremer. "Oh, santo Deus", sussurrou ela engolindo em seco. "Ah, meu Jesus."

Dali a pouco, porém, as vozes foram diminuindo e o silêncio voltou a imperar. Ainda assim não nos atrevíamos a fazer qualquer movimento, e os dedos da sra Gray continuavam cravados como garras no meu pulso. Então, abruptamente, ela se levantou num arranco e começou a se vestir com toda a pressa e pouco jeito. Eu a observava com uma sensação crescente de alarme, temendo não mais ser descoberto, mas uma coisa muito pior, a saber, que o susto a fizesse perder a coragem, fugir dali e nunca mais voltar a me ver. Eu quis saber, com a voz entrecortada, o que ela achava que estava fazendo, mas não tive resposta. Eu podia ver, pelos seus olhos, que ela já estava em algum outro lugar, de joelhos, provavelmente, agarrada às pernas das calças do marido, cujo perdão suplicava em desespero. Pensei em fazer algum pronunciamento bombástico, proferir alguma advertência solene — *Se você sair por aquela porta, nunca mais precisa...* — mas as palavras me faltaram, e mesmo que me ocorressem eu não me atreveria a dizê-las. Eu contemplava o abismo que se abria ali, a meus pés, desde sempre. Se eu a perdesse, como iria suportar? Nesse momento, eu deveria me levantar de um salto e rodeá-la com meus braços, não para tranquilizá-la — eu lá me importava com o seu medo? — mas para impedi-la de ir embora, mesmo pela força. Uma letargia diferente tomou conta de mim, porém, uma paralisia de terror que dizem ocorrer ao camundongo em fuga quando ergue os olhos assustados e se depara com o gavião pairando sobre ele, e só consegui ficar ali sentado, olhando em silêncio, enquanto ela vestia as calcinhas por baixo do vestido e se inclinava para recolher seus sapatos de veludo. Virou o rosto para mim, empanado de pânico. "Como estou?", perguntou-me num sussurro. "Estou arrumada?" Sem esperar uma resposta, correu para a bolsa em busca de seu estojo de pó compacto, abriu a tampa e se olhou no espelhinho, lembrando bastante a essa altura um camundongo assustado, com as narinas trêmulas e expondo as extremidades de seus dois dentes dianteiros um pouco encavalados. "Olhe só para mim", balbuciou ela tomada pelo desânimo. "O naufrágio do *Hesperus*!"

Comecei a chorar, o que surpreendeu até a mim mesmo. E era um choro de verdade, um choro áspero e incontrolável de criança. A sra Gray interrompeu o que estava fazendo, virou-se e olhou para mim, consternada. Já tinha me visto chorar antes, mas de raiva ou para tentar fazê-la ceder às minhas vontades, não aquele choro abjeto e indefeso, e imagino que tenha tornado a se espantar com o quanto eu era jovem, no fim das contas, e com o quanto estava além do meu alcance a profundidade a que ela me levara. Ajoelhou-se novamente no colchão e me abraçou. Era uma sensação um tanto assustadora estar nos braços dela nu quando ela estava vestida, e no mesmo instante que me encostei a ela, berrando de desamparo, descobri, para minha agradável surpresa, que ficava novamente excitado, ao que voltei a me deitar puxando-a para mim e, indiferente a seu esperneio de protesto, enfiei a mão por dentro das suas roupas, e lá fomos nós mais uma vez, meus soluços infantis de medo e angústia transformados no arquejo rouco bem conhecido que aumentava e aumentava em arco até o grito final, também conhecido, de triunfo e alívio selvagem.

Acho que foi nesse dia que lhe falei da minha ideia de engravidá-la. Lembro de um meio-dia sonolento e de nós dois deitados juntos em silêncio num emaranhado de membros suarentos, uma vespa zumbindo num canto de um pano de vidro quebrado e uma lâmina enfumaçada de sol que entrava por um dos buracos do teto e mergulhava enviesada no chão perto de nós. Eu vinha remoendo, como tantas vezes, o fato doloroso e inevitável que era o sr Gray, o marido inexpugnável, cultivando em mim mesmo ao mesmo tempo um estado exaltado de cólera reprimida, e a ideia de perpetrar o que seria a maior vingança possível contra ele mal se formara na minha mente quando já me ouvi anunciá-la em voz alta, como se fosse uma coisa simples, que só precisasse ser concretizada. Num primeiro momento a sra Gray parece não ter entendido, incapaz de absorver o que eu lhe dissera, o que não admira — não era exatamente o tipo de coisa que uma mulher no meio de um caso especialmente arriscado esperaria ouvir da boca de seu amante menor de idade. Quando era surpreendida ou lhe diziam alguma coisa que não conseguia absorver de imediato, ela tinha um jeito, que depois encontrei também em outras mulheres, de ficar muito parada e quieta, como se estivesse sob alguma ameaça imediata e preferisse passar despercebida até o perigo passar. Assim, ela ficou alguns momentos imóvel, com suas costas e sua bunda quente encostadas em mim e um dos meus braços dormente debaixo do seu peso. Então ela se virou violentamente para o outro lado, pondo-se de frente para mim. Primeiro me contemplou com um ar de descrédito, depois me deu um tremendo empurrão no peito com as duas mãos que me fez escorregar para trás no colchão até bater os ombros com força na parede. "Essa ideia é revoltante, Alex Cleave", disse ela, numa voz contida e terrível. "Você devia se envergonhar, devia mesmo."

Terá sido então que ela me falou da filha que tinha perdido? Uma garotinha, nascida depois de Billy e da irmã. Era um bebê doente, e morreu depois de um ou dois dias de vida bruxuleante. A morte, porém, quando veio, foi repentina, e foi um tormento para a sra Gray que a pequenina não tivesse sido batizada e que, portanto, sua alma tenha ido para o Limbo. Eu me sentia mal de ouvir falar dessa criatura, que para sua mãe pairava sempre como uma presença nítida, idealizada e adorada. Quando a sra Gray falava dela, em meio a muitos suspiros e expressões cantaroladas de carinho, eu pensava na pequena imagem dourada do Menino Jesus de Praga, com sua coroa e seu manto, seu cetro e seu globo, que reinava com seu impassível e diminuto esplendor na bandeira da porta da casa da minha mãe, e que me dava tanto medo quando eu era pequeno, e até então eu ainda achava inquietante. A compreensão que a sra Gray tinha das questões mais sutis da escatologia cristã não era muito sólida, e a seu ver o Limbo não era um lugar de refúgio permanente para as almas dos pagãos, e sim uma espécie de Purgatório indolor, uma simples casa de passagem entre a vida terrena e as alegrias e recompensas da transcendência beatífica, onde talvez naquele exato momento seu bebê vivesse a espera paciente de um dia, talvez no Último dos Dias, ser elevado à presença de seu Pai Celestial, momento em que elas duas, mãe e filha, tornariam a se encontrar em júbilo. "Ainda não tinha escolhido o nome dela", disse a sra Gray, engolindo dolorosamente em seco e enxugando o nariz com as costas da mão. Não admira que minha ameaça de emprenhá-la a tenha deixado tão alarmada e furiosa.

Ainda assim posso ter-lhe sugerido naquele dia que, se ela e eu tivéssemos uma criança nossa, este filho poderia substituir aquele anjo embrionário que esperava impaciente a vez junto aos portões do Limbo. A essa altura, porém, com toda essa conversa sobre criancinhas mortas, meu entusiasmo pela paternidade precoce tinha esfriado consideravelmente — na verdade, se reduzira a cinzas.

Mais adiante, reparei que o aspecto mais notável de sua reação quando declarei minha intenção de fazer-lhe um filho foi que ela não me pareceu ter ficado totalmente surpresa; chocada, naturalmente, indignada, sim, mas não surpresa. Pode ser que as mulheres nunca se surpreendam com a possibilidade de ficar grávidas, que vivam num estado constante de prontidão para essa eventualidade; eu devia consultar Lydia quanto a essa questão. Lydia, minha Lydia, minha enciclopídia. Naquele dia, a sra Gray nem me perguntou por que eu havia de querer que tivesse um filho, como se aceitasse essa minha vontade como a coisa mais óbvia e natural. Se ela tivesse perguntado, eu não saberia bem o que responder. Caso ela engravidasse de mim, seu marido seria atingido, sim, o que me traria algum prazer, mas isto também traria sofrimento para nós dois, para ela e para mim, um sofrimento profundo. Será que eu realmente sabia o que estava dizendo e, se soubesse, tinha certeza do que dizia? Claro que não — afinal, eu próprio era pouco mais que uma criança; e só falara daquilo, decerto, para chocá-la e atrair sua atenção exclusivamente para mim, projeto a que na época eu dedicava muito esforço e engenho. Ainda assim, hoje me vejo contemplando, com uma pontada que até me parece de remorso genuíno, a possibilidade de que ela e eu tivéssemos produzido um belo garoto, digamos, com os olhos dela e meus braços e pernas, ou uma menina brilhante, versão em miniatura dela, com os tornozelos bem moldados, os dedos dos pés compridos e um cacho rebelde atrás da orelha. Absurdo, absurdo. Imaginem só, eu me deparando com ele ou ela a esta altura, um filho ou uma filha quase da minha idade, nós dois emudecidos de constrangimento diante da situação grotesca e cômica a que teremos sido condenados por um acidente amoroso e pelo rancor vingativo de um garoto, e da qual nada poderia nos livrar afora a minha morte, que nem mesmo ela teria como lavar por completo essa mancha ridícula do nosso passado. Mas ainda assim, ainda assim. Minha mente gira confusa, meu coração se contrai e se expande. Um absurdo. Vejam só como me ponho a variar à beira da velhice, e ainda me dou ao capricho de sonhar com uma progênie, um filho que pudesse me trazer conforto, uma filha que eu pudesse amar, e que um dia pudesse amparar meu braço enfermo e me conduzir pelo caminho derradeiro, ao fim do qual espera o que o salmista, a seu modo solene, chama de minha "casa perpétua".

Claro que eu preferia uma filha. Sim, sem dúvida, uma filha.

É de admirar, na verdade, que a sra Gray não tenha engravidado, de tão frequente e vigorosa que era a nossa prática da atividade que podia ter esse resultado. Como será que ela evitava? Neste país, naquele tempo, não havia meio legal de impedir a concepção afora o celibato, e mesmo que houvesse ela não teria aceito, por devoção a sua fé religiosa. Pois acreditava em Deus, não no Deus do amor, eu acho, mas certamente no Deus da vingança.

Mas esperem um pouco. Pode ser que ela tenha engravidado. Talvez seja por isso que saiu em fuga tão precipitada quando nosso caso foi descoberto. Talvez tenha ido para algum outro lugar e tido um bebê, uma garotinha, nossa, sem me dizer. Neste caso, essa garotinha hoje há de ser uma mulher madura, de uns cinquenta anos, talvez com um marido e filhos ela também — outras pessoas desconhecidas, mas portadoras dos meus genes! Santo Deus. Imaginem só. Mas não, não. Na época em que entrei em sua vida, presunçoso e fanfarrão, ela já havia de ser estéril.

A "BATEDORA" DA PENTAGRAM PICTURES ERA BILLIE E NÃO BILLY COMO o meu amigo, e Stryker, não Striker — sim, deve ter sido uma espécie de piada de Marcy Meriwether não soletrar os nomes — e mulher, enfaticamente não um homem como eu supunha. Eu estava no meu sótão como sempre quando ouvi seu carrinho ridículo chegar gemendo e tossindo à praça, e depois a campainha tocando. Não dei atenção, achando que devia ser alguém para ver Lydia. E de fato Lydia deteve Billie, que levou até a cozinha e obrigou a aceitar um chá, biscoitos e um cigarro; minha mulher tem um fraco pelos infelizes e pelas pessoas diferentes de todo tipo, especialmente quando são mulheres. Sobre o que elas podem ter conversado, essas duas? Não perguntei depois, por algum tipo de delicadeza, ou timidez, ou apreensão. Mas uns bons vinte minutos se passaram antes que Lydia subisse e batesse na minha porta para dizer que uma pessoa tinha vindo falar comigo. Levantei-me da mesa, pronto para acompanhá-la escadas abaixo, mas ela se deslocou para o lado na porta estreita e, com o ar de um mágico que tira um coelho bem grande de uma cartola minúscula, deixou-me ver, no último degrau estreito, a jovem que empurrou para dentro do sótão com um impulso discreto antes de ir embora.

Além de mulher, Billie Stryker não é o que eu esperava em nenhum outro aspecto. O que eu esperava? Alguém bem vestido, vistoso e transatlântico, imagino. Billie, porém, é obviamente nativa do nosso lado do oceano, uma pessoa baixa e gordinha de, imagino, uns trinta e cinco anos. Na verdade sua silhueta é impressionante, e pode ter sido construída a partir de uma série de caixotes de papelão de tamanhos variados que alguém deixou na chuva antes de empilhar, ainda empapados de água, sem muito critério. O efeito geral não fica melhor com os jeans muito apertados que ela usa, sem falar do suéter preto de gola aberta que faz sua cabeça parecer uma bola de borracha equilibrada em cima de todos esses caixotes empilhados de qualquer jeito. Billie tem um rostinho de traços finos encravado no meio de um grande excesso de carne, seus pulsos têm covinhas como os de um bebê e dão a impressão de terem sido amarrados com laçadas apertadas de linha nas juntas onde suas mãos se prendem às, ou são inseridas nas, extremidades dos seus braços. Havia uma nítida mancha roxa e amarelada debaixo do seu olho esquerdo, resto do que mais ou menos uma semana antes deve ter sido um hematoma e tanto — como ou onde ela teria adquirido aquela marca, eu me pergunto.

Eu preferia que Lydia não a tivesse trazido até aqui em cima, pois além do fato de ser a minha via de fuga, o aposento de teto inclinado é pequeno e Billie não, e quando eu a contornei com alguma dificuldade sentia-me como Alice, crescida e entalada na casa do Coelho Branco. Conduzi Billie para a velha poltrona verde que é o único móvel para o qual resta espaço aqui, além da mesa onde trabalho — sim, eu digo que é trabalho — e da antiga cadeira giratória em que me sento. Quando viemos morar aqui, Lydia tentou me convencer a construir um escritório direito para mim num dos aposentos vazios do térreo — a casa é grande e moramos nela só nós dois — mas a verdade é que eu gosto aqui de cima, e não me incomodo de sentir algum aperto, exceto em ocasiões como esta, que são extremamente raras. Billie Stryker sentou-se ao mesmo tempo que eu, com um ar decidido mas inexplicavelmente distante, entrelaçando os dedos gorduchos, arquejando de leve e correndo os olhos por tudo, menos por mim. Ela tem um modo especialmente desmazelado de instalar-se numa cadeira, dando a impressão de que está debruçada dela e não sentada, pois se empoleira bem na borda dianteira do assento, com os joelhos gordos afastados e os pés vestindo tênis de corrida virados para dentro, de maneira que a parte externa dos seus tornozelos é que se apoia no chão. Entrei atrás da minha mesa, sorrindo e assentindo com a cabeça, como um domador de leões que avançasse com todo o cuidado para a cadeira e a pistola, e me sentei.

Ela não parecia ter muito mais ideia do que eu sobre o que viera fazer ali. É pesquisadora, se entendi bem; será que os pesquisadores são chamados de "batedores" no mundo do cinema? Tenho tanto que aprender. Perguntei se ela vinha pesquisando a vida de Axel Vander, e ela me olhou como se eu tivesse feito uma piada, só que sem graça, e emitiu uma risada breve e derrisória que soava como se copiasse o riso de

Marcy Meriwether. Sim, respondeu ela, tinha feito um trabalho sobre Vander. Feito um trabalho? A frase parecia exaustivamente ameaçadora. Fiquei intrigado com sua postura pouco comunicativa e não soube como levar a conversa adiante; ficamos ali sentados por um bom tempo, em meio a um silêncio pesado. A propósito de nada, ocorreu-me que como ela era pesquisadora e portanto sabia fazer esse tipo de coisa, eu podia contratá-la para, em caráter avulso, encontrar a sra Gray para mim. Uma coisa, as fantasias que passam pela cabeça da gente. Mesmo assim, não seria difícil saber aonde fora parar o meu amor perdido. Ainda devia haver na cidade gente que se lembrasse da família Gray — afinal, só cinquenta anos se passaram desde que foram embora, e a causa de sua partida súbita foi sem dúvida memorável — e talvez soubesse o que foi feito deles. E Billie Stryker, eu tinha certeza, havia de ser um sabujo incansável depois que encontrasse um rastro.

Fiz-lhe uma ou duas perguntas sobre o projeto de filme em que estamos ambos supostamente envolvidos, e mais uma vez ela me lançou aquele olhar rápido e, achei, incrédulo, embora não tenha chegado sequer aos meus joelhos antes que ela voltasse a fitar tristonha o meu tapete. Era um encontro trabalhoso, e eu começava a perder a paciência. Tracei lentos caminhos pelo tampo da mesa com a ponta dos dedos e, cantarolando de boca fechada, olhei pela janela, da qual, para além de um canto da praça, pode se ver de relance o canal. Esta imitação de rio, plácida e ordeira, é o máximo de água que consigo tolerar ultimamente; depois da morte de Cass não podíamos continuar vivendo à beira-mar, como antes; a visão de ondas quebrando contra rochedos não era mais tolerável. Por que, e com qual finalidade,

Marcy Meriwether teria enviado aquela criatura rechonchuda e taciturna para me ver? — e o que Lydia e ela teriam conversado no longo intervalo de tempo que passaram juntas no andar térreo da casa? Havia momentos em que eu me sentia vítima de uma conspiração clara, concertada e aparentemente sem sentido envolvendo apenas mulheres. “Nem tudo quer dizer alguma coisa”, Lydia gosta de repetir, misteriosamente, assumindo aquela expressão de bochechas um pouco inchadas, como se fizesse o possível, a sério mas com dificuldade, para não rir.

Perguntei à pequenina Billie Stryker se havia alguma coisa que eu poderia lhe servir, ao que ela me falou do chá e dos biscoitos que Lydia a tinha obrigado a aceitar na cozinha. E preciso dizer uma coisa sobre essa cozinha. Ela é o domínio de Lydia, assim como o sótão é meu território. É lá que ela passa ultimamente a maior parte do seu tempo — eu raramente me aventuro além da porta. Trata-se de um aposento cavernoso, com teto alto e paredes nuas de pedra áspera. Há uma janela grande em cima da pia, mas dá diretamente para uma moita de urzes-brancas que em tempos imemoriais tinha sido uma roseira, de modo que a luz do dia mal consegue atravessá-la, reinando ali uma penumbra persistente. A linhagem a que Lydia pertence, a da gente do deserto, nunca se revela com maior nitidez, pelo menos para mim, do que quando ela preside nessa cozinha, sentada à alta mesa de pinho encerado, com seus jornais e seus cigarros, o xale de um violeta circassiano cobrindo seus ombros e seus trigueiros antebraços adornados por muitas argolas finas e sonoras de ouro e prata. Não vou dizer, mas muitas vezes penso, que em outros tempos minha Lydia poderia ser confundida com uma bruxa. Sobre *o quê* as duas teriam conversado naquela cozinha, ela e Billie Stryker?

Billie me disse que precisava seguir adiante — para onde? me perguntei — mas em seguida não deu mais qualquer sinal de estar prestes a partir. Eu disse, embora não tivesse como esconder minha perplexidade, que ficava grato pela sua visita, e que era grande o meu prazer por tê-la conhecido. Seguiu-se mais um tempo, preenchido pelo silêncio e olhares indolentes. E então, quase sem perceber, comecei a falar sobre a minha filha. Foi estranho, e inesperado em se tratando de mim. Não me lembro da última vez que falei de Cass com outra pessoa, nem mesmo com Lydia. Guardo com grande zelo as memórias da minha filha perdida, e costumo mantê-las bem embrulhadas em reserva, como um caderno de delicadas aquarelas que precisem ser protegidas da inclemente luz do dia. Mas ainda assim lá estava eu, tagarelando sobre ela e as coisas dela para essa desconhecida hostil e pouco comunicativa. É claro que acabo vendo Cass em todas as jovens que eu conheço, não Cass como era quando pôs um fim prematuro à sua vida, mas como poderia ser agora, dez anos mais tarde. Aliás, ela teria mais ou menos a mesma idade de Billie Stryker, embora as coincidências entre as duas não fossem além disso em qualquer outro campo.

Ainda assim, lembrar-me de Cass, especialmente de maneira tão sutil, era muito diferente de falar dela, e com tamanha avidez, até mesmo abandono. Quando penso em Cass — e quando é que não penso em Cass? — tenho a impressão de sentir à minha volta uma grande e rumorosa agitação, como se me postasse bem debaixo de uma cachoeira que me encharca mas ao mesmo tempo me deixa seco, seco como um osso exposto ao tempo. E é nisso que se transformou o luto para mim, um dilúvio constante que ainda assim me deixa ressecado. Acho também que há uma certa vergonha em ter sofrido uma perda. Ou não, não exatamente vergonha. Um certo embaraço, eu diria, uma certa timidez acovardada. Mesmo nos primeiros dias depois da morte de Cass, eu julgava imperativo não chorar muito em público mas a todo custo manter a compostura, ou pelo menos as aparências; quando chorávamos em particular, Lydia e eu, fechando alegremente a porta de frente à passagem dos últimos visitantes que tinham vindo nos consolar, nos atirávamos imediatamente no pescoço um do outro, prorrompendo em uivos de dor. No entanto, ao conversar agora com Billie Stryker, tive a impressão de que chorava de alguma forma. Não sei explicar. Não houve lágrimas, claro, só palavras que jorravam de mim sem controle, mas ainda assim eu tinha a sensação quase voluptuosa de queda irrefreada que nos toma quando nos entregamos a um pranto bom de verdade. E, claro, quando finalmente me vi sem palavras, estava totalmente engolfado pelo pesar e o embaraço, como se tivesse escaldado a pele. E como terá sido que Billie Stryker, sem qualquer esforço aparente, conseguiu me fazer falar tanto? Ela deve ter algum segredo que os olhos não veem. O que espero que de fato tenha, pois o que os olhos veem está longe de ser irresistível.

O que lhe terei contado, o que lhe terei contado? Não me lembro. Só lembro de ter falado muito, não do que eu disse. Terei contado que minha filha era uma estudiosa, e que sofria de um raro distúrbio mental? Tê-la-ei descrito quando era nova, sua doença ainda não tinha sido diagnosticada e sua mãe e eu oscilávamos loucamente entre uma esperança ansiosa e uma decepção cinérea sempre que os sinais do seu mal pareciam atenuar-se só para em seguida ressurgirem, mais severos e intratáveis do que nunca? Como costumávamos ansiar, naqueles anos, por um único dia comum, um único dia em que pudéssemos despertar pela manhã e tomar café sem qualquer cuidado maior, lendo trechos do jornal um para o outro e planejando o que fazer, antes de sair para caminhar e contemplar o panorama com olhos inocentes, tomando mais tarde uma taça de vinho antes de irmos juntos para a cama e nos deitarmos em paz nos braços um do outro, deslizando para um sono tranquilo. Mas não: nossa vida com Cass era uma alternância constante de quartos de vigia, e quando ela finalmente se esquivou de nós e executou seu número de desaparecimento — quando livrou-se de si mesma, como costumam dizer com tamanha precisão — reconhecemos, em meio à nossa dor, que o fim que ela pôs em nossa vigília tinha sido inevitável. E também especulamos, e ficamos horrorizados ao nos ver especular, se nossa própria vigilância não teria contribuído de algum modo para apressar seu fim. A verdade é que desde sempre ela tentava fugir de nós. Quando Cass morreu, achávamos que estivesse nos Países Baixos aprofundada em seus misteriosos estudos, e ao recebermos a notícia vinda de Portovenere, bem mais ao sul, a notícia terrível que sabíamos intimamente desde sempre que um dia haveria de chegar, sentimo-nos não apenas enlutados mas de certa forma ludibriados, cruelmente e, sim, imperdoavelmente derrotados.

Mas esperem mais um pouco — uma coisa acaba de me chamar a atenção. Era eu que Billie Stryker estava pesquisando hoje. Daí todos aqueles rodeios e aquela hesitação da parte dela, todos seus silêncios ponderosos: era tudo uma tática para ganhar tempo enquanto esperava pacientemente que eu começasse a falar, como certamente acabaria por fazer, para preencher o vácuo que ela havia preparado com tamanho esmero. Quanta sutileza, para não dizer manha e, mesmo, deslealdade, da parte de Billie. Mas o que ela terá descoberto a meu respeito, além de que eu tive uma filha que morreu? Quando lhe pedi desculpas por ter falado tanto sobre Cass, ela deu de ombros e sorriu — tinha um sorriso muito tocante, aliás, triste e docemente vulnerável — e respondeu que não havia problema, que ela não se incomodava, que ouvir era parte do trabalho dela. "É o que eu sou", disse ela, "um cataplasma humano."

Acho que cheguei de fato a pedir que localizasse a sra Gray para mim. Por que não?

Descemos as escadas e eu a acompanhei até a porta da frente. Lydia tinha desaparecido. O carro de Billie era um velho e muito oxidado Deux Chevaux. Quando ela se instalou ao volante, debruçou-se para fora e me informou, aparentemente por ter acabado de lhe ocorrer, que haveria uma leitura completa do roteiro, em Londres, no início da semana seguinte. Todo o elenco estará presente, o diretor, claro, e o roteirista. O nome deste último é Jaybee, ou coisa assim — fiquei um pouco surdo, e me incomoda ter de pedir sempre às pessoas que repitam o que acabaram de dizer.

E Billie partiu, deixando para trás redemoinhos encapelados de fumaça marrom-escura. Fiquei ali parado por muito tempo depois de ela desaparecer da praça. Estava intrigado e perplexo, e tomado por um desconforto ligeiro mas bem definido. Teria sido com alguma bruxaria que ela me fizera falar de Cass, ou até então eu só estava na verdade aguardando uma boa chance? E se era esse o tipo de pessoa com que eu haveria de lidar nos meses seguintes, onde é que eu tinha ido me enfiar?

Passei a tarde folheando, creio ser esta a palavra certa, *A invenção do passado*, a extensa biografia de Axel Vander. O estilo da prosa foi o que me impressionou primeiro, e com maior impacto — na verdade, quase me fez cair para trás. Simples afetação, ou tomada de posição intencional? Ironia permanente e generalizada? Retórico ao extremo, de uma elaboração teatral, totalmente sintético, artificial e atravancado, é um estilo do tipo que poderia ter sido forjado — *le mot juste!* — por algum escriba desimportante do tribunal de Bizâncio, digamos, um ex-escravo a cuja respectiva biblioteca, eclética e extensa, um amo generoso tivesse franqueado livre acesso, liberdade a que o servo se entregou com avidez excessiva. Nosso autor — o tom é contagioso — nosso autor tem leituras extensas mas assistemáticas, e usa as esmeradas preparações que colheu nesses livros para tentar ocultar sua formação insuficiente — pouco latim, nenhum grego, ha ha — embora o efeito produzido seja o oposto, pois em cada imagem suntuosa ou metáfora complexa, em cada exemplo de falsa cultura e pretensa erudição, revela-se invariavelmente como o sôfrego autodidata que sem dúvida há de ser. Por baixo do lustro, da elegância estudada, da fanfarronice de janota, temos um homem dilacerado por medos, ansiedades, rancores amargos, embora também capaz da tirada brilhante ocasional, dotado de um olho sensível ao que poderíamos definir como o avesso da beleza. Não admira que tenha escolhido Axel Vander como tema.

Esse Vander, devo dizer, era uma ave de rara estranheza. Para começo de conversa, tudo indica que estava longe de ser Axel Vander. O verdadeiro Vander, um nativo de Antuérpia, teve morte misteriosa em algum momento dos primeiros anos da guerra — houve rumores, difusos mas longe de plausíveis, segundo os quais teria participado da Resistência, a despeito de suas posições políticas assustadoramente reacionárias — e este outro, uma contrafação, indivíduo sem história conhecida, teria simplesmente assumido seu nome e ocupado habilmente seu lugar. O falso Vander deu prosseguimento à carreira de jornalista e crítico do Vander autêntico, trocou a Europa pela América, casou-se e foi morar na Califórnia, na agradavelmente batizada cidade de Arcady, lecionando por muitos anos na universidade local; a mulher morreu — parece que foi devastada por uma senilidade precoce e Vander pode na verdade tê-la assassinado — e pouco depois Vander abandonou seu trabalho e mudou-se para Turim, onde ele próprio viria a morrer, um ou dois anos mais tarde. Estes são os fatos, reunidos na útil Cronologia que nosso autor nos fornece depois do Prefácio, embora certamente ficasse escandalizado se me visse apresentá-la de modo tão despojado de adornos e elaboração. Os livros que Vander escreveu em seus anos de América, especialmente a coletânea de ensaios hermeticamente intitulada *O pseudônimo como fato relevante: o caso nominativo na procura de uma identidade*, valeram-lhe uma vasta, embora polêmica, reputação de iconoclasta, adepto do ceticismo intelectual. "Um veio de maldade corre por toda a obra", escreve seu biógrafo, com um desdém palpável, "e muitas vezes Vander assume o tom de uma solteirona ranzinza e peçonhenta, o tipo de pessoa que confisca as bolas que meninos chutam por acidente para o seu jardim e passa as noites escrevendo cartas anônimas em papel perfumado para seus vizinhos da aldeia." Estão vendo o que falei do estilo?

E esse Vander é o personagem que preciso representar. Ai de mim.

Ainda assim, de algum modo, posso entender por que alguém tenha achado que houvesse aqui assunto para um filme. A história de Vander possui um certo encanto mefítico. Pode ser que eu seja por demais sugestionável, mas enquanto lia na velha poltrona verde, onde recentemente Billie Stryker se tinha empoleirado arquejante, ocorreu-me a sensação de ser sub-repticiamente capturado e habilidosamente cativado. O céu de outubro na janela inclinada acima de mim abrigava uma frota de nuvens de cobre, a luz do aposento era um gás claro e denso, e o silêncio também era denso, como se meus ouvidos se entupissem a bordo de um avião, e tive a impressão de ver a sombra do primeiro e genuíno Axel Vander oscilar e tombar sem um som, ao que seu usurpador ocupava seu lugar sem qualquer transição visível e seguia em frente, rumo ao futuro, até chegar a mim, que agora por minha vez haverei de me converter em algo como ele, mais um elo insubstancial nessa cadeia de impostura e personificação.

Vou sair para dar uma volta; talvez ela me restitua a mim mesmo.

Gosto de caminhar. Ou, melhor dizendo, eu caminho sempre, e ficarei por aí. É um hábito antigo, adquirido nos primeiros meses de luto depois que Cass morreu. Existe alguma coisa no ritmo de sair para dar uma volta sem rumo certo que me parece reconfortante. Minha profissão, da qual achei que tinha me aposentado até Marcy Meriwether me convocar de volta às luzes da ribalta, ou aos refletores, ou seja lá o nome que tiverem, sempre me permitiu um uso livre das horas diurnas. Existe uma certa satisfação morna que se pode encontrar de estar nas ruas sem compromisso enquanto os outros se encontram arrebanhados entre quatro paredes para trabalhar. As ruas, no meio da manhã ou no começo da tarde, têm um ar de finalidade definida embora ignorada, como se alguma coisa importante se tivesse esquecido de nelas acontecer. Os mancos e os aleijados saem de dia para tomarem ar, como os velhos também, além dos que perderam seus empregos, driblando as horas desperdiçadas, acalentando suas perdas, provavelmente, como eu. Eles têm um comportamento atento e ligeiramente culpado; talvez temam ser repreendidos pelo seu ócio. Deve ser difícil acostumar-se a não ter nada urgente que precise ser feito, como certamente haverei de descobrir quando esses refletores se apagarem pela última vez e o cenário for desmontado. O deles, imagino, é um mundo desprovido de ímpeto. Posso ver que invejam a agitação dos outros, acompanhando ressentidos o afortunado carteiro que percorre sua rota de entrega, as donas de casa que passam carregando suas cestas de compras, os sujeitos de casaco branco em seus caminhões, entregando coisas necessárias. Esses são os ociosos involuntários, os perdidos, as vítimas da incerteza.

Observo também os vagabundos, outro velho passatempo que cultivo. Não é mais o que já foi. Com o passar dos anos, o vagabundo, o verdadeiro vagabundo, vem sofrendo perdas constantes em qualidade e em quantidade. A verdade é que não tenho certeza de poder falar ainda de vagabundos no sentido antigo, clássico. Hoje em dia ninguém perambula pelas ruas carregando um fardo de pano na ponta de uma vara ou ostentando um lenço colorido no pescoço, amarrando as pernas das calças abaixo dos joelhos com barbante ou coletando pontas de cigarro na sarjeta para guardá-las em latinhas. Os andarilhos errantes de hoje são todos alcoólatras ou drogados, e pouco têm a ver com o comportamento tradicional dos habitantes das ruas. Os viciados em particular são uma nova raça, sempre apressados, sempre em alguma missão, trotando sem se desviar pelas calçadas lotadas ou ziguezagueando em meio ao tráfego, magros como suricatos, com as bundas murchas e os pés chatos, os jovens com os olhos mortos e a voz fraca e arranhada, suas mulheres tropeçando atrás deles, carregando bebês de olhos assustados e emitindo gritos incoerentes.

Um andarilho que venho acompanhando há algum tempo eu chamo de Trevor, o aluno de Trinity. É um tipo de ar muito superior, um verdadeiro aristocrata da espécie. Quando o localizei pela primeira vez, isso há uns cinco ou seis anos, ele estava em boa forma, sóbrio e cheio de energia. Era uma manhã muito clara de verão e ele atravessava uma das pontes rumo ao outro lado do rio, saltitando à luz intensa e balançando os braços, vestindo uma japona azul-escura e botas novinhas de andar no deserto, de camurça amarela com grossas solas de crepe. Usava ainda um gorro de veludo especialmente vistoso com uma pala, e apesar do calor do verão trazia amarrado ao pescoço um cachecol com as cores do Trinity College — donde o apelido que lhe dei. Sua barba grisalha estava bem aparada em ponta, seus olhos estavam límpidos, seu rosto corado, só com finíssimos vestígios de veias rompidas. Não sei ao certo o que nele atraiu minha atenção. Deve ter sido o ar que ostentava de ter sido resgatado de algum lugar horrendo e restituído à saúde e ao vigor, pois tenho certeza que estivera internado no Hospital St. Vincent's ou John of the Cross, deixando a bebida; é provável que fosse esta a expressão de Lázaro depois que Marta e Maria o trouxeram para casa do cemitério, removeram os últimos vestígios da sua mortalha, puseram-no de pé e, de maneira geral, tentaram deixá-lo apresentável. Tornei a ver Trevor pelas ruas mais algumas vezes, sempre animado e alegre, e um dia me postei atrás dele junto a uma banca de jornais onde ele comprava o *Times*, atentando para sua entonação acentuadamente afeminada.

E então alguma calamidade ocorreu. Era cedo, oito horas ou oito e meia de uma enevoada manhã de outono, e eu atravessava a mesma ponte onde o tinha visto pela primeira vez, e lá estava ele, com o cachecol, o gorro vistoso, as botas amarelas e tudo o mais, perdido em meio à forte correnteza de trabalhadores que demandavam seus escritórios, com uma postura inclinada, bambo como uma marionete e oscilando visivelmente, os olhos fechados como se dormisse e o lábio inferior muito vermelho e caído, segurando na mão esquerda uma garrafa grande enfiada num saco de papel pardo.

Não foi o seu fim, contudo, aquela breve queda em desgraça, longe disso. Várias vezes conseguiu retornar à abstinência, e embora a cada vez tenha voltado a abandoná-la, e embora cada uma dessas quedas lhe tenha cobrado um preço progressivamente mais alto, suas repetidas ressurreições sempre me deram ânimo, e me surpreendo abrindo-lhe um sorriso de boas-vindas toda vez que, depois de mais um período desolado de ausência, ele vem andando pela rua na minha direção, o olho cintilante, as botas de camurça escovadas, seu cachecol do Trinity College recém-lavado e livre de baba. Ele não me dá a menor atenção, claro, e nunca, tenho certeza, sentiu a pressão de meus olhos que o seguem com vontade.

Quando está bebendo, ele mendiga. Aperfeiçoou seu número, e é de uma constância admirável, arrastando os pés na direção das vítimas prováveis com a mão em concha estendida e emitindo uma cantilena deplorável, como uma criança sedenta e exausta, seu rosto todo torcido para um dos lados e seus olhos injetados boiando em lágrimas nunca derramadas. Mas é só uma performance. Um dia, numa disposição extraordinariamente magnânima, dei-lhe uma nota de dez libras — era depois do almoço e eu próprio tinha bebido bastante — e na mesma hora, atônito com aquela abundância inesperada, ele abandonou o personagem, olhou-me radiante e me agradeceu calorosamente com um sotaque precioso e uma fala de aristocrata. Acho que, se eu tivesse deixado, ele teria tomado minha mão nas suas num demorado aperto de camaradagem, afeto e gratidão. Assim que o ultrapassei, contudo, retornou imediatamente ao seu papel, entregue às lamúrias e às caretas com aquela mão estendida.

Num dia bom ele deve ganhar uma soma considerável, imagino. Uma vez eu o vi no banco, de todos os lugares improváveis, junto ao guichê de um dos caixas, trocando uma pilha de moedas de cobre por papel-moeda. Como era paciente a jovem uniformizada que o atendia, como era tolerante e bem-humorada, sem o menor incômodo aparente com o mau cheiro sufocante que ele emana. Ele acompanhava placidamente os movimentos da caixa que contava suas moedas, aceitou graciosamente o maço pouco volumoso de notas que ela lhe estendeu em troca, e guardou-o em algum recesso interno de sua japona a essa altura muito surrada e coberta de manchas permanentes. "Obrigado, querida, você é muito gentil", murmurou ele — sim, eu tinha me aproximado o suficiente para ouvir o que ele dissesse — desferindo um leve toque de reconhecimento nas costas da mão da jovem com a ponta mais extrema de um dedo imundo.

Ele deve percorrer um extenso trajeto em suas andanças, pois já o vi em toda parte pela cidade, até mesmo nos subúrbios. A caminho do aeroporto para pegar um avião numa manhã gelada de primavera, eu o vi à beira da estrada. Caminhava determinado na direção da cidade, emitindo nuvens de expiração e com uma gota na ponta de seu pobre nariz maltratado que reluzia como uma joia recém-lapidada à luz rosada e fria da manhã. O que estaria fazendo ali, de onde viria? Será concebível que tivesse estado no estrangeiro e acabasse de chegar num voo madrugador? Como posso saber se não é algum erudito de fama mundial, um especialista em sânscrito, digamos, ou um especialista sem par no teatro Nô? O grande pragmatista Charles Sanders Peirce precisou mendigar para obter o pão, e chegou a passar algum tempo vivendo nas ruas. Tudo é possível.

Seu andar. Deve ter algum problema nos pés — má circulação seria o meu palpite — pois se desloca arrastando muito um deles, num trote lento prejudicado, pode-se dizer, embora ainda assim consiga progredir a uma velocidade surpreendente. Suas mãos também estão em mau estado — novamente a má circulação — e percebo que vem usando luvas sebentas de lã clara sem dedos que alguém deve ter tricotado para ele. Enquanto avança, mantém os braços erguidos, com os cotovelos dobrados e as mãozorras enluvadas levantadas à sua frente, como um boxeador zonzo de pancada fazendo um aquecimento em câmera lenta.

É um choque pensar que deve ter pelo menos vinte anos menos que eu.

Encontrei-me com ele hoje à tarde, no meu passeio, como eu esperava, pois a essa altura ele se transformou para mim numa espécie de talismã. Estive perto da pista de corridas de cachorro, onde ainda se ergue o velho gasômetro. É o tipo de área degradada e despretensiosa, que prefiro percorrer; sou um *flâneur* pobre, e jamais gostei das avenidas grandiosas ou das extensões dos parques da cidade. Encontrei Trevor, o aluno de Trinity, sentado satisfeito num trecho de muro quebrado próximo à estação rodoviária. Tinha no colo uma embalagem de plástico transparente, e comia alguma coisa que deve ter comprado na loja do posto de gasolina da mesma rua. Imaginei que fosse algum tipo de empadão, ou um desses pães com salsicha que parecem pré-comidos, mas quando me aproximei mais percebi que era, dentre todas as coisas, um *croissant*. Grande Trevor, sempre cultivando as coisas boas da vida! Também tomava café num copo de papel — não era chá, pois pude sentir o aroma intenso e escuro dos grãos torrados. Estava bêbado, porém, e bem tonto, falando sozinho num balbucio enquanto comia, deixando cair flocos do pãozinho pelo peito abaixo. Eu podia ter parado e sentado ao lado dele; cheguei a reduzir minha velocidade e hesitar um pouco, pensando em me acomodar ali, mas em seguida perdi a coragem e segui em frente, embora arrependido. Ele nem tomou conhecimento de mim, como sempre, chapado demais para perceber a figura grisalha e desbotada de galã de matinê com seu bom sobretudo de *tweed* e suas luvas de pelica de estrangulador, passando por ele, covardemente, sem parar.

Eu gostaria de saber quem é, ou terá sido. Gostaria de saber onde mora. Ele tem abrigo, disso estou convencido. Alguém toma conta dele, dispensa-lhe cuidados, compra-lhe botas novas quando as velhas ficam gastas, lava seu cachecol, leva-o ao hospital para desintoxicar-se. E tenho certeza de que é uma filha. Isso. Há de ser, sem a menor dúvida, uma filha dedicada.

EU E AS TELAS PRATEADAS DO CINEMA, imagino que vão querer que eu fale disso. Não são mais prateadas, claro, mas em cores espalhafatosas, o que não passa de um retrocesso, na minha opinião. Marcy Meriwether me garantiu que fui a primeira pessoa a quem ofereceram o papel de Axel Vander; mas adiante fiquei sabendo que tinha sido oferecido a pelo menos três outros atores da minha geração, os quais recusaram todos, a partir do que Marcy M., em desespero, decidiu procurar-me e me convidar para o papel do velho monstro. Por que aceitei? Fui ator de palco por toda a minha carreira, e achava que estava num ponto avançado demais da minha vida para começar uma outra atividade. Imagino que eu tenha ficado lisonjeado — bem, sim, fiquei lisonjeado, é claro que sim: mais uma vez a vaidade, meu pecado mais habitual — e só tenha conseguido responder que sim. O trabalho de ator de cinema, como fiquei sabendo, parece muito fácil — ficar à espera por ali, na maior parte do tempo, e ter sua maquiagem constantemente refeita e retocada — em comparação com o massacre de toda noite no palco. Dinheiro na gaveta, na verdade. Ou terei ouvido alguém dizer dinheiro *na canastra*?

A leitura do roteiro ocorreu numa casa branca, imensa e soturnamente vazia à margem do Tâmisa, alugada especialmente para a ocasião, perto de onde fica o New Globe Theatre. Confesso que estava nervoso por me aventurar nesse mundo novo e ligeiramente assustador. Conhecia parte do elenco de montagens teatrais onde estivéramos juntos, e outros eram tão familiares devido aos vários filmes em que eu os havia visto que tinha a impressão de conhecê-los também. O resultado, para mim, era uma atmosfera de primeiro dia de volta à escola depois das longas férias de verão, uma turma nova, novos professores a enfrentar, muitos rostos novos e aqueles de que eu me lembrava do ano anterior ligeiramente mudados, um pouco maiores, mais ásperos e ameaçadores. Billie Stryker compareceu, com uma aparência mais de papelão molhado do que nunca em seus jeans encalombados e com seu casaco de gola alta. Ela me deu um aceno cauteloso e um de seus sorrisos raros, hesitantes e de uma cansada melancolia. Vê-la ali me deu firmeza, o que é uma prova certeira do quanto eu carecia de segurança àquela altura.

A casa alugada era cavernosa e toda branca, como um imenso crânio esvaziado e deixado ao tempo para branquear, com passagens, cubículos e escadas em espiral de todo tipo, e nossas vozes reverberavam por toda a sua extensão, ressoando juntas e se entrechocando numa algazarra de causar enxaqueca. O tempo estava estranho — era um desses dias febris que às vezes acontecem em pleno mês de outubro, quando temos a impressão de que, por pura sacanagem, o ano reverte temporariamente o seu curso e retorna à primavera. A luz arenosa do sol era forte e sem calor, e um vento duro e vigoroso avançava rolando rio acima, produzindo vagas cor de lama em suas águas.

Dawn Devonport foi a última a chegar, naturalmente, pois era a estrela mais estelar de todo o elenco. Sua limusine, um desses carros especiais compridos, pretos e reluzentes, provavelmente blindada, com impenetráveis vidros escurecidos e uma grade ameaçadora, balançou pesadamente em sua suspensão reforçada quando parou junto à porta. O motorista, muito elegante num terno cinza-claro e com um quepe de pala reluzente, desceu dando um desses saltos corpulentos mas ainda assim coreográficos comuns entre seus colegas e abriu a porta traseira com um gesto largo, ao que sua passageira emergiu aplicadamente das profundezas do banco traseiro com uma agilidade fruto da prática, concedendo apenas um vislumbre rapidíssimo de um breve trecho de coxa comprida e cor de mel. Algumas dúzias de fãs estavam à sua espera, aglomerados na calçada sob o vento cortante — como saberiam que ela ia para lá, ou estarei sendo ingênuo? — e agora prorromperam numa salva de aplausos inconstantes que, aos meus ouvidos, soavam antes zombeteiros do que apaixonados. Avançando entre eles, ela dava a impressão não de andar mas de deslizar, sempre encerrada em sua bolha inviolável de beleza.

Seu sobrenome verdadeiro é Stubbs, ou Scrubbs, algo de som inadequado desse tipo, e assim não admira que tenha se apressado em encontrar um outro — mas por que logo Devonport? Ela é conhecida no meio, inevitavelmente, como a Escolhida do Sofá, embora me surpreenda que hoje em dia ainda falem dessas coisas que hão de ter desaparecido junto com as famílias Metro, Goldwyn e Mayer. A verdade é que ela é uma criatura cativante. O único defeito que consigo detectar em sua beleza é uma penugem muito tênue e acinzentada que cobre toda a sua pele, o que para a câmera produz a impressão do aveludado irregular de um pêssego mas na vida real lhe empresta a aparência meio encardida de um moleque de rua. E me apresso a dizer que essa sugestão da vida dos cortiços teve sobre mim um efeito estimulante que nem sei como explicar, e fosse eu mais jovem — bem, fosse eu mais jovem poderia me imaginar capaz de todo o tipo de coisas, e o mais provável é que acabasse fazendo papel de idiota. Ela se juntou a nós, que a esperávamos no amplo vestíbulo da casa, cortado por correntes de ar, e a recebemos com um coral de pigarros masculinos — soamos provavelmente como uma colônia de sapos-bois no ruidoso apogeu da temporada reprodutiva — e deslizou imediatamente, com a ligeira inclinação para a frente de um cavalo-marinho, na direção de Toby Taggart, nosso diretor, pousando dois dedos de uma das mãos em seu pulsos e produzindo seu famoso farrapo de sorriso, desviando depressa os olhos desfocados para o lado e emitindo uma ou duas palavras ofegantes dirigidas apenas aos ouvidos dele.

Vocês ficarão surpresos de saber que ela é uma pessoa miúda, muito mais miúda, certamente, do que aparece na tela, onde avulta com grande brilho, em toda a magnificência e majestade da própria Diana dos Três Caminhos. É de uma magreza impossível, como todas precisam ser nos dias de hoje — "Oh, mas não como nada", disse-me ela, com um riso tintinado, quando fizemos uma pausa para o almoço e eu, galante, me ofereci para trazer-lhe um sanduíche — especialmente nas partes internas do alto de seus braços, percebi, que são claramente côncavas, com os tendões desagradavelmente à mostra debaixo de uma pele pálida que lembra, sinto dizer, uma galinha depenada. Difícil é dizer como será o resto, na vida real, quero dizer, pois é claro que poucas porções de seu corpo ainda não foram desnudadas aos olhos do público, especialmente em seus primeiros papéis, quando estava ansiosa por mostrar aos esgotados mastodontes que regem seu mundo de que substância era feita; mas na tela dos cinemas toda carne fica abrandada e adquire a aparência macia e densamente resistente do plástico. Dawn Devonport tem um certo ar de melindrosa, impressão que me parece produzir de propósito. Dá preferência a sapatos pontudos de laterais altas abotoados na frente, e a meias antiquadas com costura, além de vestidos diáfanos que lembram túnicas e dentro dos quais seu corpo flexível e sem peso aparente se movimenta como se ignorasse qualquer contenção, a um ritmo próprio, sinuoso e excitável. Já repararam que suas mãos nunca aparecem em *close-up*? Mais um defeito, embora eu goste delas também. São grandes, grandes demais, certamente, para seus pulsos delicados, com veias proeminentes e dedos que terminam em espátula, com juntas grossas.

Apesar de toda a elaborada fragilidade que apresenta ao seu público, Dawn Devonport tem um certo ar masculino que, novamente, me agrada. Ela fuma — fuma, não sabiam? — com vigorosa aplicação, lançando o rosto para a frente e um pouco de lado, e puxando a fumaça do cigarro com os lábios em bico, o que lhe dá um ar tão plebeu quanto o de qualquer capataz ou carpinteiro. Senta-se sempre com os cotovelos plantados nos joelhos, segurando as coisas, a caneca de chá, o roteiro enrolado, nas duas mãos contraídas, com os nós grandes dos dedos tensionados e lustrosos, lembrando antes um soco inglês que um punho cerrado. Sua voz também, em certos registros, é claramente mais rouca do que devia ser. Eu me pergunto se existe alguma característica peculiar do mundo do cinema que deixa suas atrizes mais ásperas e com a sensibilidade um tanto embotada, na mesma medida em que um excesso de exercício desenvolve os músculos além da conta. Talvez seja isso que as torne tão perturbadoramente atraentes para a maior parte da metade masculina da plateia, e provavelmente também para mais da metade da metade feminina: a impressão de que pertencem a um terceiro gênero, dominador e inexpugnável.

Mas o rosto, ah, aquele rosto. Não consigo descrevê-lo, o que equivale a dizer que me recuso a descrevê-lo. Mas afinal quem não o conhece, cada plano, cada sombra, cada poro? Qual sonho febril dos rapazes ele nunca frequentou ou contemplou, com seu ar concentrado e seus olhos cinzentos, sua triste doçura, seu onívoro erotismo? Sardas se distribuem, delicadamente salpicadas, de cada lado de seu nariz; são acobreadas, cor de ouro velho e chocolate amargo; para as telas, ela as oculta sob camadas extragrossas de base, mas não devia, pois são incrivelmente tocantes, como nós, os atores, dizemos, na delicadeza de seu apelo. Dawn Devonport parece equilibrada e totalmente senhora de si, como vocês podem imaginar, mas ainda assim detecto, bem no fundo, na base fundamental de seu ser, um terror primordial latejando, um frêmito que percorre seus nervos, tão rápido e tão tênue que mal deixa rastro, a vibração do medo que tende a assolar todos os membros de nosso ofício — e todo mundo fora dele também, que eu saiba — o medo simples, neutro e insuportável de ser descoberto.

Gostei dela no momento em que o trôpego Toby Taggart pegou-a pelo cotovelo — eis um contraste impressionante! — e a conduziu até o lugar onde eu matava o tempo, inspecionando concentrado as unhas da mão, para apresentá-la a mim, seu idoso par romântico. Quando chegou mais perto, não pude deixar de perceber o leve franzido, devido em parte à decepção e em parte a um senso de humor assustado, a preguear o trecho impecável de pele pálida entre suas sobrancelhas quando ela me contemplou, e nem o ajuste infinitesimal e impiedoso dos ombros, que ela não conseguiu conter. Não fiquei ofendido. O roteiro prevê que ela e eu nos atraquemos com energia em alguns momentos, o que não pode ser uma ideia muito apetitosa para uma criatura tão linda, tão quebradiça, de juventude tão flagrante. Não lembro o que eu terei dito, ou gaguejado, quando Toby nos apresentou; ela, acho eu, queixou-se da vida da cidade. Toby, com certeza por ter ouvido mal o que ela disse, emitiu uma risada alta e lenta que soou desesperada, um som que lembrava um móvel pesado sendo arrastado por um piso de madeira sem tapete. A essa altura, todos nos encontrávamos num estado ligeiramente histérico.

A troca de apertos de mão sempre me deixa arrepiado, essa pegajosa intimidade não autorizada e a sensação terrível de que, com o bombeamento do braço, alguma coisa é extraída de nós, além de achar impossível saber o momento exato de me desprender e recuperar o pleno domínio de minha pobre pata esmagada. No entanto, Dawn Devonport deve ter feito aulas, e aquela sua mão com as veias salientes mal tocou a minha antes de se retirar bruscamente — não, não bruscamente, mas numa carícia rápida e suave que reduziu a velocidade por uma fração de segundo no momento em que soltava a minha, como os trapezistas soltam as mãos uns dos outros de um modo langoroso e aparentemente melancólico quando se desprendem em pleno ar. E dirigiu a mim também o mesmo sorriso com um olhar de esguelha que tinha dirigido a Toby. Em seguida, deu um passo para trás e um instante mais tarde estávamos todos sendo arrebanhados na direção de um aposento de teto alto e com muitas janelas no térreo da casa, todos seguindo com passos hesitantes a estrela, a estrela das estrelas, como um grupo de forçados presos às nossas correntes invisíveis, uns pisando nos calcanhares dos outros.

O aposento era todo branco, e até as tábuas do assoalho tinham sido cobertas com uma camada do que me pareceu argila branca, contendo apenas duas dúzias de cadeiras de madeira barata de encosto em arco encostadas nas quatro paredes, deixando no meio um amplo espaço desocupado que transmitia uma inquietante sensação de área de castigo, como se fosse uma área onde os idiotas entre nós, os que esquecessem suas falas ou tropeçassem nos adereços do cenário, deveriam ficar de pé, expostos em sua confusão e vergonha. Três altas e ruidosas janelas de guilhotina davam para o rio. Toby Taggart, tentando deixar-nos à vontade, acenou para todos com uma das mãos largas e quadradas, dizendo-nos para nos sentarmos onde quiséssemos, e enquanto nos entrechocávamos, todos tentando chegar ao mesmo tempo ao canto que nos parecia menos conspícuo, algo que estava presente desde o momento em que nos reunimos do lado de fora no vestíbulo, a sugestão de possibilidades mágicas que todos sentimos por instante, desapareceu bruscamente, e nos entregamos todos a um certo desânimo, como se nos encontrássemos no fim, e não no início daquele empreendimento fabuloso. Como é frágil esse ofício absurdo em que dediquei minha vida a fingir que era outras pessoas; acima de tudo, que não era eu mesmo.

Para começar, Toby disse que ia chamar o roteirista para nos falar do pano de fundo da nossa narrativa, como disse ele. *A nossa narrativa*: tão típico de Toby em seu modo mais elegante — vocês sabiam que a mãe dele foi Lady Alguma Coisa, esqueci o nome, uma dama de vasta importância? Que contraste com seu pai, um ator: Taggart, o Tremendo, apelido debochado com que a imprensa marrom se referia a este que foi o mais lendário, o mais amado, de longe o pior ator da sua geração. Como podem ver, tenho feito o possível para coletar os fatos acessíveis sobre as pessoas em cuja sufocante companhia trabalharei pelas próximas semanas e os próximos meses.

A menção de Toby ao roteirista nos fez todos olhar em volta esticando o pescoço, pois a maioria dos presentes não sabia que ele estaria entre nós. Rapidamente o localizamos, o misterioso sr Jaybee, sozinho a um canto e, depois que todos o fitamos, exibindo um ar muito assustado. Na verdade, como logo descobri, eu tinha ouvido errado mais uma vez, e o nome dele não é Jaybee, mas JB, pois é assim que o biógrafo de Axel Vander é conhecido pelos que reivindicam alguma intimidade com ele. Sim, o escritor que perpetrou nosso roteiro é o mesmo autor da biografia, coisa que eu desconhecia até então. É um sujeito um tanto evasivo e recatado, mais ou menos da mesma safra que eu; tive a impressão de que se sente pouco à vontade de estar aqui — deve considerar-se muitos furos acima dos meros trabalhadores da tela. Com que então é este, o sujeito que escreve como um Walter Pater entregue ao delírio! JB pigarreou e hesitou um pouco enquanto Toby esperava com um sorriso de sentida benevolência, e finalmente, de algum modo, o autor da nossa narrrativa começou a falar. Tinha pouco a nos dizer que não estivesse no roteiro, mas ensaiou uma longuíssima história de como tinha embarcado naquela biografia de Axel Vander depois de um encontro fortuito em Antuérpia — terra natal do verdadeiro, do ur-Vander, como vocês hão de lembrar se estiverem prestando atenção — com um estudioso que alegava ter desmascarado o velho vigarista, ou seja, o Vander de mentira. E só esta parte já era uma narrativa e tanto. O estudioso, um professor emérito de Estudos Pós-Punk da Universidade de Nebraska chamado Fargo DeWinter — "Não, senhor, tem razão, a cidade de Fargo não fica em Nebraska, como muita gente acha" — localizou e trouxe à luz, graças à sua diligência e a seu empenho, uma série de artigos antissemitas escritos por Vander durante a guerra para o jornal colaboracionista *Vlaamsche Gazet*. DeWinter admite ver mais motivo de riso que de espanto diante das barbaridades com que Vander se teria safado, não só esses escritos repulsivos num jornal hoje extinto como, se quisermos acreditar nele, o assassinato, ou a eutanásia misericordiosa, que deve ser a descrição do próprio canalha, de uma esposa enferma que o estorvava. Esta última atrocidade teria permanecido oculta até JB lançar Billie Stryker no rastro fétido de Vander e a verdade inteira ser finalmente revelada — não, observou JB com seu sorriso doentio, que se possa dizer em algum momento que a verdade está inteira ou, se estiver, que seja viável revelá-la. Tais revelações foram feitas tarde demais para prejudicar o egrégio Vander, que a essa altura já estava morto, mas reduziram praticamente a zero sua reputação póstuma.

Trabalhamos até o meio-dia. Eu me sentia zonzo, e ouvia um zumbido dentro da cabeça. As superfícies brancas à toda volta, a ventania do lado de fora que fazia as janelas chacoalharem em seus caixilhos, o rio com ondas altas e a luz fria do sol cintilando nas águas agitadas, tudo me dava a sensação de participar em alguma atividade náutica, um espetáculo amador, digamos, encenado a bordo de um navio, tendo por elenco a tripulação: os marinheiros vestindo uniforme de desembarque, e o taifeiro, uma saia de babados. Havia sanduíches e garrafas de água disponíveis num dos aposentos do segundo piso. Conduzi meu prato e meu copo de papel até o porto seguro de uma das grandes *bay windows* da sala, e deixei que a luz do lado de fora banhasse meus nervos destemperados. A elevação maior daquela parte da casa proporcionava uma visão mais ampla e em ângulo mais alto do rio, e apesar da vertigem eu mantinha o olhar fixo nesse íngreme panorama aquático, evitando os outros que cercavam a mesa sobre cavaletes às minhas costas, onde o almoço improvisado fora servido. Pode parecer absurdo, mas sempre me sinto intimidado em meio a um grupo de atores, especialmente nos primeiros momentos de alguma produção, acanhado e vagamente amedrontado, não sei bem como ou com medo do quê. Um elenco é, de certa maneira, um ajuntamento mais ingovernável que qualquer outro grupo de pessoas, todas impacientes à espera de alguma coisa, uma ordem, um rumo, que lhes dê um objetivo, que lhes mostre que marcas ocupar e assim os tranquilize. Essa minha tendência a manter a distância é, desconfio, o motivo de minha fama de egocêntrico — egocêntrico, entre atores! — e a causa, nos meus anos de sucesso, de algum ressentimento contra mim. Mas sempre fui tão inseguro quanto os demais, ensaiando mentalmente as minhas falas e tremendo de medo do palco. E sempre achei que os demais deviam perceber esse meu estado, se não o público pelo menos meus colegas de ofício, os mais perceptivos dentre eles.

E a pergunta tornava a me ocorrer: o que eu fazia ali? Como é que eu teria conseguido aquele papel suculento sem me candidatar a ele, sem nem mesmo um teste? Terei mesmo sentido que um ou dois dos membros mais jovens do elenco me dirigiam um sorriso de desdém em que se combinavam ressentimento e zombaria? Mais um motivo para dar as costas a todos eles. Mas, meu Deus, eu estava sentindo o peso dos anos. Sempre sofri mais de medo do palco fora dele do que em cena.

Detectei a presença dela antes de me virar para a direita e encontrá-la de pé ao meu lado, olhando para fora como eu, também com um copo de papel nas mãos em concha. Todas as mulheres têm uma aura para mim, mas as mulheres do tipo de Dawn Devonport, embora muito raras, emitem um verdadeiro clarão. *A invenção do passado*, em sua versão para as telas, tem uma dúzia de personagens mas, na verdade, apenas dois papéis dignos de nota, eu como Vander e ela como Cora e, como sempre acontece nesses casos — e ela não deve ser mais imune que eu à inveja alheia — uma espécie de elo começava a se forjar entre nós dois, e nos sentíamos bastante à vontade juntos ali, ou tão à vontade quanto pode ser esperado de dois atores que dividam a mesma luz.

Conheci muitas atrizes principais, mas nunca tinha estado tão perto de uma verdadeira estrela de cinema, e Dawn Devonport me dava a estranha impressão de uma réplica em escala menor de sua *persona* pública, construída com grande habilidade e animada à perfeição, embora lhe faltasse alguma centelha essencial — era um pouco mais opaca e deselegante, ou simplesmente humana, imagino, apenas humana — e eu não sabia se deveria me sentir decepcionado ou, melhor, desiludido. Não consigo me lembrar do que conversamos nesse segundo encontro, além do que do foi dito quando fomos apresentados no salão do térreo. Alguma coisa nela, em sua combinação de fragilidade e masculinidade tênue, lembrava-me com pungência a minha filha. Não creio ter visto nenhum filme estrelado por Dawn Devonport, mas tanto faz: seu rosto, com aquele beicinho provocante, aqueles olhos cinzentos cor da aurora sem fundo, era-me tão familiar quanto a face clara da lua, e igualmente distante. Então como, ali de pé junto àquela janela alta e inundada de luz, ela podia não me lembrar a filha que perdi?

Toda mulher dotada de aura que amei na vida, e uso aqui o verbo amar em seu sentido mais amplo, deixou-me a sua marca, assim como dizem que os antigos deuses da criação deixavam a marca de seus polegares na têmpora dos homens que fabricavam com barro e transformavam em nós. E é bem assim que conservo um vestígio específico de cada uma das minhas mulheres — pois ainda penso nelas como minhas — estampado de maneira indelével no avesso da minha memória. Vislumbro na rua uma cabeleira cor de trigo que se afasta em meio aos passantes apressados, a mão esguia que acena adeus de uma certa maneira; ouço algumas notas de riso do outro lado do saguão de um hotel, ou só uma palavra pronunciada com uma inflexão cálida que reconheço, e no mesmo instante esta ou aquela mulher está nítida e temporariamente presente; e meu coração, como um cachorro velho, se levanta e emite um melancólico latido abafado. Não que todos os outros atributos de todas essas mulheres se tenham perdido, restando apenas um; mas o que permanece com mais intensidade é o traço mais característico: aparentemente, uma essência. A sra Gray, porém, a despeito de todos os anos que transcorreram desde a última vez que a vi, continuava comigo inteira, ou pelo menos tão inteira quanto uma pessoa pode conservar uma criatura que não seja ela mesma. De algum modo, reuni todas as suas partes distintas, como anunciam que ocorrerá com os nossos restos ao soar da Última Trombeta, e compus com elas um modelo que se revela suficientemente completo e natural para todos os usos da memória. E é por esse motivo que nunca a vejo na rua, nunca a sinto invocada ao ver uma desconhecida virar a cabeça, nem ouço a sua voz no meio da multidão indiferente: de tão amplamente presente que se encontra para mim, ela não precisa me enviar sinais fragmentários. Ou talvez, no caso dela, minha memória funcione de um modo especial. Talvez não seja de todo a memória que julga guardá-la firme dentro de mim, mas alguma outra faculdade, totalmente diversa.

Mesmo propriamente naquele tempo, nem sempre ela era a minha ela. Quando eu passava pela casa deles e a família estava presente, ela era a mulher do sr Gray, a mãe de Billy ou, pior, de Kitty. Quando eu passava para chamar Billy e precisava entrar e me sentar à sua espera à mesa da cozinha — este era uma alma que realmente gostava de se atrasar — a sra Gray deixava seu olhar não totalmente em foco deslizar por mim, com um sorriso distante, e se entregava a alguma vaga tarefa doméstica, como que lembrada pela visão da minha pessoa. Deslocava-se mais devagar que de costume nessas ocasiões, com um sintomático e inusitado ar sonhador que os outros, se realmente fossem outros e não a família dela, haveriam certamente de encarar com desconfiança. Pegava alguma coisa, qualquer coisa, uma xícara de chá, um pano de prato, uma faca suja de manteiga, e olhava para ela como se essa coisa se apresentasse à sua frente por vontade própria, reivindicando sua atenção. Depois de alguns instantes, porém, punha o objeto de volta no lugar mas ainda não o abandonava de todo, mantendo a mão ainda pousada nele de leve, como se quisesse gravar na memória a sensação que produzia ao tato, a textura exata, enquanto os dedos da outra mão torciam e retorciam aquele cacho rebelde de cabelo atrás de sua orelha.

E eu, o que fazia nessas ocasiões, como me saía? Sei que pode parecer mentira, ou só uma avaliação tendenciosa, se disser que foi nesses momentos pesados, na cozinha da família Gray, que, sem saber, dei meus primeiros passos vacilantes pelas tábuas do palco; nada como um amor clandestino e precoce para nos ensinar os rudimentos do ofício de ator. Eu sabia o que se esperava de mim, sabia qual papel devia desempenhar. Era imperativo, acima de tudo, que eu aparentasse inocência, quase ao ponto da imbecilidade. Com quanta perícia, assim, adotei o disfarce protetor da estupidez adolescente, exagerando o desengonço natural de um garoto de quinze anos, hesitando e balbuciando, fazendo de conta que não sabia para onde olhar ou o que fazer com as mãos, proferindo observações sempre inadequadas e derrubando o saleiro ou derramando o leite da jarra. Conseguia até, quando alguém se dirigia a mim, fazer-me corar, não de culpa, claro, mas simulando uma agonia de acanhamento. Como eu me orgulhava desses pormenores da minha encenação.

Embora com certeza eu exagerasse loucamente meu desempenho, creio que nem Billy nem o pai dele percebiam que eu estava representando. Kitty, como sempre, era quem me preocupava, pois vez por outra, no meio de uma das minhas pequenas pantomimas, eu a surpreendia a me fitar com o que me parecia uma cintilação perceptiva e sardônica.

A sra Gray, apesar de seu ar estudado de nebuloso distanciamento, vivia sem dúvida sobre brasas permanentes, com medo de que mais cedo ou mais tarde eu acabasse indo longe demais, caísse sentado e acabasse por nos derrubar aos dois, embrulhados em nossa perfídia, aos pés de seus familiares atônitos. E eu, admito envergonhado, caçoava dela sem quartel. Achava divertido abaixar a máscara de vez em quando, só por um segundo. Piscava para ela com ardor quando me considerava a salvo dos olhares dos outros, ou de passagem esbarrava de leve em alguma parte sua, como por acidente. Achava irresistivelmente erótica a maneira como, por exemplo, se eu encostasse na perna dela por baixo da mesa do café, ela tentava encobrir seu susto e seu medo, lembrando-me as tentativas frustradas e alvoroçadas de comportamento pudico que tinha feito nas primeiras vezes em que estivemos juntos, quando eu a amassava no banco traseiro da camionete e arrancava as suas roupas em minha pressa de chegar logo a essa ou aquela saliência ou reentrância de sua carne enquanto ela se encolhia num esboço de defesa e ao mesmo tempo me espicaçava a ir em frente. Sob quanta pressão devia sentir-se naquela época, em sua própria cozinha, que medo pânico devia experimentar. E como eu era insensível, como era descuidado, de submetê-la a essas provações. No entanto, havia um lado dela, o lado libertino, que devia vibrar, por maior que fosse o medo, com essas estocadas que eu, como um verdadeiro cavaleiro andante, desferia na superfície doméstica e amena de sua vida.

Estou pensando na ocasião da festa de Kitty. Como é que fui parar lá, quem me terá convidado? Não a própria Kitty, isso eu sei, e nem Billy; e certamente não a sra Gray. Curiosas, essas lacunas com que nos deparamos quando esquadrinhamos com uma insistência excessiva a tessitura do passado, já atacada pelas traças. De qualquer maneira, pelo motivo que fosse, lá estava eu. O monstrinho comemorava seu aniversário, não me lembro quantos anos fazia — pois sempre me pareceu uma criatura sem idade. E foi uma ocasião de franca anarquia. As convidadas eram todas meninas, uma vintena de garotas turbulentas e miúdas que vagavam em bando pela casa, sem controle, trocando cotoveladas, puxando as roupas umas das outras e gritando o tempo todo. Uma delas, uma jovem de rosto glauco, gorda e sem pescoço, demonstrou um interesse assustadoramente adesivo por mim, e toda hora surgia a meu lado com um sorriso congestionado e insinuante; Kitty devia ter falado a meu respeito. Vários jogos foram disputados, terminando sempre em violentos tumultos, com cabelos puxados e trocas de socos. Billy e eu, que a sra Gray, antes de se refugiar na cozinha, tinha encarregado de manter a ordem, intervínhamos nesses tumultos aos gritos e tapas, como um contramestre esforçado em conter o ímpeto de um bando de marujos embriagados de folga numa taverna do porto numa noite de sábado.

Numa ocasião especialmente turbulenta desses folguedos, refugiei-me também na cozinha, desgrenhado e nervoso. A gorda amiga de Kitty, chamada Marge, se me lembro bem — mais tarde deve ter-se transformado numa sílfide e partido o coração de vários homens com um mero arquear das sobrancelhas — tentou vir atrás de mim, mas lancei-lhe o olhar paralisante de uma Górgona e ela ficou, pesarosa, para trás, o que me permitiu bater na sua cara a porta da cozinha. Eu não tinha vindo em busca da sra Gray, mas lá estava ela, de avental, com as mangas arregaçadas e os braços salpicados de farinha, inclinada para a frente no processo de tirar do forno um tabuleiro de bolinhos. Bolinhos de forno! Eu me aproximei dela por trás, decidido a agarrá-la pelos quadris, quando, ainda debruçada, ela ela virou a cabeça e me viu. Comecei a dizer alguma coisa, mas agora ela olhava para além de mim, para a porta pela qual eu acabara de entrar, e seu rosto assumiu uma expressão de alarme e advertência. Billy tinha entrado em silêncio depois de mim. Na mesma hora endireitei o corpo e deixei as mãos caírem nos flancos, incerto, porém, de ter reagido com a rapidez devida, e se ele não tinha me visto ali, avançando, com braços de macaco bem abertos e os dedos em gancho, para as ancas retesadas e oferecidas de sua mãe. Mas por sorte Billy não era muito observador, e correu um olhar indiferente por nós dois antes de instalar-se na mesa, pegar uma fatia de bolo de ameixa e começar a enfiá-la na boca com uma pressa desmazelada. Ainda assim, como o meu coração deu saltos com o alegre terror de se ver por um fio.

A sra Gray, forçando-se a me ignorar, veio, pousou o tabuleiro de bolinhos na mesa e endireitou o corpo, soprando com o lábio inferior de modo a enviar para cima uma baforada rápida que afastasse uma mecha rebelde de cabelo da sua testa. Billy ainda mastigava o bolo, murmurando queixas da irmã e de suas amigas desordeiras. Sua mãe recomendou distraída que não falasse com a boca cheia — ainda estava admirando os bolinhos, cada um em sua forminha de papel e bem abrigado em sua cavidade rasa do tabuleiro, desprendendo um aroma quente de baunilha — mas ele não lhe deu atenção. Então ela levantou a mão e pousou-a no ombro de Billy. Esse gesto também foi distraído, mas por isso mesmo mais chocante ainda para mim. Fiquei indignado, indignado ao ver os dois juntos ali, ela com a mão tão levemente pousada no ombro de Billy, no meio de toda aquela domesticidade, daquele mundo familiar em comum, enquanto eu ficava como que esquecido. Por mais liberdades que a sra Gray me concedesse, eu nunca chegaria a uma proximidade tão grande dela quanto Billy naquele momento, quanto sempre tinha sido e sempre haveria de ser, em qualquer momento. Eu só podia pôr-me dentro dela, de fora para dentro, mas Billy tinha brotado de uma semente e crescido dentro dela, e mesmo depois que abrira caminho à força para sair ainda permanecia carne da sua carne, sangue do seu sangue. Ah, não estou dizendo que tenham sido exatamente esses os meus pensamentos, mas a essência era esta, e de uma hora para outra, naquele momento, senti uma dor amarga. Não havia nada nem ninguém que deixasse de provocar os meus ciúmes; o ciúme vivia dentro de mim como um gato de olhos verdes, arrepiado e pronto para o bote à menor provocação, real ou, no mais das vezes, imaginária.

Ela fez Billy dispôr num prato as fatias restantes do bolo de ameixas e pegar uma jarra grande de limonada e, carregando um arranjo complexo de sanduíches de banana distribuídos por uma bandeja de madeira, saiu junto com ele da cozinha. Seria uma porta de vaivém? Isso mesmo: ela parou e segurou a porta aberta com o joelho enquanto me lançava um rápido olhar tristonho que continha tanto censura quanto perdão, convidando-me sem dizer nada a segui-la. Fiz uma careta amuada e me virei de lado, e ouvi a mola produzir seu som cômico e emborrachado — *boing!* — quando ela a soltou a porta e esta se fechou, emitindo ao parar um estalo final e, em seguida, um suspiro pesado e profundo.

A sós, continuei sentado à mesa, macambúzio, contemplando o tabuleiro de estanho em que os bolinhos de forno tinham sido preparados. Tudo estava quieto. Até as turbulentas convidadas se tinham calado, temporariamente silenciadas, devia ser, pelos sanduíches de banana e o refresco de limão. O sol de inverno — não, não, era verão, pelo amor de deus não perca o fio! — o sol de verão, calmo e denso como mel, brilhava na janela ao lado da geladeira, que também estava em silêncio. A sra Gray tinha deixado uma chaleira de água no fogão, resmungando sozinha em fogo baixo. Era uma dessas chaleiras de apito de forma cônica, tão populares na época e que quase não se veem mais nos dias de hoje, quando todo mundo cedeu à chaleira elétrica. O apito, porém, tinha sido removido do bico robusto, que emitia uma lenta coluna ascendente de vapor, atravessada pelo sol que lhe conferia mais densidade, ondulando preguiçosa, formando rolos elegantes no seu ponto mais alto. Quando fiz menção de me aproximar do fogão, alguma coisa em minha aura igualmente densa deve ter-me antecedido, fazendo esta cobra encantada de vapor inclinar-se delicadamente para trás, como que tomada de um vago alarme; parei, e ela se endireitou; quando tornei a me mexer, ela voltou a se deslocar como antes. E assim ficamos ali oscilando, esse espectro amistoso e eu, mantidos num equilíbrio tremulante pelo ar pesado do verão e, inesperadamente e sem motivo algum, uma lenta irrupção de felicidade me envolveu, uma felicidade sem peso nem objeto, como a pura e simples luz do sol na janela.

Quando voltei a juntar-me à festa, porém, esse fulgor intenso e abençoado foi imediatamente toldado pela chegada inesperada do sr Gray. Ele tinha deixado sua assistente tomando conta da loja — uma certa srta Flushing; mais adiante volto a ela, se tiver coragem para tanto — e chegara em casa trazendo o presente de aniversário de Kitty. Alto, magro, anguloso, erguia-se na cozinha em meio a um lago de meninas, como uma dessas estacas que emergem tortas das águas da laguna de Veneza. Tinha uma cabeça incrivelmente pequena e desproporcional, produzindo a ilusão de que o observador estava sempre mais longe dele do que na verdade se encontrava. Vestia um amassado paletó castanho-claro e calças marrons de veludo, além de sapatos de camurça gastos nas pontas. As gravatas-borboleta que usava sempre já eram uma afetação nesses tempos arcaicos, e constituíam o único sinal de cor ou personalidade que se podia distinguir em meio ao aspecto geral descorado que ele exibia ao mundo. Desdenhando toda uma loja de modelos e estilos de armações, preferia usar óculos baratos de armação de aço, que tirou devagar, segurando-os delicadamente por uma das dobradiças entre o polegar e outros dois dedos, como se fossem um *pince-nez*, e fechando os olhos massageou lentamente, com os primeiros dois dedos e o polegar da outra mão, a carne sulcada do cavalete do nariz, suspirando baixinho. Os suspiros abafados do sr Gray soavam ao mesmo tempo imprecatórios e resignados, como as preces proferidas por um sacerdote que começara a admitir suas dúvidas religiosas muito antes. Tinha sempre um ar de inadequação inquieta, de aparente incompetência para lidar com os aspectos práticos da vida cotidiana. Esse vago nervosismo tinha o efeito de reunir a seu redor gente que procurava prestar-lhe socorro. A impressão é de que todos faziam o possível para ajudá-lo, ansiosos, a encontrar um caminho mais desimpedido e retilíneo, a livrar seus ombros curvados de um fardo invisível. Mesmo Kitty e suas amigas, agora reunidas à sua volta, ostentavam um ar contido e prestativo. A sra Gray também se mostrava solícita, entregando ao marido, por cima das cabeças das meninas, o meio dedo de uísque que ele sempre tomava depois do trabalho num copinho de cristal lavrado, talvez o mesmo que eu usava para beber com Billy, no andar de cima, e do qual em seguida removia delicadamente minhas impressões digitais com um lenço não exatamente limpo. Como era cansado o sorriso de agradecimento que dirigiu à mulher, como parecia esgotada a mão com que pousou, sem beber, o copinho na mesa atrás dele.

E talvez estivesse de fato doente. Não terei ouvido conversas abafadas acerca de médicos e hospitais, depois que a família Gray deixou nossa cidade? Na época, imerso no meu amargor, achei que a cidade, como sempre, estaria inventando alguma história para encobrir, em nome da decência, o escândalo cuja primeira revelação tinha deliciado tanta gente. Mas talvez eu esteja errado, talvez ele já sofresse de algum mal crônico que redundou numa crise precipitada pela descoberta do que sua mulher e eu andávamos fazendo. Eis um pensamento perturbador, ou que pelo menos devia sê-lo.

O presente de aniversário de Kitty era um microscópio — imaginavam que ela tivesse uma certa inclinação científica — mais um artigo a preço de custo, imaginei despeitado, das prateleiras da ótica do sr Gray. E era um instrumento suntuoso, pintado de um negro fosco e emanando solidez apoiado em seu único pé semicircular, o canhão sedoso e frio ao toque, o parafuso que controlava seu movimento produzindo uma resposta de absoluta precisão, a ocular pequena, mas permitindo uma visão tão ampliada do mundo. O objeto despertou minha cobiça, claro. E fiquei especialmente impressionado com o estojo em que ele vinha, e no qual vivia quando fora de uso. Era feito de madeira clara lustrosa, só um pouco mais pesada do que balsa, com encaixes perfeitos nas juntas — que lâmina pequena aquele trabalho minucioso devia ter exigido! — e tinha uma tampa, com um entalhe em forma de unha, que corria ao comprido por dois sulcos bem encerados. Dentro do estojo havia um jogo esplendidamente delicado de pequenas escoras em que o instrumento se ajustava de costas, bem apoiado, como um bebê preto mimado adormecido em seu berço sob medida. Kitty ficou encantada, e com um brilho estreito e possessivo nos olhos levou o microscópio para um canto onde pudesse rejubilar-se com sua posse, enquanto suas amigas, esquecidas de uma hora para outra, continuavam por ali, entregues a uma incerteza leporina.

Agora eu estava dilacerado entre invejar Kitty e manter minha vigilância enciumada da sra Gray enquanto esta cuidava do marido, abatido e cansado depois do dia gasto em ganhar o pão. Sua chegada tinha afetado a atmosfera, o espírito de festa desregrada tinha desvanecido no ar, e as convidadas, recompostas e comedidas mas ainda ignoradas por sua pequena anfitriã, já se preparavam, a seu modo suarento, para voltar para casa. O sr Gray, dobrando seu corpo comprido como se fosse algum delicado instrumento geométrico, como um calibre, por exemplo, ou um compasso grande de madeira, sentou-se na velha poltrona próxima ao fogão. Essa poltrona, a poltrona *dele*, estofada com um tecido gasto e puído que lembrava pelo de rato, parecia ainda mais exausta que seu ocupante, com o assento muito afundado e inclinada como que bêbada para o canto onde um de seus pés perdera a rodinha. A sra Gray trouxe o copinho de uísque da mesa e tornou a tentar impingi-lo ao marido, dessa vez com mais carinho, e novamente ele agradeceu com seu sorriso esforçado de inválido. Então ela endireitou o corpo, com as mãos cruzadas debaixo do seio, e o contemplou com um ar de impotência e preocupação. Era assim que as coisas pareciam ser sempre entre eles dois, ele quase nas últimas gotas de algum recurso vital de que só um esforço imenso poderia reabastecê-lo, e ela ansiosa, empenhada em ajudá-lo mas sem saber como.

E onde estaria Billy? Não tenho ideia de onde foi parar. E como — torno a perguntar — e como ele não percebia o que estava acontecendo entre a mãe dele e eu? Como eles todos podiam não perceber? E a resposta é simples. Só viam o que esperavam ver, e não viam o que não esperavam. De qualquer maneira, por que insisto em me esgoelar? Tenho certeza de que, pelo meu lado, eu não era nem um pouco mais perspicaz que eles. Esse tipo de miopia é endêmico.

A atitude que o sr Gray demonstrava para comigo era curiosa — melhor dizendo, era estranha, pois certamente não demonstrava o menor sinal de interesse. Seu olho recaía em mim e passava por cima de mim sem qualquer solavanco, como um rolamento de esferas bem lubrificado, sem registrar nada, ou pelo menos era o que eu achava. Parecia nunca propriamente me reconhecer. Talvez, com sua visão ruim, imaginasse que era uma pessoa diferente a cada vez que eu aparecia na casa, uma sucessão de amigos de Billy, todos com uma aparência inexplicavelmente similar. Ou talvez tivesse medo de que eu fosse alguém que ele devesse conhecer muito bem, um parente da família, digamos, um primo das crianças, que aparecesse em visitas frequentes e sobre cuja identidade exata, a essa altura, estava envergonhado demais para perguntar. Até onde eu sabia, podia até achar que eu fosse um segundo filho seu, irmão de Billy, que tivesse imperdoavelmente esquecido e agora precisasse aceitar sem um pio. Mas não acho que eu fosse um alvo especial da sua falta de atenção. Pelo que me era dado perceber, o sr Gray contemplava o mundo em geral com o mesmo olhar ligeiramente intrigado, sutilmente inquieto e um tanto enevoado, com sua gravata-borboleta torta e seus dedos longos e ossudos que lembravam gravetos, deslocando-se pela superfície das coisas numa interrogação frágil e infrutífera.

Tivemos um *tête-à-tête* naquela noite, a noite da festa de Kitty, a sra Gray e eu. Um *tête-à-tête*: eis uma expressão de que eu gosto, na medida em que sugere a capa de veludo e o chapéu de três pontas, o leque agitado, o seio que arfa sob o cetim muito justo; infelizmente, nossos encontros cautelosos pouco tinham desse fulgor e dessa intensidade. Como terá ela conseguido escapar de casa, com tanto a fazer depois da festa? — naquele tempo as donas de casa arrumavam tudo e lavavam os pratos sem qualquer expectativa de ajuda ou sinal de protesto. Na verdade, fico mortificado por não saber como ela conseguia comparecer a qualquer dos encontros da nossa *liaison* desesperada, ou como terá conseguido conduzi-la, sem consequências, até onde ela chegou. Nossa sorte era notável, considerando os perigos que corríamos. E não era eu o único a provocar o deus do amor. A própria sra Gray assumia riscos inacreditáveis. Na verdade, foi precisamente nesta noite que nos aventuramos a uma caminhada pela beira-rio. A ideia foi dela. Eu estava esperando, na verdade com avidez, que nessa ocasião fizéssemos o que sempre fazíamos quando conseguíamos nos ver a sós, mas quando ela chegou ao nosso ponto de encontro, no trecho da estrada ao lado do bosque de aveleiras, fez-me entrar na camionete e arrancou na mesma hora, recusando resposta quando lhe perguntei aonde estávamos indo. Perguntei de novo, em tom mais queixoso, mais choroso, e ainda sem conseguir resposta refugiei-me no amuo. Devo confessar que ficar amuado era minha arma principal contra ela, menino malcriado que eu era, arma que eu empregava com o talento e o discernimento sutil de que só um garoto sem coração teria sido capaz. Ela resistia pelo tempo de que era capaz, enquanto eu me entregava silencioso à minha fúria com os braços cruzados no peito, o queixo enfiado na clavícula e meu lábio inferior projetado para fora pelo menos uns dois centímetros, mas era sempre ela que cedia, no fim das contas. E dessa vez ela resistiu até que, chacoalhando pela margem do rio, passamos pela entrada do clube de tênis. "Você é tão egoísta", reclamou ela então, mas rindo, como se fosse um elogio que eu não merecesse. "Juro por Deus, você não faz ideia."

Diante disso, claro, fiquei imediatamente indignado. Como é que ela podia dizer uma coisa dessas de mim, que por ela afrontava a ira da Igreja, do Estado e da própria mãe? Afinal, eu não a tratava como soberana do meu coração, não atendia a todos os seus caprichos? Tão atormentado eu me sentia que a raiva e a indignação formavam um bolo quente na minha garganta, e mesmo se quisesse não conseguiria dizer nada.

Estávamos em junho, no meio do verão, a época das noites intermináveis passadas em claro. Quem poderia imaginar como era ser um garoto e ser amado àquela altura do ano? O que eu ainda era jovem demais para reconhecer, ou admitir, era que mesmo naquele apogeu glorioso o ano já começava seu declínio. Desse eu a devida importância ao tempo e ao que o tempo apaga, talvez pudesse ter explicado assim a pontada de dor indefinida que sentia no coração. Mas eu era jovem e não havia fim à vista, o fim de nada, e a tristeza do verão não passava de uma tênue mancha, da sombra delicada de uma teia de aranha, na superfície da maçã suculenta e reluzente do amor.

"Vamos dar uma volta", disse a sra Gray.

E por que não? A coisa mais simples e mais inocente do mundo, qualquer um acharia. Mas pensem bem. Nossa cidadezinha era um verdadeiro panóptico patrulhado por sentinelas cuja vigilância nunca afrouxava. É verdade que não haveria muita coisa a perceber na imagem de uma respeitável senhora casada caminhando pela beira do cais em plena luz do anoitecer de verão, na companhia de um garoto que era o melhor amigo do seu filho — não muita coisa, melhor dizendo, para um observador de disposição medianamente avessa à especulação e à suspeita, mas aquela cidade e todos seus moradores tinham mentes irregeneravelmente imundas que jamais interrompiam seus cômputos e maquinações, e a soma de um mais um nunca deixaria de resultar na ilicitude de dois, agarrados e arfantes nos braços culpados um do outro.

Esse passeio aparentemente sem culpa ao longo da calçada do cais constituiu, acredito, o risco mais audacioso e temerário que jamais assumimos, além do risco final, soubéssemos nós que era este o caso, que precipitou nossa ruína. Chegamos à beira do mar e a sra Gray estacionou sua camionete na orla causticada da praia ao lado da linha do trem — que corria ao longo do cais, um único par de trilhos, coisa pela qual nossa vaidade era conhecida, e ainda é, que eu saiba — e descemos do carro, eu ainda amuado e a sra Gray cantarolando baixinho em seu esforço para fingir que não percebia meu olhar ressentido. Ela estendeu uma das mãos pelas costas e, com um gesto rápido, descolou seu vestido do assento do carro, da maneira que sempre provocava em mim um arquejo silencioso de desejo e aflição. O ar estava parado em cima do mar, e a água, alta e imóvel, estava coberta por uma fina película de óleo devida aos navios-carvoeiros ali ancorados, dando a impressão de uma camada de aço aquecido ao rubro subitamente resfriado em que redemoinhassem manchas iridescentes cor de prata, rosa e esmeralda, além de um adorável azul luminoso e quebradiço, tremeluzente como o brilho de uma pena de pavão. E não éramos de modo algum as únicas pessoas presentes no cais. Havia vários outros casais por ali, caminhando sonhadores de braços dados ao brilho prolongado e suave da luz imemorial do sol do fim da tarde. No fim das contas, talvez, ninguém tenha reparado em nós dois, ou dado a menor atenção à dupla. Um coração culpado enxerga olhos atentos e sorrisos maldosos por toda parte.

Eu sei que é absurdo demais para ter sido assim, mas naquela ocasião lembro da sra Gray com seu vestido de verão de mangas curtas, usando um par de belas luvas de algum material vermelho-azulado que lembrava uma rede — que ainda consigo *ver* — transparentes e tênues, tendo no punho rendas de um tom mais escuro e arroxeado e, o que é ainda mais absurdo, um chapéu da mesma cor, pequeno, redondo e chato como um pires; preso um pouco para o lado bem no alto da sua cabeça. De onde me vêm essas fantasias? Tudo o que faltava a ela, nessa visão *demi--mondaine*, era uma sombrinha para girar e uma *lorgnette* de cabo de madrepérola através da qual espiasse o mundo. E por que não, de quebra, um vestido de anquinhas? De qualquer maneira, lá estávamos nós, o jovem Marcel na improvável companhia de uma Odette de braços nus, caminhando lado a lado pela beira do cais, nossos calcanhares extraindo um som oco das tábuas do passeio e eu rememorando em silêncio, com uma infinita compaixão por uma identidade anterior que não chegara a ter, como não muito tempo antes eu costumava brincar debaixo daquelas tábuas com meus amiguinhos na maré baixa, olhando pelas frestas entre as tábuas na esperança de ver por baixo das saias das meninas que caminhavam sobre as nossas cabeças. Embora eu nem pensasse em encostar nela à luz cegante daquele logradouro público, sentia no espaço que nos separava a crepitação excitante do espanto da sra Gray diante de sua própria ousadia; o espanto, mas também a determinação de seguir até o fim. Ela não olhava para ninguém com quem cruzávamos, caminhava ereta e com os olhos deliberadamente vagos de uma figura de proa, o peito projetado para a frente e a cabeça bem erguida. Eu sequer imaginava o que ela poderia estar pretendendo, ao desfilar daquele modo diante de toda a cidade, mas havia uma faceta sua que ainda era, e sempre haveria de ser, transgressora.

Hoje me pergunto se, em segredo e sem perceber plenamente, ela também desejasse ser descoberta, se era essa a verdadeira finalidade daquele gesto de provocação. Talvez nossa relação fosse demasiada para ela, como tantas vezes era demasiada para mim, e ela quisesse se ver forçada a dar-lhe um fim. E nem preciso dizer que essa possibilidade sequer entraria na minha cabeça àquela altura. Em matéria de moças, eu era tão inseguro e cheio de dúvidas quanto qualquer outro garoto, mas não duvidava nem um pouco do amor da sra Gray por mim, como se fizesse parte da ordem natural das coisas. As mães existiam para amar os filhos, e embora eu não fosse filho dela a sra Gray era mãe, então como poderia me negar alguma coisa, mesmo os segredos mais íntimos da sua carne? Era assim que eu pensava, e essa ideia ditava todas as minhas ações e inações. Ela simplesmente estava lá, e em nenhum momento me despertava a menor dúvida.

Paramos junto à proa de um dos navios-carvoeiros e olhamos para a barragem, como era chamada, uma estrutura informe de concreto plantada no meio da baía, com a função original havia muito esquecida, inclusive provavelmente por si mesma. Abaixo da superfície, debaixo da curvatura da suja quilha do navio, grandes peixes acinzentados davam voltas desalentadas, e mais abaixo, na água rasa e enlameada, eu distinguia vagamente caranguejos em seus deslocamentos laterais sorrateiros em meio às pedras e às garrafas de cerveja, às latas vazias e às inesgotáveis rodas de carrinho de mão que juncavam o fundo. A sra Gray virou-se para mim. "Vamos, é melhor irmos embora", disse ela, agora com uma nota cansada e subitamente sombria na voz. O que terá acontecido para fazer seu humor mudar tão de repente? Em todo o tempo que estivemos juntos, eu nunca soube o que se passava por sua cabeça, nem concretamente nem por empatia, e tampouco me empenhava muito em descobrir. Ela me falava sobre as coisas, claro, coisas de todo tipo, o tempo todo, mas quase sempre eu agia como se ela falasse sozinha, desfiando sua história para si mesma, uma história variada, desconexa e cheia de meandros. E isso nem me incomodava.

Suas ruminações errantes, com voos ocasionais mais inspirados, eu encarava como simples preliminares que precisava suportar antes de conseguir levá-la a deitar-se no assento traseiro daquela paquidérmica velha camionete, ou no colchão encalombado estendido no chão imundo do casebre dos Cotter.

Quando entramos no carro ela não deu a partida imediatamente, mas ficou olhando pelo para-brisa para os casais que ainda caminhavam de um lado para o outro sob o crepúsculo cada vez mais escuro. Agora não vejo mais aquelas luvas de renda, nem aquele chapeuzinho disparatado. Claro que foram invenções minhas, por algum impulso de frivolidade: Mnemósine tem momentos em que se diverte. A sra Gray sentou-se bem encostada no banco, com os braços estendidos e as mãos segurando com firmeza, uma ao lado da outra, o alto do volante. Já falei dos seus braços? Eram gordinhos mas de formas delicadas, com uma covinha em espiral debaixo de cada cotovelo e descrevendo uma graciosa curva em arco até os pulsos, evocando alegremente os malabares que usávamos para nos exercitar no pátio da escola, nas manhãs de sábado. Eram cobertos de sardas claras na parte superior, e sua face inferior era de um azul de escama de peixe, e maravilhosamente fresca e sedosa ao toque, com as delicadas estrias de veias azuis que eu adorava acompanhar com a ponta da minha língua, seguindo-as até onde desapareciam abruptamente na concavidade úmida da junta do cotovelo, um dos muitos meios que eu tinha de fazê-la estremecer, contorcer-se e gemer pedindo piedade, pois era deliciosamente sensível às cócegas.

Pousei a mão urgente em sua coxa, ansioso para ir embora, mas ela não me deu atenção. "Não é estranho", disse ela, num tom de admiração sonhadora, ainda olhando pelo para-brisa, "como as pessoas parecem ser permanentes? Como se fossem estar aí para sempre, sempre as mesmas, andando de um lado para o outro."

Pensei por algum motivo naquela coluna oscilante de vapor que saía da chaleira na cozinha, e no sr Gray pousando seu copo intocado de uísque na mesa, com seus gestos infinitamente cansados. Então me perguntei se ainda haveria tempo, e um resto suficiente de luz do dia, para a sra Gray vir comigo até o casebre dos Cotter e deixar que eu me deitasse em cima dela, aplacando por algum tempo a necessidade tão feroz, carinhosa e inveterada que eu sentia dela e de sua carne infinitamente desejável.

DAWN DEVONPORT, FIQUEI SABENDO, também sofreu uma perda, bem mais recente que a minha. Faz pouco mais de um mês que seu pai morreu, de um ataque cardíaco sem qualquer sinal anterior, aos cinquenta e poucos anos. Ela mesma me contou a noite passada, ao final das filmagens do dia, enquanto caminhávamos juntos ao ar livre por trás do estúdio onde estamos filmando esta semana. Ela tinha saído para fumar o quinto dos seis cigarros que, segundo ela, constituem sua ração diária — por que logo seis, eu me pergunto. Ela diz que não gosta de ser vista fumando pelo resto do elenco ou da equipe, mas sou obviamente uma exceção, já convertido em substituto, desconfio, para o pai que há tão pouco tempo se evadiu da sua vida. Estávamos ambos até certo ponto infelizes, depois de uma cena de paixão brutal que passamos a tarde inteira filmando e refilmando — nove longos *takes* até Toby Taggart consentir com um grunhido que estava satisfeito; terei dito mesmo que era fácil representar no cinema?

— e o ar frio do fim de outono, cheirando a fumaça e salpicado de bronze por trás das árvores distantes, era um bálsamo para nossas têmporas latejantes. Ser obrigado a fingir que faz amor diante das câmeras já é custoso, mas precisar complementar o ato com um pretenso soco de punho fechado bem entre os seios pequenos, nus e surpreendentemente indefesos de Dawn Devonport — Axel Vander, pelo menos da maneira como foi descrito por JB, decididamente não é um bom homem — deixou-me trêmulo e com a boca seca. Enquanto percorríamos a faixa incerta de grama ao pé da parede traseira do estúdio, uma parede alta, sem janelas, pintada de um cinza metálico de canhão, ela me falou de seu pai em jorros breves e rápidos, tragando com força a fumaça de seu cigarro e expelindo baforadas que lembravam balões de histórias em quadrinhos esperando para receber a inscrição de exclamações de dor, raiva e incredulidade. Papai era motorista de táxi, um sujeito boa-praça, ao que parece, que nunca ficou doente na vida até suas artérias, todas entupidas depois de quarenta anos de quarenta por dia — ela olhou para o cigarro entre os seus dedos e deu um riso amargo — interromperem o funcionamento das válvulas numa bela manhã de outubro, fazendo com que a máquina engasgasse e em seguida morresse.

Parece que foi o Papai, o velho Papai querido, quem lhe deu o nome de Dawn Devonport, que sonhou para ela quando era uma menina de dez anos, dançava balé e conseguiu o papel de Primeira Fada numa encenação profissional. Por que ela terá continuado a usar o mesmo nome eu não sei. Excesso de devoção filial, talvez. A maneira abrupta como o velho taxista tinha arrancado e sumido enquanto ela, desesperada de pé no meio-fio, ainda lhe fazia sinal, a tinha deixado perplexa e contrariada, como se acima de tudo aquela morte houvesse sido uma fuga ao dever. Ela também, ao que parece, como Lydia e eu, acha que menos perdeu do que foi abandonada por uma pessoa próxima. Percebi que ainda não tinha aprendido a viver o luto — será que alguém jamais aprende essa amarga lição? — e quando nos afastávamos do *set* a caminho do lado de fora e, na sombra súbita além dos refletores, ela tropeçou num desses cabos negros inaceitavelmente grossos que transformam o piso dos estúdios num ninho de cobras e ela segurou meu pulso para se apoiar, senti ao longo de todos os ossos de suas mãos fortes e masculinas o tremor de seu íntimo desconforto.

E por falar em desconforto, fiquei tentado a lhe revelar a única coisa que Billie Stryker me contou, que Axel Vander, o próprio, estava na Itália, e não só na Itália como na Ligúria, e não só na Ligúria como nas proximidades de Portovenere, naquele entorno, como diria um policial depondo no banco das testemunhas, por volta do dia da morte da minha filha. Não sei o que pensar a respeito disso. A verdade é que prefiro nem pensar no assunto.

É uma atividade estranha, a produção cinematográfica, mais estranha que eu esperava, mas ainda assim, estranhamente, também familiar. Outros já tinham me falado da natureza necessariamente desconjuntada e fragmentária do processo, mas o que me surpreende é o efeito que isso tem sobre a maneira como me vejo. Tenho a impressão de que não só a minha identidade enquanto ator, mas também minha identidade identidade, transformou-se num composto de fragmentos desconexos, não só nos breves intervalos em que me encontro diante das câmeras mas mesmo quando abandono o meu personagem — meu *papel* — e reassumo minha identidade supostamente real. Não que eu jamais me tenha imaginado um produto ou um defensor das unidades: já vivi e refleti o suficiente para reconhecer a incoerência e a natureza múltipla do que antes era visto como a identidade individual. A qualquer dia da semana, saio da minha casa e, nas ruas, o próprio ar se transforma numa floresta de lâminas eriçadas que me reduzem imperceptivelmente a versões múltiplas da singularidade que dentro de casa eu julgava ser e pela qual, na realidade, eu era tomado. Essa experiência perante a câmera, porém, essa noção de ser não um mas muitos — *meu nome é Legião!* — tem uma dimensão adicional, pois esses muitos não são cada um uma unidade, mas antes segmentos. Assim, estar num filme é estranho e ao mesmo tempo não tem nada de estranho; é uma intensificação, uma diversificação, do que já conhecemos, a concentração na ramificação da identidade de cada um; e tudo isso é interessante mas perturbador, estimulante mas desconfortável.

Tentei ontem à noite conversar sobre isto com Dawn Devonport, mas ela se limitou a rir. Concordou que no início ficamos desorientados — "Você se perde completamente" — mas me garantiu que em pouquíssimo tempo eu me acostumaria. Acho que ela não entendeu bem ao que eu me referia. Como já disse, sinto que já conheço essa outra dimensão onde me encontro, e a única diferença está na intensidade da experiência, em sua singularidade. Dawn Devonport deixou cair na grama o cigarro que só fumou pela metade, e pisou nele com o salto de seu muito sóbrio sapato de couro preto — estava usando o figurino de Cora, a jovem quase freira que se entrega a Axel Vander como a mártir cristã que se entregasse a um leão velho mas faminto

— e me lançou um olhar de lado com a sombra de um sorriso ao mesmo tempo gentil e ligeiramente zombeteiro. "Precisamos viver, sabia?" perguntou ela. "Isto aqui não é a vida — meu pai sabia perfeitamente disso." O que ela estaria querendo dizer? Dawn Devonport tem um pouco de sibila. Mas a meus olhos, qual mulher não tem alguma coisa da profetisa?

Ela parou a uma certa altura, virou-se e perguntou se eu tinha falado com Billie Stryker sobre a minha filha. Respondi que sim; que, na verdade, eu tinha ficado surpreso ao me ver pondo toda a história para fora da primeira vez que Billie veio à minha casa e ficou sentada em silêncio comigo no meu refúgio do sótão. Ela sorriu, e sacudiu a cabeça com um ar de censura. "Esse Toby", comentou ela. Perguntei o que queria dizer. Continuamos andando. A roupa do seu personagem era fina, ela só estava com um cardigã leve atirado sobre os ombros, e tive medo de que se resfriasse, oferecendo-lhe o meu paletó, que ela recusou. Todo mundo sabia, disse ela, que a tática de Toby, quando se via na iminência de trabalhar com um ator novo, era mandar Billie Stryker fazer um levantamento preliminar e voltar com alguma informação íntima especial, preferencialmente de natureza trágica ou humilhante, para ser estudada e armazenada com cuidado, e trazida à baila se e quando necessário, como uma chapa de raios-X. Billie tinha um talento especial, disse ela, para induzir as pessoas a confissões sem que percebessem que estavam confessando; era um talento a que Toby Taggart dava imenso valor, e que usava com frequência. Lembrei-me de Marcy Meriwether anunciando a "batedora" Billie Stryker, seu riso rouco chegando aos meus ouvidos pela linha desde a ensolarada Carver City, e me senti um idiota desmiolado, não pela primeira e nem, imagino, pela última vez, nesse sonho coletivo e feericamente iluminado em que Dawn Devonport e eu nos deslocamos juntos como sonâmbulos. Então é isto que é Billie Stryker, não tanto uma batedora mas na verdade uma bisbilhoteira. Surpreendentemente — eu, pelo menos, fiquei surpreso — não me incomodo de ter sido logrado.

Por falar em sonhos, tive um dos mais loucos na noite de ontem: e acabo de me lembrar dele. Parece pedir para ser recontado com todos seus questionáveis detalhes: certos sonhos têm essa qualidade. Este precisaria de uma verdadeira rapsódia para fazer-lhe justiça. Vou tentar. Eu estava numa casa à beira de um rio. Era uma casa velha, alta e frágil, com um telhado formando um ângulo impossivelmente agudo e chaminés tortas — uma espécie de casinha de biscoito saída de um conto de fadas, atraente mas sinistra, ou sinistra porque atraente, como só acontece nos contos de fadas. Eu estava hospedado lá, passando uma espécie de feriado, creio eu, com um grupo de outras pessoas, da família ou amigos, ou os dois, embora nenhuma delas aparecesse, e nos preparávamos para ir embora. Eu estava no andar de cima fazendo as malas, num quartinho com uma janela imensa escancarada que dava para um trecho do rio mais abaixo. A luz do sol do lado de fora era peculiar, um elemento entranhado em tudo e acitronado, como um líquido muito fino, e era impossível dizer, a partir da intensidade da luz, que horas seriam, se era manhã, meio-dia ou entardecer. O que eu sabia era que estávamos atrasados — um trem, ou coisa assim, partiria dali a pouco — e eu me sentia ansioso, e desajeitado em minha ânsia de enfiar todos os meus pertences, que eram de uma quantidade impossível, nas duas ou três malas enlouquecedoramente pequenas abertas na cama estreita. Devia haver uma seca crônica na região, pois o rio, que claramente não era largo ou fundo nem mesmo nas épocas de cheia, estava reduzido a um leito raso de lama pegajosa de um cinza claro. Embora ocupado com a arrumação, eu também estava atento para alguma coisa que eu sabia prestes a acontecer, embora não soubesse o que era, e toda hora me inclinava bem para trás, sem parar de fazer as malas, a fim de examinar todo o panorama que se via da janela. Olhando para fora, percebi então que o que eu tinha confundido com o tronco de uma árvore morta atravessado no leito do rio, e todo coberto de lama úmida, era na verdade uma criatura viva, algo como um crocodilo ou não exatamente, ou mais que um crocodilo; eu via suas imensas mandíbulas se movendo e suas pálpebras arcaicas se abrindo e fechando devagar, com o que me parecia um esforço tremendo. Era provável que tivesse sido levado até ali por uma inundação anterior à seca, ficando atolado no lodo, indefeso e agonizante. Seria aquilo que eu estava esperando? Senti angústia e aborrecimento em medidas iguais, angústia pela criatura vitimada e aborrecimento por ter de lidar com ela de algum modo, ajudar a tirá-la dali, ou ordenar que pusessem fim a seu sofrimento. No entanto, o animal não me parecia sofrer muito, nem muito incômodo; na verdade, dava a impressão de estar muito calmo e resignado — quase indiferente. Talvez não tenha sido levado até ali por uma enchente, talvez fosse alguma criatura que vivia no lodo que as torrentes da cheia recente tinham exposto e que, quando as águas tornassem a baixar, voltaria a mergulhar em seu antigo mundo submerso e sem luz. Desci, tendo nos pés o que pareciam botas de escafandrista com solas de chumbo, trovejando desajeitado nos degraus estreitos, e emergi naquela claridade solar estranha e aquosa. À beira do rio, descobri que aquela criatura conseguira desprender-se da lama e se transformara numa jovem adorável de beleza sombria — e mesmo no sonho essa transformação me parecia sem imaginação e fácil demais, o que só fez intensificar meu aborrecimento e minha impaciência: as malas ainda não estavam prontas, e eu fora desviado da minha tarefa por esse truque barato que pretendia passar por mágica. Ainda assim, lá estava ela, aquela moça das profundezas, sentada num tronco genuíno num barranco coberto de relva verde, com uma expressão altaneira e petulante, suas mãos entrelaçadas pousadas num dos joelhos e seus cabelos escuros, longos e lustrosos caindo nos ombros e cascateando por suas costas muito retas. Achei que devia conhecê-la, ou pelo menos saber quem era. Ela se levantou com um movimento complexo, à maneira de uma cigana ou de uma líder tribal de outrora, toda argolas, miçangas e camadas de tecido pesado e reluzente em tons dramáticos de esmeralda, dourado-claro e cor de vinho forte. Impaciente e um tanto irritada, esperava que eu fizesse alguma coisa por ela, que lhe prestasse algum serviço de que ela precisava intensamente. Como acontece nos sonhos, eu tanto sabia como não sabia qual era a natureza desse serviço, e não gostava nem um pouco da ideia de levá-lo a cabo, qualquer que fosse. Já mencionei que no sonho eu era muito jovem, pouco mais que um menino, embora arqueado ao peso de deveres e responsabilidades muito além da minha idade, como a arrumação das malas, por exemplo, que eu deixara inacabada no quarto alto cuja janela aberta e quadrada eu poderia ver agora se levantasse os olhos, e que agora estava invadido pela luz fraca do sol? As persianas encostadas nas paredes dos dois lados eram feitas do que me parecia palha trançada às pressas, característica a que eu dei atenção especial e que teria uma importância inexplicável. Percebi que corria o perigo de me apaixonar ali mesmo, instantaneamente, por aquela moça, aquela princesa imponente, mas sabia que nesse caso eu seria destruído, ou pelo menos submetido a intensos sofrimentos, e além disso eu tinha tanta coisa a fazer, tantas coisas, que não podia me dar ao luxo de um abandono tão frívolo. Agora o sonho começava a perder o foco e ficava mais vago, ou pelo menos é o que acontece na minha lembrança. A locação tinha se deslocado de repente para dentro da casa, para um aposento mínimo com janelinhas quadradas encaixadas em vãos profundos e tomados pela sombra. Outra moça se tinha materializado, amiga ou companheira da princesa, mais velha que eu e ela, pessoa enérgica, objetiva e um tanto coercitiva, a cujas coerções a princesa resistia, no que eu fiz o mesmo, de modo que no final ela perdia a paciência conosco e ia embora, irritadíssima, enfiando as mãos nos bolsos muito profundos de seu casaco muito comprido. Ficando a sós com a beldade trigueira, tentei beijá-la, sem muito empenho — ainda estava preocupado com aquelas malas feitas pela metade no quarto de cima, muito abertas como bicos de filhotes de passarinho num ninho e transbordando em desordem — mas ela me rejeitou com gestos igualmente descuidados. Quem ela pode ser, quem representaria? Dawn Devonport é a candidata mais óbvia, mas acho que não. Billie Stryker, oniricamente emagrecida e embelezada? Dificilmente. Minha Lydia, ex-rainha do deserto? Hmm. Mas esperem um pouco — já sei. Era Cora, a namorada de Axel Vander, claro; não o personagem representado por Dawn Devonport, que para ser honesto até ali eu considerava superficial; mas da maneira como eu a vejo na minha imaginação, diferente e distante, difícil, imponente e perdida. O fim do sonho, que eu lembre, era um obscurecimento, uma obnubilação, à medida que a moça encantada — eu disse que era uma princesa mas só porque me pareceu mais conveniente, pois era certamente uma plebeia, embora de um tipo fora do comum — se afastava de mim pela margem do rio seco, sem mexer as pernas mas pairando no ar, afastando-se sem produzir som algum mas, ao mesmo tempo, de algum modo voltando para mim. Este fenômeno se estendeu por algum tempo, esse deslocamento impossível que era tanto ida e quanto vinda, tanto partida quanto retorno, até que meu espírito adormecido não aguentou mais, tudo se desfez e mergulhei aos poucos numa escuridão sem registro.

Por que, perguntei a Dawn Devonport — ainda estamos caminhando pela surrada faixa de grama atrás do estúdio — por que Toby Taggart emprega Billie Stryker para escarafunchar as fraquezas e as dores secretas de seus atores? Eu sabia a resposta, é claro, então por que perguntei? "Para obter, acha ele, algum poder sobre nós", ela respondeu, e riu. "Ele imagina que é Svengali — não é o que acontece com todos?"

Pode parecer estranho, mas não fiquei aborrecido com Toby por isso, e nem com Billie Stryker. Ele é um profissional, como eu; noutras palavras, somos ambos canibais, tanto um como o outro, e seríamos capazes de devorar nossos próprios filhos para obtermos uma boa cena. Só posso simpatizar com Toby. Ele é grande e mal-ajambrado, com as dimensões relativas de um búfalo, pés absurdamente pequenos, e pernas finas, para um peito largo, ombros mais largos ainda e cachos desordenados de cabelos cor de mogno debaixo dos quais cintilam aqueles olhos castanhos de um brilho triste, implorando por amor e indulgência. Seu nome é Tobias — sim, eu perguntei — e é uma tradução da sua família materna, do pai dela, o duque, voltando através dos séculos até um Tobias original, Tobias, o Terrível, que teria lutado em Hastings e, dizem, acolhido o moribundo rei Haroldo em seus braços couraçados. E este é o tipo de legado coberto de pó que Toby adora retirar orgulhoso das arcas do passado familiar para admirarmos. É um patriota sentimental à moda antiga, e não consegue entender meu desinteresse pelos feitos de nossos audazes ancestrais. Expliquei-lhe que não tenho antepassados dignos de nota, descendendo de uma linhagem muito mesclada de pequenos comerciantes e quase camponeses que nunca chegaram a brandir a maça num campo de batalha ou socorrer um rei com o olho vazado por uma flecha. Eu diria que Toby é um anacronismo no mundo do cinema, se achasse que existe alguém no cinema que não seja — basta olhar para eu próprio, afinal de contas. E como ele sofre durante as filmagens! Estaremos todos felizes com nossos papéis? E ele, estará sendo fiel ao espírito do magnífico roteiro de JB? O dinheiro dos produtores está sendo bem empregado? O público irá entender o que ele tenta comunicar? E lá segue ele, sempre à direita e um pouco atrás do operador da câmera, cercado por um emaranhado de cabos e aquelas misteriosas caixas pretas alongadas com cantos reforçados de metal que são espalhadas aleatoriamente pelo chão do estúdio, com sua jaqueta marrom e seus jeans surrados, roendo as unhas como um esquilo rói uma noz, tentando chegar à inatingível essência de si mesmo, e sempre preocupado, sempre preocupado. A equipe o adora e faz o possível para protegê-lo, exibindo os bíceps a qualquer um que pareça querer criar-lhe o menor contratempo. Toby tem algo de santificado. Não, não de santificado, não exatamente. Já sei. Já sei o que ele me lembra: um daqueles prelados que os militantes da Igreja costumavam produzir, musculosos mas suaves, generosos, perfeitamente sabedores da cloaca dos pecados do mundo mas sempre impávidos, nunca duvidando que essa fantasmagoria caótica em que é obrigado a mergulhar diariamente terá no final uma redenção, convertendo-se numa visão paradisíaca de luz, graça e almas banhadas em esplendor.

Mal posso acreditar — já estamos na última semana de filmagem. São tão rápidos no mundo do cinema.

COMO A SRA GRAY HAVERIA DE FICAR SATISFEITA E ORGULHOSA SE pudesse me ver no set de filmagem, o seu menino confirmado. Ela era aficionada por cinema, mas só chamava os filmes de fitas. Quase toda sexta-feira, a família Gray se arrumava e se dirigia, os pais à frente e os filhos atrás, para o Alhambra Kino, um teatro de revista que lembrava um celeiro e acabou convertido em sala de cinema, numa das esquinas da Main Street. Ali se sentavam os quatro lado a lado nos melhores lugares da casa, ao preço de um xelim e seis *pence* cada, para assistir os últimos lançamentos da Parametro, da Warner-Goldwyn-Fox, da Gauling ou dos Estúdios Eamont. O que dizer dos palácios perdidos que eram os cinemas na nossa juventude? O Alhambra, a despeito das cusparadas no piso de madeira e do fartum de fumaça de cigarro pairando no ar sujo, era para mim um lugar de profunda sugestão erótica. Eu admirava especialmente a magnífica cortina escarlate, com suas suaves caneluras redondas e as delicadas franjas douradas, que me traziam ao espírito, invariavelmente, a mulher da Kayser Bondor com seu vestido plissado e as rendas reveladas da roupa de baixo. Ela não se erguia, essa cortina, como certamente era o caso nos tempos do *vaudeville*, mas se dividia ao meio e era recolhida dos lados com um sussurro abafado e sedoso, enquanto as luzes da plateia baixavam suavemente e os desordeiros instalados nas cadeiras de quatro *pence* começavam a assobiar, imitar cacatuas e produzir um som de tambores da selva sapateando nas tábuas do assoalho com os saltos ferrados de seus sapatos.

Em algumas noites sucessivas de sexta-feira naquela primavera, e por absoluta inadvertência, como tarde demais eu viria a descobrir — pois nunca era para mim menos que uma tortura — eu conseguia extorquir dois xelins da minha mãe e ia também para o Alhambra, disposto não a ver o filme, mas a espionar a família Gray. Essa vigilância requeria um cálculo adequado do tempo e uma escolha ponderada do lugar. Para evitar ser localizado, por exemplo, era imperativo que eu não entrasse antes do apagar das luzes no começo da sessão e saísse sempre antes que tornassem a se acender ao fim do filme, de modo a não ser paralisado pela execução então obrigatória do Hino Nacional. Eu imaginava o olhar assustado e furioso da sra Gray, ou o sorriso lento de surpresa de Billy, já via Kitty pulando no seu assento e apontando para mim com deliciada malevolência, enquanto seu pai se abaixava para procurar o guarda-chuva debaixo do assento. E o intervalo entre os anúncios e o longa-metragem, quando luzes atenuadas eram acesas para nos permitir a visão mágica da moça que vendia sorvetes posando na roda de luz de um refletor em frente à cortina, com sua bandeja bem encaixada debaixo do peito engomado? Até onde será possível escorregar para baixo num assento de cinema? Cheguei atrasado da primeira vez, de sorte que a plateia estava quase lotada e o único lugar que encontrei ficava seis fileiras atrás da família Gray, e de lá eu tinha uma visão enlouquecedoramente intermitente da parte de trás do que julgava ser a cabeça da sra Gray mas acabou por se revelar, inexplicavelmente, o crânio calvo de um velho gordo com uma espinha imensa e inchada crescendo na nuca. A vez seguinte foi melhor; isto é, eu tinha uma visão melhor mas experimentei uma frustração e um tormento ainda piores. E a visão nem era tão melhor assim. Peguei um lugar duas fileiras à frente da família Gray mas bem longe, junto ao corredor, de modo que para poder olhar para a sra Gray eu precisava torcer a cabeça de lado e para trás, como se meu colarinho estivesse apertado demais ou eu sofresse de algum mal que me forçasse a retorcer-me e virar o pescoço mais ou menos a cada trinta segundos.

Como era terrível surpreender a sra Gray no ato daquela diversão inocente — e o que me parecia terrível, mais que a diversão, era a inocência. Lá estava ela, um pouco inclinada para trás, o rosto erguido para a tela num êxtase sonhador e os lábios entreabertos num sorriso sempre a ponto de se manifestar porém nunca mais que esboçado, pois ali ela se perdia num venturoso esquecimento, de si mesma, das circunstâncias que a cercavam, e, o que mais me atingia, *de mim*. A luz trêmula da tela, deslocando-se sobre o seu rosto, dava a impressão de que ela era esbofeteada repetidamente, lascivamente, por uma luva de veludo cinza. A maneira como eu a via, colhendo uma série de imagens em movimento suas ao virar repetidas vezes minha cabeça de lado, era uma versão mais tosca do processo em ação no projetor barulhento atrás de nós, em seu quartinho do alto. Apesar da cautela das minhas manobras, teria ela visto a minha chegada? Saberia que eu estava lá, tendo decidido ignorar-me para não me deixar estragar o seu prazer? Não dava sinal de ser esse o caso, e depois eu sempre fica envergonhado demais para perguntar a ela, pois como poderia admitir aquele voyeurismo francamente desprezível? Ao marido a seu lado, a Billy, à irmã deste, eu não dava qualquer atenção — eles que me vissem, agora pouco se me dava — fixado que estava nela, *nela*, até o momento em que o vizinho numa cadeira a duas da minha, um sujeito corpulento enfiado num terno barato, com um topete lustroso caindo na testa e um cheiro forte de óleo capilar, debruçou-se por cima da namorada e me garantiu, num tom abafado de confidência, que se eu não parasse de me mexer e me revirar no assento ele ia me fazer engolir a porra dos meus dentes.

O gosto cinematográfico da minha amada era eclético, embora houvesse algumas exceções. De musicais ela não gostava, pois não tinha ouvido para melodias, o que era a primeira a admitir. E nem apreciava as histórias de amor plangentes e vertiginosas que ainda eram tão populares naquele tempo, em que as mulheres eram todas ombreiras e batom e os homens eram covardes, traiçoeiros ou as duas coisas — "dramas melosos", dizia ela com um desprezo cabal, franzindo os lábios e imprimindo-lhes uma curvatura à moda de Betty Hutton. Ação era o que ela curtia. Adorava filmes de guerra, com muitas explosões e soldados alemães de capacete quadrado sendo arremessados para cima por petardos de morteiro, em meio a jorros de alvenaria. E os filmes de faroeste eram seus favoritos, ou caubóis-e-índios, como ela dizia. E acreditava naquilo tudo, no pistoleiro de coração nobre e no vaqueiro com suas sobrecalças de couro, na professora de avental de chita, na moça muito enfeitada do *saloon*, que não prestava mas era capaz de quebrar uma garrafa de uísque na cabeça de um bandoleiro sem nem mesmo interromper sua cançoneta sentimental. E não se limitava a simplesmente assistir o filme: precisava recapitular tudo depois. E eu era seu público ideal nesses relatos do que, na versão dela, eram enredos impossivelmente complexos, com várias tramas paralelas, reviravoltas e um impressionante emaranhado de nomes lembrados apenas pela metade e motivações totalmente esquecidas. Eu gostava de ouvir, ou fingia gostar, contanto que ela acedesse em continuar nos meus braços no assento traseiro da camionete ou no colchão do casebre de Cotter, alongando-se em sua história recontada, tentando distinguir quem tinha atirado em quem à traição, ou que parte da linha de frente os alemães não conseguiram furar, enquanto eu a apalpava e me distraía com várias partes suas cálidas mas, àquela altura, temporariamente desconsideradas pela sua atenção. A sra Gray tinha um vocabulário cinematográfico todo particular. Nos filmes de faroeste, o herói era sempre o Garoto e a heroína a Mocinha, tivessem os atores a idade que tivessem. Quando esquecia o nome de algum personagem, ela o trocava por um atributo — "e então o Barbudo puxou o revólver e atirou no Vesgo" — obtendo às vezes uma estranha ressonância poética ou pitoresca, como nos casos do Garoto Solitário, da Bela do Bar, ou, a minha favorita, o Médico Demente.

Hoje eu me pergunto se todas esses relatos minuciosos não seriam pelo menos em parte uma artimanha que ela usava para conseguir uma trégua da minha urgência em exigir que se deitasse e me deixasse fazer logo o que eu nunca me cansava de fazer. Ela era ao mesmo tempo Sherazade e Penélope, tecendo e desmanchando o tempo todo suas histórias do cinema. Eu tinha lido em algum lugar, ou alguém na escola me contara — havia um garoto, acho que o sobrenome era Hynes, que sabia das coisas mais incríveis — que depois do coito o macho da espécie humana terá seus fluidos regenerados e será capaz de uma nova ereção total ao cabo de quinze minutos. Era uma hipótese que eu estava ansioso para testar. Não me lembro de ter conseguido, mas não há dúvida de que tentei com o máximo de empenho. Ainda assim, porém, o tempo todo, no fundo, havia a desconfiança de que os meus esforços, meus esforços redobrados, não fossem tão bem recebidos pela sra Gray quanto deviam, ou quanto ela sempre me garantia que eram. Tenho a impressão de que todos os homens temem que as mulheres não deem muita importância às manifestações físicas do amor, e que só concordem com elas para ceder à nossa vontade, à vontade desses seus filhos crescidos, carentes e longe de saciados. Daí o fascínio invariável que exerce sobre nós o mito da ninfomaníaca, essa criatura fabulosa, mais difícil de encontrar que o unicórnio ou a dama do unicórnio, e que, se topássemos com ela, haveria de aplacar nossos temores mais profundos. Havia momentos em que, aferrado ao seu seio ou escarafunchando o seu ventre, eu por acaso erguia os olhos e a surpreendia sorrindo para mim com uma benevolência afetuosa que não era nada menos, nem nada mais, que maternal. Às vezes, por outro lado, ela se mostrava tão impaciente comigo como qualquer mãe diante um filho sempre insistente — "Me deixe *em paz*!" rugia, derrubando-me de cima dela e sentando-se irritada, à procura das suas roupas. Eu sempre dava um jeito de tornar a fazê-la deitar-se, porém, simplesmente encostando a ponta da minha língua na pinta escura como chocolate entre suas omoplatas ou arrastando dois dedos pelo lado interno de seu braço, muito macio e branco como barriga de peixe. Então ela estremecia, e se virava para mim emitindo o que era mais que um suspiro e menos que um gemido, com os olhos fechados e as pálpebras trêmulas, e oferecia indefesa a boca aberta e frouxa aos meus beijos. E nunca me parecia mais desejável que nesses momentos de entrega relutante. Eu adorava especialmente aquelas pálpebras, conchas esculpidas em mármore veiado e translúcido, sempre frescas, sempre deliciosamente úmidas quando nelas eu encostava meus lábios. O reverso leitoso dos seus joelhos também era especialmente adorável. E eu considerava um tesouro até as marcas de estrias, em reluzente madrepérola, na sua barriga.

E dava a essas coisas o mesmo valor que dou agora, ou é só agora que me regalam em retrospecto? Aquele rapaz de quinze anos poderia possuir meu olho criterioso e voraz de velho libertino? A sra Gray me ensinou muitas coisas, das quais a primeira, e a mais preciosa, foi perdoar outro ser humano por ser humano. Eu era um menino, e tinha portanto no meu espírito a visão da garota platonicamente perfeita, criatura dócil como um manequim que não suava nem ia ao banheiro, que era obediente, apaixonada e de uma complacência fabulosa. E a sra Gray não podia ser mais diferente dessa fantasia. Bastava ela soltar sua risada, um relincho agudo nos seios da face por cima de uma nota diafragmática mais grave, que esse manequim se despedaçava na minha cabeça. E não foi uma substituição fácil, a do ideal imaginário pela mulher de verdade. Nos primeiros tempos, eu achava a própria carnalidade da sra Gray desconcertante, em certos momentos e em certas posturas. Vocês precisam lembrar que até essa altura meu conhecimento das formas femininas se restringia às pernas da mulher da Kayser Bondor e aos seios em botão que Hettie Hickey me deixara apalpar na escuridão enfumaçada do Alhambra. Embora a sra Gray não fosse muito mais imponente do que Hettie em matéria de estatura, às vezes ela me parecia, pelo menos nos nossos primeiros tempos, uma gigante debruçada sobre mim, dona de um poderio erótico incontestável.

Ainda assim, ela era, total e inescapavelmente, e às vezes pungentemente, humana, com todas as fragilidades e defeitos da criatura humana. Um dia estávamos engalfinhados no chão no casebre de Cotter — ela já se vestira e tentava ir embora, mas eu a tinha agarrado e a derrubara com todo o meu peso no colchão, com minha mão por baixo de seu traseiro — quando de repente ela deixou escapar na minha palma um peido suave e abrupto. A nota isolada foi sucedida por um silêncio terrível, do tipo produzido por um tiro de pistola ou o primeiro ronco de um terremoto. Para mim, claro, foi um grande choque. Eu estava numa idade em que, embora já soubesse que os sexos eram idênticos em matéria de peristaltismo, ainda podia me dar ao luxo de negá-lo para mim mesmo. Um peido, porém, era um fato inescapável. E, em seguida à emissão de que lhes falo, a sra Gray desvencilhou-se rapidamente de mim com um tranco dos ombros. "Agora olhe só", disse ela, enfurecida, "agora olhe só o que você me fez fazer, me puxando desse jeito, como se eu fosse uma mulher de rua ou coisa assim." A injustiça da acusação me deixou sem fala. Quando ela se virou de novo, porém, e viu meu ar indignado, deu uma risada explosiva e empurrou com força o meu peito, exigindo saber, ainda às gargalhadas, se eu não estava sentindo a mais extrema vergonha de mim mesmo. Como tantas vezes, foi sua risada que salvou a situação, e em pouco tempo, longe de me sentir repelido pela lembrança do petardo fundamental que tinha deixado escapar, senti-me um privilegiado, como se ela tivesse me convidado a estar com ela num lugar ao qual nunca admitira ninguém antes de mim.

A realidade é que ela estragou para mim a maioria das outras mulheres. As meninas como Hettie Hickey não eram mais nada para mim a essa altura, com seus seios escassos e seus quadris de menino, seus joelhos ralados, suas tranças e rabos de cavalo — tudo isso eu desprezava, eu que conhecera a opulência de uma mulher adulta, a sensação de suas carnes fartas movendo-se sob a compressão de suas roupas, a abundância quente dos seus lábios quando se inchavam de paixão, o toque fresco e úmido de seu rosto ligeiramente marcado quando ela o pousava na minha barriga. Junto com a carnalidade, ela possuía também uma qualidade de leveza, de graça, a que nem a mais delgada das meninas podia se comparar. Suas cores, para mim, eram o cinza, claro, mas um determinado cinza-lilás, e o cinza de sombra e cor-de-rosa, e outro matiz, difícil de designar — chá escuro? madressilva pisada? — que podia ser vislumbrado em seus lugares mais recônditos, ao longo das bordas de seus lábios inferiores e na auréola da pequena estrela contraída encerrada na fenda de sua bunda.

E ela era, para mim, única. Eu não sabia em que ponto da escala humana devia situá-la. Não exatamente uma mulher como a minha mãe, e certamente em nada parecida com as garotas que eu conhecia, ela constituía, como creio já ter dito, um gênero à parte. Ao mesmo tempo, claro, era a essência mesma da feminilidade, o padrão em comparação com o qual, conscientemente ou não, medi todas as mulheres que viriam depois em minha vida; todas, melhor dizendo, menos uma. E o que Cass teria achado dela? Como teria sido se a sra Gray, e não Lydia, tivesse sido a mãe da minha filha? Essa pergunta me enche de angústia e consternação, mas, como foi feita, preciso tentar respondê-la. É notável como a especulação mais ligeira e gratuita pode dar a impressão de trocar o sinal de tudo, num instante e só por um instante. É como se o mundo de algum modo tivesse dado meia-volta e agora se revelasse a mim por um ângulo desconhecido, e me vejo instantaneamente mergulhado no que me parece uma dor feliz. Meus dois amores perdidos — será por isso que eu —? Oh, Cass —

Era Billie Stryker agora ao telefone, contando que Dawn Devonport tentou se matar. E fracassou, ao que tudo indica.

II

QUANDO A MINHA FILHA ERA PEQUENA, sofria de insônia, especialmente nas semanas em torno do meio do verão, e às vezes, em desespero, meu e dela, bem tarde nessas noites em claro eu a embrulhava num cobertor, entrava com ela no carro e saía para passeios rumo ao norte pelas estradas negras ao longo da costa, pois nessa época ainda morávamos à beira-mar. Ela gostava dessas excursões; mesmo que não a fizessem dormir, induziam nela uma calma sonolenta; ela achava graça de andar de carro de pijama, como se estivesse dormindo, no fim das contas, e viajando num sonho. Anos mais tarde, quando já era uma jovem, ela e eu passamos uma tarde de domingo percorrendo nossa antiga rota por aquele litoral. Não reconhecemos um para o outro as implicações sentimentais do passeio, e nem mesmo falei do passado — era preciso tomar cuidado com o que se dizia a Cass — mas quando chegamos àquela estrada cheia de curvas acho que ela, tanto quanto eu, relembrou aqueles passeios noturnos e a sensação onírica de deslizar pela escuridão acinzentada, com as dunas ao lado e, para além delas, o mar aparecendo como uma linha de mercúrio brilhante debaixo de um horizonte tão vasto que dava a impressão de uma miragem.

Existe um lugar, bem ao norte, e cujo nome não sei, onde a estrada se estreita e corre por algum tempo ao lado de penhascos. Não são despenhadeiros de uma altura impressionante, mas ainda assim são altos e íngremes o bastante para representar perigo, e por todo o caminho se distribuem placas amarelas de advertência. Naquele domingo, Cass me fez parar o carro, descer e sair andando com ela pelos penhascos. Eu não queria, pois sempre tive medo de alturas, mas não estaria certo recusar à minha filha um pedido tão simples. Estávamos no final da primavera, ou no início do verão, e o dia estava muito claro debaixo de um céu polido, com um sopro de vento quente vindo de alto-mar e a presença do iodo no ar carregado de sal. Ainda assim, meu interesse pelo reluzente panorama era escasso. A visão das águas em movimento muito abaixo de nós, e das ondas roendo os rochedos, me deixava enjoado, embora eu procurasse manter a aparência mais destemida que conseguia invocar. Aves marinhas ao nível dos meus olhos e a apenas poucos metros de distância pairavam quase imóveis nas correntes ascendentes, com as asas trêmulas, seus gritos soando como zombaria. Depois de algum tempo, o caminho apertado estreitava-se mais ainda, e começava um declive abrupto. Agora tínhamos de um lado um barranco íngreme de terra e pedras soltas, e nada do outro, além do céu e dos rugidos do mar. Eu me sentia mais tonto do que nunca, e avançava num transe horrível, inclinado na direção do barranco à minha esquerda, procurando evitar o abismo azul e ventoso que tinha à direita. Devíamos avançar um atrás do outro, já que o caminho era tão estreito e tão perigoso, mas Cass insistia em caminhar ao meu lado, bem na beira do caminho, com o braço enlaçado ao meu. Eu estava maravilhado com seu destemor, e começava até a sentir um certo ressentimento em relação àquela atitude despreocupada, pois a essa altura o meu medo era tamanho que eu suava e tinha começado a tremer. Aos poucos fui percebendo, porém, que Cass também estava apavorada, talvez mais ainda do que eu, ouvindo a sedução do vento cantar para ela e sentindo o vazio a puxar seu casaco, a longa queda apenas a um passo abrindo os braços para ela de maneira tão convidativa. Ela amou a morte a vida inteira, a minha Cass — não, mais que amadora, foi uma especialista, uma *connaisseuse*. Caminhar pela beira daqueles penhascos era para ela, tenho certeza, um trago da bebida mais densa e profunda produzida pela mais rica das safras. Enquanto segurava o meu braço com firmeza, eu sentia o medo que pulsava dentro dela, o frêmito do terror que se esgueirava pelos seus nervos, e percebi que, talvez por causa do seu medo, eu tinha perdido o meu, e assim seguimos em frente, pai e filha, e qual de nós apoiava o outro seria impossível dizer.

Se ela tivesse pulado aquele dia, ter-me-ia levado consigo? Uma visão e tanto, nós dois mergulhando de pé, os braços dados, através do ar azul e luminoso.

A clínica particular para onde Dawn Devonport, em coma, foi levada às pressas — de helicóptero, nada mais nada menos — está situada num lindo terreno, em meio a um vasto mar de grama, tão bem aparada que parece irreal. Um cubo pintado de branco cremoso com muitas janelas, parece antes um transatlântico antigo de luxo visto de frente, inclusive com a bandeira grande chicoteando ao vento e tubos de saída de ar condicionado que poderiam ser chaminés. Desde criança cultivo a ideia secreta dos hospitais como lugares repletos de encanto romântico, ideia que inúmeras visitas terríveis e mais que umas poucas estadas breves mas especialmente desagradáveis não conseguiram apagar totalmente em mim. Acho que essa fantasia data de uma tarde de outono, quando eu tinha cinco ou seis anos e meu pai me levou, no guidom da sua bicicleta, até a Fort Mountain, perto da nossa cidade, e lá nos sentamos na relva comendo pão com manteiga e tomando leite de uma garrafa de limonada cuidadosamente arrolhada com um pedaço torcido de papel-manteiga. O sanatório para tuberculosos se erguia alto atrás de nós, também de cor creme, e também com muitas janelas, e em suas varandas invisíveis eu imaginava fileiras bem-arranjadas de moças pálidas e jovens neurastênicos, refinados e exigentes demais para a vida, reclinados em espreguiçadeiras desdobradas e envoltos em cobertores de um vermelho vivo, cochilando e cultivando sonhos mirabolantes. Até o cheiro dos hospitais me sugere um mundo primal e exótico percorrido em silêncio por especialistas de guarda-pó branco e máscaras de cirurgião, em meio a camas estreitas ao lado das quais pendem frascos de um icor sem preço vertido gota a gota nas veias de magnatas decaídos e, sim, estrelas de cinema atormentadas.

Foram comprimidos que Dawn Devonport tomou, um frasco inteiro. Os comprimidos, devo assinalar, constituem a escolha preferida entre os membros da nossa profissão, e me pergunto por quê. Há uma certa dúvida quanto à seriedade da intenção de Dawn. Mas um frasco inteiro é um feito impressionante. O que eu senti? Medo, confusão, alguma apatia, e também certa irritação. Era como se eu vagasse despreocupado por uma rua desconhecida mas agradável quando uma porta se abriu de repente, agarraram-me pela manga e me puxaram sem cerimônia não para um lugar estranho mas para um lugar que eu conhecia bem até demais e achava que nunca mais precisaria frequentar; um lugar horrível.

Quando entrei no quarto de hospital — quando me esgueirei para dentro dele, seria uma descrição melhor — e vi aquela jovem até então tão viçosa ali deitada imóvel e macilenta meu coração engoliu em seco, pois achei que o que me tinham dito devia estar errado, que na verdade ela tinha conseguido seu intento e aquele era o seu cadáver estirado, pronto para os embalsamadores. Então ela me deu um susto ainda maior abrindo os olhos e sorrindo — sim, ela sorriu, com o que inicialmente me pareceu um prazer e um calor genuínos! Eu não sabia se considerava esse sorriso bom ou mau sinal. Tivesse ela perdido a razão para o desespero ou a desesperança, estar ali deitada numa cama de hospital, sorrindo daquele jeito? Olhando mais de perto eu vi, porém, que era menos um sorriso que um esgar de vergonha. E na verdade foi a primeira coisa que ela disse, esforçando-se para se endireitar na cama, que se sentia envergonhada e arruinada, estendendo a mão trêmula para eu apertar. Sua pele estava quente, como se tivesse febre. Ajeitei os travesseiros e ela se apoiou neles com um grunhido de ódio contra si mesma. Percebi a pulseira de plástico que usava, e li o nome que trazia escrito. Como ela parecia miúda, miúda e oca ali apoiada, dando a impressão de não ter peso algum, como um filhote implume caído do ninho, seus olhos enormes destacando-se em seu rosto e seus cabelos escorridos e puxados para trás, além de seus ossos pontudos que apontavam nos ombros do avental verde desbotado do hospital.

Suas mãos enormes pareciam maiores do que nunca, e os dedos mais grossos. Havia resíduos secos de alguma coisa cinzenta nos cantos de seus lábios. Por sobre quais profundezas turbulentas ela se debruçara, qual abismo tormentoso a tinha chamado?

"Eu sei", disse ela num tom lastimável. "Estou a cara da minha mãe no leito de morte."

Eu nem tinha certeza de que deveria ter ido vê-la. Teria proximidade suficiente com ela? Nessas circunstâncias, em que a morte lograda manifesta seu rancor, existe um código de etiqueta mais rigoroso que qualquer um que se aplique aqui fora, no reino dos vivos. Mas como eu podia ter deixado de ir? Não tínhamos adquirido intimidade não só diante das câmeras como também longe dela, muito além da mera representação? Não tínhamos compartilhado as nossas perdas, ela e eu? Ela sabia de Cass, eu sabia do pai dela. Embora ainda persistisse uma dúvida: será que justamente esse conhecimento não haveria de pairar entre nós dois como um duplo fantasma incômodo, deixando-nos mudos?

O que terei dito a ela? Não me lembro: murmurei alguma condolência banal, sem dúvida. O que eu teria dito à minha filha se ela de algum modo tivesse sobrevivido àquelas pedras ferruginosas cobertas de limo, ao pé daquele promontório em Portovenere?

Puxei uma cadeira de plástico para junto da cabeceira e me sentei, inclinado para a frente, os antebraços apoiados nos joelhos e as mãos entrelaçadas; devia parecer um padre confessor. De uma coisa eu tinha certeza: se Dawn Devonport mencionasse Cass, eu me levantaria daquela cadeira sem dizer uma palavra e sairia de lá. Em torno de nós, os muitos ruídos do hospital se combinavam num murmúrio composto, e o ar no quarto superaquecido tinha a textura de algodão úmido morno. Pela janela do outro lado da cama era possível ver as montanhas, distantes e esbatidas, e, mais perto, uma vasta construção, com gruas, escavadeiras mecânicas e muitos homens em escala reduzida usando capacetes e coletes de segurança, deslocando-se em meio a escombros. Não sabe como é desalmado, o mundo do trabalho cotidiano.

Dawn Devonport tinha recolhido a mão que me dera por um breve instante e agora jazia inerte a seu lado, pálida como o lençol em que pousava. O nome da pulseira plástica não era o dela, melhor dizendo, o nome escrito ali não era Dawn Devonport. Ela viu para onde eu olhava e tornou a sorrir, melancólica. "Sou eu", disse ela com uma voz vulgar, "meu nome de verdade, Stella Stebbings. Um pouco difícil de pronunciar, não é?"

Ao meio-dia, uma camareira a tinha encontrado na cama da sua suíte no hotel Ostentation Towers, as cortinas fechadas e ela esparramada e quase caindo da cama desarrumada, com espuma nos lábios e o frasco vazio de comprimidos no punho cerrado. Imaginei a cena com um cenário clássico, por trás, na minha visão, é claro, da sugestão de uma arcada de proscênio, ou nesse caso, imagino, enquadrada no retângulo de uma tela de brilho atenuado. Ela não sabia por que tinha agido daquele modo, disse ela, estendendo novamente a mão e deixando-a pousada por cima dos dedos entrelaçados das minhas duas mãos, o que tinha largura suficiente para fazer — ela deve ter as mãos do pai. Imaginava, disse ela, que tinha sido por impulso, mas como podia ser apenas isso, se perguntava, já que precisara se esforçar tanto para engolir todos aqueles comprimidos? Ainda assim deviam constituir uma dosagem consideravelmente inofensiva, pois de outro modo estaria sem dúvida morta, garantiu-lhe o médico. Era indiano, o médico, com modos suaves e um sorriso carinhoso. E tinha assistido à refilmagem de *Colheita amarga*, em que ela fazia o papel de Pauline Powers. Era um dos filmes favoritos do pai dela, a versão original, com Flame Domingo no papel de Pauline. O pai dela é que a tinha estimulado a ser atriz de cinema. Ficava tão orgulhoso ao ver o nome da filha nos letreiros, o mesmo nome que tinha criado para ela quando ainda era um prodígio célere de tutu e asas de celofane. A concha da mão dela apertou as minhas duas, o que me fez desentrelaçar meus dedos, virar uma das mãos e sentir sua palma quente contra a minha, e como se esse toque entre nós fosse quente demais ela puxou a mão e debruçou-se para a frente, fazendo uma tenda com os joelhos, e olhou pela janela, a testa orvalhada de umidade, os cabelos presos atrás das orelhas, aquela penugem penumbral de sua pele toda iluminada e seus olhos tomados por um brilho febril. Sentada ali naquela postura ereta e rígida, com seu perfil recortado contra a luz, ela lembrava uma figura primitiva esculpida em marfim. Imaginei acompanhar o traçado de seu queixo com a ponta de um dedo, imaginei pousar meus lábios num dos lados de seu pescoço macio e sombreado. Ela era Cora, a namorada de Vander, e eu era Vander: ela a bela prejudicada, eu a fera. Fazia semanas que vínhamos encenando o amor selvagem entre eles: como podíamos deixar de ser, em alguma medida, aqueles dois? Ela começou a chorar, as lágrimas grandes e luzidias deixando marcas cinzentas nos lençóis. Apertei a sua mão. Ela devia viajar, disse-lhe eu, a voz carregada de uma emoção que estava comovido demais para tentar identificar — ela devia pedir a Toby Taggart que suspendesse as filmagens por uma semana, por um mês, e afastar-se de tudo. Mas ela não me ouvia. As montanhas distantes eram azuis, como uma fumaça clara e imóvel. *Minha menina perdida*, Vander diz a ela no roteiro. Minha menina perdida.

Cuidado.

No fim das contas, não tínhamos muita coisa a nos dizer — deveria eu fazer um sermão severo, dizer-lhe que se reerguesse e olhasse as coisas pelo lado bom? — e depois de algum tempo fui embora, dizendo que voltaria no dia seguinte. Ela ainda estava distante, dentro de si ou naqueles remotos morros azuis, e acho que nem reparou que saí.

No corredor, topei com Toby Taggart, zanzando com ar desarvorado, gesticulando, roendo as unhas e parecendo, mais do que nunca, um ruminante ferido. "Claro", explodiu ele imediatamente, "que você acha que estou preocupado com as filmagens." Em seguida ficou desconcertado, e recomeçou a roer com violência a unha de um polegar. Dava para ver que retardava a visita à sua estrela decaída. E lhe contei que, ao acordar, ela havia sorrido para mim. Toby Taggart recebeu a informação com uma vasta surpresa e, me pareceu, com sinais de repreensão, embora eu não saiba dizer se o que reprovava era o sorriso fora de hora ou o fato de eu lhe ter falado a respeito. Para me distrair na minha condição um tanto abalada — tinha uma sensação de formigamento pelo corpo todo, como se uma forte corrente elétrica passasse pelos meus nervos — ponderei sobre a operação vasta e complicada que é um hospital. Um manancial infinito de pessoas passava por nós o tempo todo, para um lado ou para o outro, enfermeiras de sapatos brancos rangendo com solas de borracha, médicos com estetoscópios pendentes, pacientes de avental deslocando-se com cautela infinita e sempre junto às paredes, e aquelas pessoas indeterminadas de uniforme verde, faxineiros ou cirurgiões, nunca sei quem é quem. Toby me observava, mas quando captei seu olhar desviou seus olhos na mesma hora. Imagino que estivesse pensando em Cass, que tinha conseguido ir até o fim onde Dawn Devonport fracassara. Estaria pensando também, cheio de culpa, na maneira como tinha mandado Billie Stryker convencer-me a contar a história da minha filha? Ele nunca deu a entender que soubesse de Cass, nunca sequer mencionou seu nome na minha presença. É um sujeito ardiloso, apesar da impressão pesada e opaca que sempre transmite.

Havia uma comprida janela retangular ao lado de onde estávamos, propiciando uma ampla visão de telhados, do céu e das montanhas onipresentes. À meia distância, em meio às chaminés, o sol de novembro esbarrava em algum objeto brilhante, um caco de vidro ou uma portinhola de aço, e aquilo cintilava e piscava para mim com o que, nas circunstâncias, dava a ideia de uma insensível frivolidade. Só para dizer alguma coisa, perguntei a Toby o que pretendia fazer agora em relação ao filme. Ele deu de ombros, com uma expressão constrangida. Disse que ainda não dera a notícia para os produtores. Já havia muito filme na lata, e ele daria um jeito, mas claro que ainda precisávamos filmar o final. Ambos assentimos com a cabeça, ambos franzimos os lábios, ambos contraímos o sobrolho. No final do filme, da maneira como foi escrito, Cora, a namorada de Vander, se suicida por afogamento. "O que você acha?" perguntou Toby hesitante e ainda sem olhar para mim. "Devíamos mudar o fim?"

Um ancião numa cadeira de rodas passou deslizando ao nosso lado, com os cabelos brancos e um ar de soldado, um dos olhos tapado e o outro fitando o mundo com ar furioso. As rodas de sua cadeira produziam um sussurro viscoso, suave e agradável, no piso emborrachado do corredor.

Minha filha, contei, costumava fazer piadas sobre o suicídio.

Toby assentiu com um ar distraído, como se só me escutasse pela metade. "É uma tristeza", disse ele. Não sei se falava de Cass ou de Dawn Devonport. Das duas, talvez. Concordei que, sim, era uma tristeza. Ele se limitou a assentir novamente. Imagino que ainda estivesse pensando no final do filme. Era um problema e tanto para ele. Sim, um suicídio, ainda que apenas tentado, produz muito constrangimento.

Quando cheguei em casa fui até a sala, até a extensão do telefone que havia lá e, fazendo apenas uma pausa para me certificar de que Lydia não estava ao alcance da voz, liguei para Billie Stryker e perguntei se não podia vir me encontrar em seguida. Num primeiro momento, Billie me pareceu contrafeita. Havia muito barulho onde ela estava; disse que era a televisão, mas imagino que fosse seu marido indizível, brigando com ela — tenho certeza de haver reconhecido a combinação de queixa e ameaça que é o tom característico usado por ele. Em algum momento, ela cobriu o fone com a mão e gritou furiosa com alguém, que só podia ser ele. Já falei dele antes? Um sujeito assustador — Billie ainda traz um vestígio desbotado do olho roxo que ostentava quando nos conhecemos. Ouvi mais vozes falando alto, e mais uma vez ela precisou cobrir o fone, mas no final, num sussurro apressado, disse que viria, e desligou.

Fui até o vestíbulo pé ante pé, ainda procurando detectar a presença de Lydia, peguei meu chapéu, meu sobretudo e minhas luvas e saí de casa tão sorrateiro e silencioso como um arrombador que escala as paredes. No íntimo, sempre me vi como uma espécie de bandido.

E então me ocorre que, de todas as mulheres que conheci na vida, Lydia é a que menos conheço. E a constatação me faz parar. Será mesmo? Terei vivido todos esses anos com um enigma? — um enigma de minha própria criação? Talvez, tendo passado tanto tempo tão próximo dela, eu apenas sinta que a conheço a um ponto inatingível, pelo menos por nós, quer dizer, os seres humanos. Ou será apenas que não consigo mais vê-la com nitidez, na perspectiva correta? Ou que fomos tão longe juntos que ela se tornou parte de mim, assim como a sombra de um homem que caminha na direção do lampião de rua vai se fundindo gradualmente a ele, até não poder mais ser vista? Não sei o que Lydia pensa. Costumava achar que sabia, mas não mais. E como poderia achar? Na verdade não sei o que ninguém pensa; mal reconheço os meus próprios pensamentos. Sim, pode ser isso, talvez ela tenha se tornado parte de mim, parte do que é, afinal, o maior de todos os meus enigmas: a saber, eu mesmo. Já não brigamos mais. Tínhamos brigas sísmicas, violentas, erupções de várias horas que nos deixavam a ambos trêmulos. Eu com o rosto muito pálido e Lydia muda e indignada, as lágrimas de fúria e frustração escorrendo pelas faces como torrentes de lava transparente. A morte de Cass, acredito, conferiu um falso peso, uma falsa seriedade a nós dois e à nossa vida em comum. Foi como se a nossa filha, ao partir, nos encarregasse de uma tarefa grandiosa e além da nossa capacidade, mas que continuamos aspirando a cumprir, e o esforço constante nos tenha levado várias vezes à fúria e ao conflito. O que precisávamos ter feito, imagino, era nada mais nada menos que prosseguir no luto pela sua morte, sem limite nem queixa, com a mesma altivez que demonstramos nos primeiros dias depois da sua partida e continuamos a demonstrar por semanas, meses, anos até. Agir de outro modo, enfraquecer-nos, pousar o fardo por um momento que fosse, equivaleria a perdê-la de um modo, para nós, mais irrevogável que a própria morte. E assim seguimos em frente, ferindo e despedaçando um ao outro, para impedir que nossas lágrimas cessassem e nosso ardor esfriasse, até que finalmente nos exaurimos, ou ficamos velhos demais, decretando uma trégua inevitável que, nos dias de hoje, só é perturbada por alguma troca breve e frouxa de ocasionais disparos de armas portáteis. E é por isso, imagino, que tenho a impressão de não conhecê-la, de ter deixado de conhecê-la. Brigar, para nós, era a intimidade.

Eu tinha marcado um encontro com Billie Stryker perto do canal. Como eu gosto da luz solar arcaica dessas tardes de fim de outono! Baixos no horizonte, viam-se farrapos de nuvem que lembravam estilhaços dourados de folhas secas e o céu, acima deles, apresentava-se em camadas, branco de argila, pêssego, verde-claro, tudo refletido como uma mancha vagamente multicor, mas malva, na superfície imóvel e cintilante do canal. Eu ainda sentia aquele sobressalto, uma fervura elétrica do sangue, que brotara em mim ao lado da cama de Dawn Devonport. Fazia muito tempo que isto não me ocorria. Era o tipo de sensação de que eu me lembrava dos tempos em que eu era garoto, tudo era novo e o futuro não tinha limite, um estado de expectativa temerosa e exaltada como aquele em que, anos depois, a sra Gray tinha ingressado, cantarolando distraída em voz muito baixa e retorcendo aquele cacho recalcitrante atrás de sua orelha. O que teria ocorrido hoje para eu ter sentido um diapasão de metal golpeando meu ombro? Seria o passado, de novo, ou o futuro?

Billie Stryker usava seu figurino habitual, jeans e tênis de corrida gastos, o cordão de um deles desamarrado e pendente, e uma jaqueta curta de couro preto lustroso por cima de uma camiseta branca pequena demais, que se moldava como uma segunda pele em torno de seus seios e sobre as duas almofadas redondas de carne em que sua barriga, acima da sua cintura, era dividida por um profundo sulco mediano. Seus cabelos, depois da última vez em que eu a vira alguns dias antes, tinham sido tingidos de laranja e violentamente aparados, por suas próprias mãos, concluí, e aglomerados em tufos espetados como se o seu crânio estivesse todo ornamentado de dardos. Ela parece obter uma satisfação vingativa com o cultivo de sua feiura, de que cuida com o mesmo esmero e carinho que outras dedicariam à beleza. É triste ver como ela se trata; eu julgava poder atribuir àquele horrível marido dela uma eficácia suficiente nesse departamento. Ao longo dessas últimas semanas de um faz de conta laborioso e repetitivo, comecei a gostar dela por seu constante senso prático, sua obstinação e determinação desencantada.

Esse marido. Eu o vejo como um espécime singularmente repelente. É alto e magro, com muitas concavidades, como se fatias lhe tivessem sido retiradas na altura dos flancos, da barriga, do peito; tem uma cabeça de alfinete, e a boca cheia de dentes estragados; seu sorriso lembra mais o arreganho de ameaça de um predador. Quando corre a vista em volta, as coisas em que seu olhar se detém parecem encolher-se ante a contaminação potencial que esses olhos representam. Desde o início ele adquiriu o costume de estar presente no set, e Tobby Taggart, de coração mole como sempre, sentiu-se obrigado a arranjar-lhe serviços ocasionais. Minha reação teria sido expulsá-lo da área, debaixo de ameaças, se necessário. Não sei o que ele fará na vida além disso — Billie se mostra evasiva a respeito dessa questão, como de todas as outras — mas dá a impressão de estar sempre muito ocupado, envolvido em iminentes afazeres significativos, projetos grandiosos que basta uma palavra sua para começarem. Sou um cético. Acho que deve viver de expedientes, ou às custas de Billie. Veste-se como um trabalhador braçal, com calças de brim desbotado, camisas sem gola e botas com solas de borracha de dois dedos de espessura; também está sempre coberto de poeira, até a ponta dos cabelos, e toda vez que se senta assume uma postura de cansaço espalhado, com um dos tornozelos apoiado num joelho estreito e um dos braços enganchado no encosto da cadeira, como se tivesse chegado ao fim de uma exaustiva jornada de trabalho e agora tivesse parado para um curto descanso mais que merecido. Confesso que ele me inspira certo medo. Sem dúvida espanca a pobre Billie, e o imagino com facilidade dando-me um murro. Por que ela fica com ele? Pergunta fútil. Os motivos por que as pessoas fazem as coisas.

E peço a Billie que localize a sra Gray para mim. Digo que não tenho dúvida de que há de conseguir. E de fato não tenho. Um casal de cisnes se aproxima nadando no canal, uma fêmea e seu par, com certeza, pois não são uma espécie monógama? Paramos para ficar contemplando os dois. Os cisnes, com seu esplendor exótico e encardido, sempre me parecem estar mantendo uma fachada de despreocupação por trás da qual na verdade se debatem num tormento de dúvida e vergonha. Esses dois eram fingidores de primeira, nos dirigiram um olhar especulativo, viram que nossas mãos estavam vazias de migalhas e seguiram em frente, simulando um frio desdém.

Billie, com o tato de sempre, não perguntou por que eu estava tão ansioso, de uma hora para outra, para encontrar essa mulher do meu passado. É difícil imaginar qual seja a opinião de Billie sobre qualquer questão. Falar com ela é como jogar pedras num poço profundo; a resposta leva tempo, e sempre nos chega abafada. Ela tem a cautela de toda pessoa vítima de abusos e ameaças — novamente o marido — e, antes de falar, parece ponderar demoradamente cada palavra e examiná-la por todos os lados, avaliando seu potencial de desagradar ou provocar o outro. Mas deve ter-se perguntado por quê. Eu lhe disse que a sra Gray devia estar bem velha a essa altura, ou talvez não vivesse mais. Disse apenas que era a mãe do meu melhor amigo, e que eu não a via, nem tinha notícias suas, havia quase meio século. O que eu deixei de dizer, o que enfaticamente deixei de dizer, foi por que eu desejava tornar a encontrá-la. E por que seria? — por que é? Saudades? Um capricho? Porque estou ficando velho, e o passado começa a me parecer mais nítido que o presente? Não, o que me move é uma coisa mais urgente, embora eu não saiba direito o que é. Imagino que Billie deva ter concluído que minha idade me dava o direito de uma indulgência quixotesca para comigo mesmo, e que se eu me dispunha a lhe pagar bem para encontrar o rastro de alguma velha senhora irlandesa do meu passado, seria estúpido da parte dela questionar essa minha estupidez. Terá adivinhado que meus entendimentos com a sra Gray envolviam aquilo a que, noutras ocasiões, a ouvi referir-se zombeteira como "esse tipo de falcatrua"? Talvez sim, e talvez se sinta encabulada por mim, o doce velho excêntrico que deve enxergar em mim, e que eu próprio, na verdade, também enxergo. O que iria pensar se soubesse dos pensamentos que me tinha despertado aquela pobre moça deitada em sua cama de hospital? Falcatruas, sempre.

Continuamos andando. Galinholas, agora, uma sibilante moita de caniços, e ainda as nuvenzinhas douradas.

A morte da nossa filha foi ainda pior para a mãe dela e para mim por ter sido, para nós dois, um mistério, completo e indecifrável; para nós mas não, espero, para ela própria. Não vou dizer que tenhamos sido surpreendidos. Como poderíamos ficar surpresos, tendo em vista o caos da vida interior de Cass? Nos meses anteriores à sua morte, quando ela já estava no estrangeiro, uma imagem sua costumava aparecer para mim, uma espécie de fantasma de plantão, em devaneios diurnos que não chegavam a ser sonhos. *Você sabia o que ela ia fazer!* gritava Lydia para mim quando Cass morreu. *Você sabia, e não disse nada!* Será que eu sabia mesmo, e devia ter sido capaz de antecipar o que ela pretendia, assombrado como vivia pela sua presença? Nessas visitações fantasmagóricas, será que ela não tentava me enviar de algum modo um sinal de advertência do futuro? Lydia teria mesmo razão, poderia eu ter feito alguma coisa para salvar Cass? Essas perguntas me atormentam, mas não com a intensidade que deveriam ter; dez anos de dúvidas ininterruptas só podiam deixar esgotado mesmo o mais teimoso devoto de um espírito arredio. E estou cansado, tão cansado.

O que eu estava dizendo?

A presença de Cass na Ligúria.

A presença de Cass na Ligúria foi o primeiro elo da misteriosa corrente que a arrastou para a morte naquelas pedras escuras de Portovenere. À procura do quê, ou de quem, estaria ela na

Ligúria? Em busca de uma resposta, passei horas e horas percorrendo seus escritos, folhas soltas de papel amarrotadas, borradas e cobertas de cima a baixo com sua letra minúscula — ainda estão guardados em algum lugar — que ela deixara para trás no quarto daquele hotelzinho sórdido de Portovenere que nunca hei de esquecer, no alto da rua calçada de pedra de onde se via a feia torre da igreja de San Pietro, exatamente de onde se atirou. Eu queria acreditar que, na verdade, o que entendia como os últimos rabiscos frenéticos de um espírito nas últimas era, na verdade, uma mensagem sofisticadamente cifrada dirigida a mim, e apenas a mim. E havia passagens em que, de fato, ela parecia falar diretamente comigo. No final, porém, por mais que eu desejasse, tive de aceitar que não era a mim que ela se dirigia mas a alguma outra pessoa, talvez um substituto meu, oculto e difícil de identificar. Pois havia outra presença detectável naquelas páginas, pode-se dizer uma ausência palpável, a sombra de uma sombra, a que ela se referia apenas e sistematicamente pelo nome de Svidrigailov.

De onde se atirou. Por que digo que ela *se atirou* daquele lugar? Talvez ela se tenha deixado cair, com a leveza de uma pluma. Talvez ela tenha tido a impressão de deslizar suavemente para a morte lá em baixo.

"Ela estava grávida, a minha filha, quando morreu", disse eu.

Billie registrou a informação sem qualquer comentário, e limitou-se a franzir o sobrolho, projetando um trecho de lábio inferior rosado e reluzente. Aquela expressão que ela fazia dava-lhe a aparência de um querubim amuado.

O céu escurecia, a noite fria começava a cair, e sugeri uma parada num pub para tomarmos alguma coisa. O que eu não costumo fazer — não me lembro da última vez que estive num pub. Nos instalamos num canto, perto de uma das pontes do canal. Paredes marrons, tapete manchado, uma TV imensa ligada sem som em cima do balcão, torcedores de camisa colorida pulando, gesticulando e trocando empurrões numa pantomima incessante. Havia os habituais frequentadores do fim da tarde, com seus copos de cerveja e a seção de corridas do jornal, dois ou três jovens de terno com ar de malandros, e a inevitável dupla de velhos trabalhadores sentados de frente um para o outro a uma mesa pequena, copos sujos de uísque à mão, e imersos num silêncio imemorial. Billie correu os olhos em volta com um desdém acentuado. Ela tinha uma certa altivez, já assinalei antes. É, acredito, uma espécie de puritana, e no fundo se considera um degrau acima do resto de nós, uma agente disfarçada que sabe todos os nossos segredos e conhece nossos pecados mais grosseiros. Trabalha como pesquisadora há tempo demais. Sua bebida favorita, descobri, é uma pequena dose de gim afogada num copo grande de refrigerante sabor laranja, e neutralizada ainda mais por uma pá bem servida de sonoros cubos de gelo. Comecei a contar-lhe, acalentando um cálice de porto tépido, que ela só pode considerar uma escolha afeminada, como Billy Gray e eu aos poucos descobrimos que gostávamos mais do gim que do uísque do seu pai. E ainda bem, pois a garrafa do armário de bebidas, da qual vínhamos subtraindo as nossas doses, com o passar das semanas tinha ficado tão aguada que o uísque quase tinha perdido toda a cor. O gim, prateado e contido, nos parecia em seguida muito mais sofisticado que o ouro velho do uísque. Logo depois dos meus primeiros folguedos na lavanderia com a sra Gray, eu sentira um medo profundo de me deparar com Billy, pensando que era ele, mais que a minha mãe, mais até que a sua irmã, quem haveria de detectar imediatamente os sinais escarlates de culpa que haveriam de aparecer gravados no meu semblante. Mas é claro que ele não percebeu nada. No entanto, quando se aproximou e se abaixou para verter mais um dedo de gim no meu copo e eu vi a área mais clara do seu cocuruto, do tamanho de uma moedinha, no ponto onde seu cabelo formava um redemoinho, fui tomado por uma tal sensação de estranheza que quase estremeci, encolhi-me afastando-me dele e prendi a respiração, por medo de captar seu cheiro e reconhecer, nele, sinais do cheiro de sua mãe. Tentei não olhar na profundeza castanha daqueles olhos, ou contemplar aqueles lábios rosados e insuportavelmente úmidos. Senti que de uma hora para outra eu não o conhecia mais, ou, pior, que por ter conhecido a sua mãe, em todos os sentidos da palavra, antigos e modernos, eu também o conhecia, com um excesso de intimidade. Fiquei então sentado no seu sofá diante do bruxuleio da televisão, tomei meu gim e me contorci, tomado por uma vergonha secreta e lancinante.

Eu disse a Billie Stryker que pretendia me afastar por algum tempo. E a isso ela tampouco deu qualquer resposta. A verdade é que se trata de uma jovem bem pouco comunicativa. Alguma coisa estará me escapando? Geralmente me escapa. Disse a ela que, quando viajasse, pretendia levar Dawn Devonport comigo, e informei que contava com ela para dar essas notícias a Toby Taggart. Nenhum dos seus protagonistas estaria disponível para trabalhar pelo menos por uma semana. E nesse momento Billie sorriu. Ela gosta de algum *imbroglio*, a nossa Billie, de um certo grau de conflito. Imagino que assim se sinta menos isolada em suas próprias tribulações domésticas. Ela me perguntou aonde eu estava indo. Itália, respondi. Ah, a Itália, disse ela, como se fosse a sua segunda pátria.

Uma viagem para a Itália, aliás, era item de destaque entre as coisas que a sra Gray almejava, e julgava merecer por direito. Seu sonho era partir de uma dessas cidades chiques da Riviera, Nice, Cannes ou coisa assim, e seguir de carro ao longo da costa até Roma, para ver o Vaticano, ter uma audiência com o papa, sentar-se na escadaria da Piazza di Spagna e atirar moedinhas na Fontana di Trevi. Também desejava um casaco de visom para usar nos domingos nas idas à missa, um carro novo elegante para substituir a camionete surrada — "aquele calhambeque!" — e uma casa de tijolos vermelhos com uma varanda que desse para a Avenue de Picardy, na área mais sofisticada da cidade. Suas ambições sociais eram altas. Gostaria que seu marido fosse algo mais que um adorável dono de ótica — ele queria ter cursado medicina, mas sua família não podia, ou decidiu contra, bancar seus estudos universitários — e estava determinada a fazer com que Billy e a sua irmã *dessem certo*. Dar certo era o seu objetivo em tudo, para deixar os vizinhos embasbacados e fazer a cidade — "esse lugarzinho horrível!" — curvar-se diante deles. Ela gostava de devanear em voz alta, quando ficávamos deitados nos braços um do outro no chão do nosso arruinado ninho de amor no meio da floresta. Quanta imaginação tinha ela! E enquanto ela se entregava às fantasias em que percorria a Riviera a bordo de um carro esporte conversível forrado de peles, tendo ao lado o marido, o famoso neurocirurgião, eu me entretinha beliscando seus seios para ver seus mamilos reagirem endurecendo e ganhando corpo — e foi nesses bicos, pensem bem, que meu amigo Billy tinha mamado! — ou correndo meus lábios ao longo daquela depressão inflamada e rósea produzida pelo elástico da anágua na pele tenra de sua barriga. Ela sonhava com uma vida de romance, e o que tinha na verdade era eu, um garoto cheio de cravos com dentes ruins e, como ela tantas vezes deplorava aos risos, uma única coisa na cabeça.

Ela nunca me parecia tão jovem como quando falava dessas fabulosas fantasias de sucesso e opulência endinheirada. É estranho pensar que eu tinha menos da metade da idade dela, quando ela tinha pouco mais da metade da idade que tenho hoje. Os mecanismos da minha memória têm alguma dificuldade para lidar com essas disparidades, mas na época, depois do choque inicial daquela tarde chuvosa na lavanderia, aos poucos fui deixando de me admirar com a idade dela, a minha juventude, a improbabilidade do nosso amor, isso tudo. Para mim, aos quinze anos, bastava a coisa mais implausível acontecer mais de uma vez para se transformar em norma. O verdadeiro enigma é o que ela pensava e sentia. Não me lembro de ela jamais ter reconhecido, em voz alta, a desproporção e a incongruência do nosso — ainda não sei direito do que eu chamo; o nosso caso amoroso, imagino que deva dizer, embora soe falso aos meus ouvidos. Nas histórias das revistas que a sra Gray lia, ou nos filmes que ela assistia nas noites de sexta-feira, os personagens tinham casos amorosos; para mim, como para ela, o que fazíamos juntos era muito mais simples, muito mais elementar, muito mais — se é que posso empregar a palavra nesse contexto — infantil, que as atividades adúlteras dos adultos. Talvez fosse isso que ela obtinha através de mim, uma volta à infância, não à infância das bonecas e das fitas no cabelo, mas de uma excitação inflada, dos segredos suarentos e da sujeira feliz. Pois garanto que, ocasionalmente, ela sabia ser uma garota bem sujinha.

Havia um rio no nosso bosque, um ribeirão secreto, enlameado, cheio de meandros, que parecia ter sido desviado para aquele trecho de mata a caminho de algum lugar muito mais importante. Naquele tempo, eu tinha um respeito profundo pela água, uma reverência, até, que ainda teria se agora, para mim, ela não estivesse tão soturnamente associada à morte de Cass. A água é uma dessas coisas presentes em toda parte — o ar, o céu, a luz e a escuridão são as outras — mas que ainda assim sempre me parecem sobrenaturais. A sra Gray e eu gostávamos do nosso riozinho, riacho ou ribeirão, o nome que se preferir. Num determinado ponto ele contornava um aglomerado de amieiros, acho que eram amieiros. A água ali era mais funda, e se deslocava tão devagar que podia estar totalmente imóvel, não fosse pelas minúsculas correntezas que se enrugavam na superfície, formavam-se, dissolviam-se e tornavam a se formar. Às vezes víamos trutas, espectros sarapintados que mal se distinguiam bem perto do fundo, congeladas na imobilidade contra a corrente mas ainda ainda assim tão velozes quando se assustavam que apenas estremeciam e pareciam desaparecer sem qualquer deslocamento. Passamos horas felizes juntos ali, meu amor e eu, nos dias mais quentes daquele verão, nas sombras frescas debaixo dessas árvores atrofiadas e excitáveis. A sra Gray gostava de entrar na água, cujas profundezas tinham o mesmo tom lustroso de castanho de seus olhos. Entrando na água com cautela, procurando evitar as pedras pontiagudas que pudesse haver no fundo, com aquele sorriso esquecido de si mesma e as saias levantadas até os quadris, ela era a Saskia de Rembrandt, mergulhada até os joelhos num mundo próprio de ouro e umbra. Um dia, o calor era tamanho que ela tirou totalmente o vestido, puxando-o por cima da cabeça e jogando-o para mim. Não usava nada por baixo, e avançou agora nua até o meio do leito do riacho, onde ficou parada com água pela cintura e os braços estendidos para os lados, batendo feliz de leve na superfície da água com as palmas das mãos e cantarolando — já contei que era uma cantaroladora inveterada, muito embora fosse incapaz de guardar uma nota de música? O sol por entre as folhas de amieiro a cobria de moedas de ouro cintilante — minha Dânae! — e as concavidades dos seus ombros, assim como o lado inferior de seus seios, tremeluziam com o reflexo de luzes oscilantes. Impelido pela loucura do momento — e se algum habitante da cidade, a passeio, se deparasse por acaso com aquela cena? — entrei na água atrás dela, com meu *short*s cáqui e de camisa. Ela ficou me olhando enquanto eu me aproximava, os cotovelos balançando e o pescoço muito esticado, e me lançou aquele olhar semiencoberto pelos cílios que eu gostava de imaginar reservado só para mim, com o queixo encolhido e os lábios comprimidos formando um arco malicioso, e mergulhei na água castanha, meu *short*s transformado num peso encharcado e minha camisa, fria de tirar o fôlego, colada em meu peito, e consegui me virar de barriga para cima — naquela idade, meu Deus, eu era ágil como uma daquelas trutas sarapintadas! — contornei seus quadris com as mãos, puxando-a para mim, enfiei o rosto entre as suas coxas que num primeiro instante resistiram mas logo relaxaram, trêmulas, e pressionei minha boca de peixe contra seus lábios inferiores, que estavam frios por fora, lembrando ostras, e quentes por dentro, e um jorro frio de água me entrou pelo nariz produzindo uma dor instantânea entre os meus olhos, e precisei largá-la e boiar de volta para a superfície, fungando e arquejando, mas também triunfante — ah, sim, qualquer vantagem que eu obtivesse com ela representava uma perversa vitória em miniatura para o meu amor-próprio, alimentando a ideia de que eu a dominava. Saindo da água, trotamos de volta até o casebre de Cotter, eu com seu vestido nas mãos e ela ainda nua, uma dríade cor de bétula fulgurando à minha frente, em meio aos raios de sol e às sombras da floresta. Ainda sinto, como senti naquele momento em que nos atiramos ofegantes em nosso simulacro de cama, a textura áspera de seus braços arrepiados, e o cheiro pungente e quase estagnado da água do rio em sua pele, além do sabor persistente do frio fluido salobro entre as suas pernas.

Ah, dias de folguedos, dias de — atrevo-me a dizer? — dias de inocência.

"Ela lhe contou por que fez isso?" perguntou Billie. Estava empoleirada à minha frente num banco alto de madeira, suas coxas tubulares aprisionadas nos jeans apertados abertas e o copo nas duas mãos entre os joelhos. Fiquei confuso por um instante, pois minha mente ainda persistia em ousadas liberdades com a sra Gray, e achei que ela estivesse falando de Cass. Não, respondi, claro que não, eu não tinha a menor ideia de quais teriam sido os seus motivos, como poderia saber? Ela me lançou um dos seus olhares de funesta reprovação — ela tem um jeito aflitivo de fazer seus olhos darem a impressão que aumentam — e percebi que era a Dawn Devonport que se referia. Para disfarçar meu equívoco desviei os olhos, franzindo a testa, e me entretive com meu cálice de porto. E respondi, soando muito afetado aos meus próprios ouvidos, que eu tinha a certeza de que devia ter sido um erro, e que Dawn Devonport não tivera a intenção real de se matar. Billie, dando a impressão de perder o interesse, limitou-se a grunhir e correr os olhos pelo bar. Estudei seu perfil gorducho, e enquanto a contemplava tive uma breve sensação de vertigem, como se me encontrasse à beira de um desfiladeiro alto e vertical. É uma sensação que tenho às vezes quando olho, olho de verdade, para as outras pessoas, o que não faço com muita frequência e ninguém mais, espero, tampouco faz com muita frequência. Está associada a uma outra sensação que às vezes me ocorria no palco, a sensação de desabar de alguma forma dentro do personagem que estava representando, desabar literalmente, como se tivesse tropeçado e caído de cara no chão, perdendo a noção da minha outra identidade, desligada do exercício do trabalho de ator.

Os estatísticos dizem que coincidências não existem, e devo supor que sabem o que estão dizendo. Se eu for acreditar que uma certa confluência de acontecimentos pode constituir um fenômeno único e especial, fora do fluxo normal da casualidade, teria de aceitar, como não aceito, que existe um processo transcendental em ação por cima, ou por baixo, ou no íntimo, da realidade cotidiana. E no entanto eu me pergunto, por que não? Por que não posso admitir a existência de algum secreto e dissimulado ordenador de eventos aparentemente casuais? Axel Vander estava em Portovenere quando a minha filha morreu. Esse fato, e eu encaro isto como fato, assoma à minha frente imenso e irremovível, como uma árvore, com todas as raízes ocultas no fundo da escuridão. Por que ela estaria lá, e por que ele também?

Svidrigailov.

Eu queria ir, declarei então, a Portovenere, e embora tivesse a intenção de levar Dawn Devonport comigo, ela ainda não sabia disso. Acho que foi a primeira vez que escutei Billie Stryker rir audivelmente.

ANTIGAMENTE, O ÚNICO ACESSO A ESSAS CIDADEZINHAS SE FAZIA por mar, pois o relevo junto à costa era em sua maioria constituído por uma cadeia de montanhas cujas encostas mergulham íngremes direto nas águas da baía. Hoje existem trilhos de bitola estreita que atravessam a pedra, percorrendo vários túneis e proporcionando visões abruptas e vertiginosas de panoramas escarpados e enseadas onde o mar apresenta um brilho opaco de aço escovado. No inverno, a luz tem uma qualidade oprimida, o ar tem a presença de sal e o cheiro de algas e dos vapores de diesel dos barcos pesqueiros que abarrotam os pequenos ancoradouros. O carro que aluguei era uma criatura obstinada e recalcitrante, me deu muito trabalho e mais de um susto pelo caminho que fizemos de Gênova para o leste. Ou talvez a culpa tenha sido minha, pois eu me encontrava num estado de alguma agitação — não viajo bem, fico nervoso em lugares desconhecidos e, ainda por cima, não tenho grandes dotes de linguista. Enquanto viajávamos eu pensava na sra Gray e em como ela nos invejaria, ali naquela costa azul. Em Chiavari, abandonamos o carro e pegamos o trem. Tive alguma dificuldade com as malas. O trem cheirava mal, e seus bancos eram desconfortáveis. Enquanto avançávamos para leste, uma tempestade se abateu das montanhas e açoitava as janelas do nosso vagão. Dawn Devonport, olhando para a chuva forte, falou das profundezas do colarinho levantado do seu casaco. "E lá se vai", disse ela, "o sul ensolarado."

A partir do momento em que pisamos em solo estrangeiro ela passou a ser reconhecida em todo lugar, a despeito do lenço na cabeça e dos imensos óculos escuros que usava; ou talvez por causa deles, esse disfarce inconfundível de uma estrela aflita buscando o anonimato. Essa proeminência era uma coisa que eu não tinha previsto, e embora eu fosse uma presença amplamente desconsiderada ao lado dela ou, mais frequentemente, seguindo em seu rastro, ainda assim eu me sentia aflitivamente exposto, um camaleão despojado de seus poderes de camuflagem. Devíamos chegar naquele dia em Lerici, onde eu reservara quartos de hotel, mas ela tinha insistido em conhecer antes as Cinque Terre, e por isso lá estávamos nós, perdidos na incerteza dessa desalentada tarde de inverno.

Dawn Devonport não era a mesma. Agora tendia a arroubos de irritação e passava o tempo todo remexendo nas coisas, sua bolsa, seus óculos escuros, os botões do seu casaco, e tive um vislumbre nítido e perturbador de como ela viria a ser quando envelhecesse. E também fumava sem parar. E emanava um cheiro novo, tênue mas nítido por baixo do disfarce dos aromas de perfume e pó facial, um cheiro tedioso como de alguma coisa estragada que depois tivesse ressecado e murchado. Fisicamente ela tinha assumido um aspecto novo e mais severo, que ostentava com uma expressão de resistência, como um paciente que sofresse há tanto tempo que sentir dor tornara-se para ele um modo alternativo de existir. Tinha emagrecido, o que eu teria julgado impossível, e seus braços e lindos tornozelos tinham adquirido um ar frágil e assustadoramente quebradiço.

Eu esperava que ela fosse resistir a viajar comigo, mas no final, para minha surpresa e, confesso, leve desconforto, nem precisou ser persuadida. Eu simplesmente lhe apresentei um itinerário, que ela ouviu com o rosto um pouco franzido, virando a cabeça de lado como se tivesse perdido parte da audição. Estava sentada na cama do hospital, com seu avental verde desbotado. Quando acabei de falar, ela desviou os olhos, na direção dos montes azuis, e suspirou o que, na ausência de qualquer outro som, interpretei como um sinal de aquiescência. A oposição, nem preciso dizer, veio da parte de Toby Taggart e Marcy Meriwether. Ah, como fizeram barulho, os resmungos em voz de baixo de Toby e Marcy guinchando como um papagaio pela ligação transatlântica! Tudo isso eu ignorei, e no dia seguinte simplesmente batemos as asas, Dawn Devonport e eu, e voamos para longe.

Era estranho, estar com ela. Era como passar o tempo na companhia de alguém que não estivesse presente de todo, e nem de todo consciente. Quando eu era bem pequeno, tive uma boneca, que nem sei como terá chegado às minhas mãos; duvido que minha mãe me desse um brinquedo de menina. Eu guardava a boneca no sótão, escondida debaixo de roupas velhas atrás de uma arca de madeira. E lhe dei o nome de Meg. O sótão, onde um dia, anos mais tarde, eu havia de ver de relance meu pai morto vagando indeciso, era de fácil acesso por degraus estreitos de madeira que corriam pela parede desde o piso. Era lá que minha mãe guardava as cebolas, espalhadas no chão; acho que eram cebolas, creio me lembrar do cheiro, ou talvez fossem maçãs. A boneca, que um dia devia ter tido cabelos abundantes, agora era careca, restando-lhe apenas uma escassa mecha loura na parte de trás do crânio, presa a uma casca de verniz amarelo brilhante. Tinha juntas nos ombros e nos quadris, mas seus cotovelos e joelhos eram rígidos, com os membros moldados num desenho arqueado, de modo que sempre me pareciam congelados num abraço desesperado com alguma coisa, talvez uma irmã gêmea sua que não estava mais lá. Quando era deitada de costas fechava os olhos, com um estalido leve e agudo das pálpebras. Eu adorava essa boneca, com uma intensidade sombria e perturbadora. Passei muitas horas tórridas vestindo-a com trapos e pedaços de pano e depois tornando a despi-la com todo amor. Também lhe fazia operações de faz de conta, fingindo extrair suas amígdalas ou, o que era ainda mais excitante, o seu apêndice. Esses trabalhos me davam muito calor e prazer, não sei por quê. Tinha alguma coisa a ver com a leveza da boneca, o fato de ser oca — tinha alguma partezinha solta dentro do corpo que chacoalhava como uma ervilha seca — que me inspirava sentimentos protetores e ao mesmo tempo apelava para uma veia nascente de crueldade erótica em mim. E era assim agora com Dawn Devonport. Ela me lembrava Meg, a criatura dos membros desossados e quebradiços e das pálpebas que estalavam. Como ela, Dawn Devonport também parecia oca e pesar praticamente nada, e estar em meu poder embora, de algum modo, eu também estivesse assustadoramente em poder dela.

Descemos do trem ao acaso numa das cinco cidades, não lembro qual delas. Ela saiu andando depressa pela plataforma, de cabeça baixa e com a bolsa agarrada junto ao flanco, como uma dessas jovens intensas da década de 1920, vestindo seu casaco estreito de colarinho grande, suas meias com costura, seus sapatos leves. Enquanto a isso, cabia mais uma vez a mim forcejar atrás dela com nossas três malas, as duas grandes dela, a menor minha. A chuva tinha parado, mas o céu ainda estava pesado e da cor de juta molhada. Almoçamos tarde num restaurante deserto no porto. Ficava junto a uma rampa de desembarque onde as ondas escuras se acotovelavam como imensas caixas de metal atiradas de um lado para o outro. Dawn Devonport sentou-se debruçada sobre um prato intocado de frutos do mar com os ombros curvados para a frente, obstinando-se em fumar um cigarro que podia ser uma vareta que desbastava com os dentes. Conversei com ela, fazendo-lhe perguntas ao acaso — achava aflitivos esses silêncios dela — mas ela raramente se dava ao trabalho de responder. A essa altura, esse programa em que eu tinha embarcado com ela já parecia ainda mais improvável que o espetáculo extravagante de luz e sombra que sua tentativa de suicídio e nossa fuga subsequente tinha interrompido e, até onde eu soubesse, podia ter levado a um fim inacabado, inacabável e ignominioso. Que casal mais desemparelhado devíamos formar, a moça assolada por algum mal obscuro atrás de seu lenço e seus óculos escuros e o homem grisalho já entrado em anos imerso num desconforto taciturno, sentados ali em silêncio naquele recanto mal iluminado à beira de um mar de inverno, nossas malas apoiadas umas nas outras no vestíbulo envidraçado, esperando por nós como um trio de cães de caça grandes, obedientes e pacientemente incapazes de entender.

Quando Lydia soube do meu plano de partir em viagem com Dawn Devonport, riu e me lançou um olhar cético, com a cabeça para trás e uma das sobrancelhas arqueadas, exatamente o mesmo olhar que Cass costumava me lançar quando eu dizia alguma coisa que ela achasse boba ou louca. Eu estava falando sério? perguntou minha mulher. Uma jovem, de novo, na minha idade? Respondi rígido que não era nada disso, nem de longe, que a intenção da viagem era puramente terapêutica, um gesto caritativo da minha parte. E essas palavras, até para mim mesmo, soaram como que pronunciadas por um dos mais pomposos e tendenciosos dos grandes idiotas de Bernard Shaw. Lydia suspirou e sacudiu a cabeça. Como é que eu era capaz, perguntou ela em voz baixa, como se alguém pudesse ouvir, como é que eu era capaz de levar alguém, quanto mais Dawn Devonport, para aquele lugar, de todos os lugares do mundo? E eu não soube o que responder. Era como se ela me acusasse de manchar a memória de Cass, e fiquei chocado, pois isso, vocês precisam acreditar em mim, foi algo que nem me passou pela cabeça. Respondi que ela poderia vir conosco se quisesse, mas parece que só piorei as coisas, e houve um longo silêncio em que o ar vibrava entre nós dois e, aos poucos, ela baixou a cabeça, fazendo uma expressão de ameaça, e me senti como um toureiro minúsculo diante de um touro assustadoramente frio e calculista. Ainda assim ela arrumou a minha mala, como costumava fazer nos tempos em que eu ainda viajava com as minhas peças. Depois disso, partiu para a cozinha com uma postura altaneira de ombros caídos. Chegando à porta, parou e virou-se para mim. "Nem assim você vai trazê-la de volta, você sabe disso" disse ela, "não desse jeito." Eu sabia que ela não estava falando de Dawn Devonport. Tendo proferido sua derradeira fala — não era à toa que tinha vivido todos esses anos com um ator — voltou para o seu covil e fechou a porta atrás de mim com uma pancada seca. Ainda assim, tive a convicção, que me deixou bastante consternado, de que ela achava aquilo tudo, mais que qualquer outra coisa, um absurdo.

Eu não tinha falado com Dawn Devonport sobre Cass — melhor dizendo, não tinha contado que Portovenere era o lugar onde a minha filha morreu. Eu tinha proposto a ela irmos para a Ligúria como se a ideia me tivesse ocorrido por acaso, um lugar tranquilo ao sul, um bom lugar para uma recuperação, deserto e calmo nessa época do ano. Imagino que não importasse muito para Dawn Devonport para onde estava indo, para onde a levavam. Ela tinha vindo comigo num estupor, como uma criança cheia de sono que eu conduzisse pelo braço.

E abruptamente, no restaurante, ela falou, causando-me um sobressalto. "Eu preferia que você me chamasse de Stella", disse num tom contido e um pouco raivoso, entre dentes cerrados. "É o meu nome de verdade. Stella Stebbings." Por que teria ficado tão irritada de um momento para outro? Estivesse eu próprio com uma disposição mais ensolarada, poderia ter entendido a declaração como um sinal de seu retorno à vida e ao vigor. Ela esmagou seu cigarro no cinzeiro de plástico da mesa. "Você não sabe nada a meu respeito, não é?" disse ela. Fiquei olhando as ondas inquietas pela janela e, irritado, perguntei num tom de suavidade paciente mas levemente ofendida o que ela considerava que eu devia saber a seu respeito. "Meu nome", respondeu ela bruscamente. "Podia começar aprendendo o meu nome. Stella Stebbings. Repita." Eu repeti, desviando os olhos do mar e olhando fixo para ela. Tudo isso, as escaramuças de abertura de uma briga com uma mulher, era lamentavelmente familiar, como algo aprendido de cor que eu tivesse esquecido que sabia, mas que agora tristemente me retornava, como uma peça movimentada em que eu trabalhasse e que encerrasse a temporada antes da hora. Ela estreitou os olhos para mim com um desdém que me pareceu corrosivo, em seguida encostou-se na cadeira e encolheu um dos ombros, tão indiferente agora quanto um momento antes estivera furiosa. "Está vendo?" disse ela com um desgosto cansado. "Nem sei por que tentei dar cabo de mim mesma. Quase não existo, nem mesmo tenho um nome direito."

Nosso garçom, um sujeito absurdamente bonito com o perfil aquilino de costume e densos cabelos negros penteados para trás, estava na porta da cozinha, nos fundos, pela qual o chef tinha enfiado a cabeça — chefs de cozinha, com seus aventais cobertos de manchas, sempre me parecem cirurgiões rebaixados — e em seguida os dois vieram em nossa direção, o chef tímido e hesitante atrás de seu colega atrevido e indomável. Eu sabia qual era a intenção dos dois, tendo presenciado mais ou menos o mesmo ritual em inúmeras ocasiões desde que tínhamos pisado em solo italiano. Chegaram à nossa mesa — a essa altura éramos os últimos fregueses presentes — e Mario, o garçom, com um gesto floreado, apresentou Fabio, o chef. Fabio era rechonchudo e de meia-idade, e tinha cabelos louros cor de areia, incomuns nessa terra de Lotários trigueiros. Queria um autógrafo, claro. Acho que eu nunca antes tinha visto um italiano enrubescer. Esperei interessado em ver qual seria a reação de Dawn Devonport

— menos de um minuto antes ela parecia a ponto de me bater com a bolsa — mas claro que ela é profissional até a ponta de sua canetinha de prata, que tirou da bolsa para escrever alguma coisa no menu que um Fabio muito vermelho lhe tinha estendido, e o devolveu a ele com aquele sorriso em câmera lenta que ela reserva para encontros ao vivo com seus fãs. Consegui ver de relance a assinatura, com seus dois Ds grandes, curvos, opulentos, lembrando pálpebras reclinadas. Ela me viu olhando, e me concedeu em resposta um sorrisinho torto. Pois é: Stella Stebbings. O chef se retirou feliz, com o precioso menu apertado contra o peito manchado, enquanto o afetado Mario fazia pose e perguntava à diva se ela talvez iria querer um *caffè*, fazendo questão de me ignorar. Imagino que todos achem que sou seu agente, ou empresário; duvido que me tomem por algo mais que isso.

Como parece que nada na criação jamais é destruído, só desmembrado e disperso, será que o mesmo não se aplicaria à consciência individual? Para onde quando morremos irá ela, tudo que nós fomos? Quando penso naqueles que amei e perdi, sinto-me como se andasse em meio a estátuas sem olhos num jardim ao cair da noite. O ar à minha volta murmura com tantas ausências. Penso nos úmidos olhos castanhos da sra Gray, com suas pequenas lascas de ouro. Depois que nos amávamos, eles passavam de âmbar a umbra e daí a um matiz escuro de bronze. "Se tivéssemos música", ela costumava dizer no casebre de Cotter, "se tivéssemos música poderíamos dançar." Ela cantava, o tempo todo, desafinada, a "Valsa da viúva alegre", "The Man Who Broke the Bank at Monte Carlo", "Roses Are Blooming in Picardy" e uma canção que dizia "skylark, skylark" ("cotovia, cotovia"), cuja letra ela não sabia e só conseguia cantarolar de lábios fechados, totalmente desafinada. Essas coisas que havia entre nós dois, essas e miríades de outras, miríades de miríades, essas coisas dela ficaram, mas o que acontecerá quando eu for embora, eu que sou seu depositário e único curador?

"Eu vi uma coisa, quando estava morta", disse Dawn Devonport. Com os cotovelos apoiados na mesa, ela estava novamente debruçada para a frente, remexendo as cinzas frias do cinzeiro com a ponta de um dedo. Tinha o rosto franzido, e não olhava no meu rosto. Do lado de fora da janela, a tarde tinha ficado cor de cinza. "Fiquei tecnicamente morta por quase um minuto, pelo menos é o que me disseram — você sabia?" perguntou ela. "E vi uma coisa. Acho que posso ter imaginado, mas não sei como eu poderia estar morta e ao mesmo tempo imaginar alguma coisa."

Talvez tenha sido antes que ela morresse, arrisquei, ou depois que ela passou pela experiência.

Ela assentiu com a cabeça, com o rosto ainda contraído, sem me ouvir. "Não era parecido com um sonho", disse ela. "Não era parecido com nada. Faz sentido, não ser parecido com nada? Mas era assim — vi uma coisa que não era parecida com nada." Examinou a ponta de seu dedo coberta de cinza e em seguida olhou para mim com um curioso ar desapaixonado. "Fiquei com medo", disse ela, em tom muito calmo e sensato. "Antes eu não estava com medo, mas agora fiquei. Estranho, não é?"

Quando saímos, o garçom e o chef vieram até a porta, todos sorrisos e reverências. Fabio, o chef, piscou o olho para mim com um desdém alegre, quase fraterno.

Era tarde quando chegamos a Lerici, ainda sofrendo as consequências do vinho ácido do almoço e, em seguida, dos maus ares e do barulho do trem. Tinha começado a nevar, e o mar para além do muro baixo do passeio era um tumulto sombrio. Tentei distinguir as luzes de Portovenere, do outro lado da baía, mas não conseguia, com aqueles tufos de brancura distribuídos ao acaso pelo ar brumoso. A cidade iluminada por lampiões de rua perdia-se morro acima à nossa frente, na direção do volume brutal do castelo. No silêncio em que todo som era abafado pela neve, as ruas estreitas e cheias de curvas tinham um aspecto fechado e sinistro. Tinha-se a impressão de que tudo parava de respirar de admiração diante do espetáculo daquela precipitação implacável e fantasmagórica. O hotel Le Logge ficava encurralado entre uma pequena mercearia e uma igreja baixa de alvenaria. A loja ainda estava aberta, apesar do adiantado da hora, uma surpreendente caixa sem janelas e fartamente iluminada com prateleiras cheias até o teto e, à frente, um grande balcão inclinado que exibia uma profusão de legumes úmidos e reluzentes e frutos bem polidos. Havia caixotes de cogumelos, creme e mais escuros, tomates desavergonhados, fileiras de alhos-poró da grossura do meu punho, abobrinhas da cor de folhas de palmeira brunidas, sacos de aniagem abertos contendo maçãs, laranjas, limões de Amalfi. Descendo do táxi, olhamos com incompreensão e uma espécie de desânimo para aquela abundância abarrotada e fora de época.

O hotel era velho e surrado. Por dentro, parecia todo de um matiz único de marrom — o tapete lembrava uma pelagem de macaco. Junto com o cheiro habitual de ralo — que vinha em baforadas a intervalos fixos, como se emergisse de pulmões apodrecidos em tempos imemoriais — havia outro aroma, seco e tristonho, o cheiro, podia ser, da luz do sol do verão anterior aprisionada nos cantos e nas reentrâncias, desde então acumulando bolor. Quando entramos, houve muitas reverências e sorrisos precedendo o avanço brusco e imperioso de Dawn Devonport — a atenção pública sempre a deixa animada, e qual de nós, no nosso ofício, não é assim? A gola alta de peles do seu casaco deixava seu rosto já emaciado ainda mais magro e menor; o cachecol ela tinha dobrado e prendido perto do crânio, no estilo daquela atriz de *Crepúsculo dos deuses*, como é mesmo que se chama? Como conseguia encontrar o caminho na escuridão crepuscular do vestíbulo do hotel com aqueles óculos escuros eu não sei — de maneira perturbadora, eles sugerem os olhos prismáticos e reluzentes de malevolência de um inseto — mas ela chegou ao balcão antes de mim em passos rápidos de som seco e estalado, deixando sua bolsa desabar ao lado da sineta de metal amarelo e assumindo uma pose de lado em que apresentava seu magnífico perfil ao sujeito previamente derrotado do outro lado do balcão, com seu paletó cor de carvão oxidado e a camisa branca puída. E me pergunto se esses efeitos sem esforço aparente que ela produz o tempo todo precisam ser recalculados a cada vez, ou se já são acabados e perfeitos, formando um repertório, seu arsenal. Vocês precisam entender que eu me sentia tão permanentemente abjeto, ante o espetáculo do seu esplendor, como o pobre sujeito de trás do balcão — esse absurdo, ó coração, ó coração atormentado.

Em seguida o elevador estrepitoso, os corredores vermiformes, o rangido da chave na fechadura e a baforada rançosa de ar desprendida pelo quarto escuro. O carregador resmungão com as costas curvas entrou e depositou as malas, como estavam, ao pé da grande cama quadrada que tinha uma cavidade no meio e dava a impressão de ter sido o leito em que nasceram gerações e gerações de carregadores, antepassados daquele. E como cada uma das malas, depois de depositada no chão, pode dar a impressão de nos fitar com um ar acusador. Eu ouvia Dawn Devonport, no quarto ao lado, produzindo inúmeros pequenos ruídos misteriosos, estalidos, pancadinhas e um farfalhar fino e sugestivo enquanto desfazia as malas. Então chegou aquele momento de leve pânico depois que as roupas já foram penduradas, os sapatos alojados, os artigos de toalete dispostos na bancada de mármore do banheiro onde o cigarro esquecido de alguém tinha deixado aquela marca de queimado, uma mancha negra com as bordas cor de âmbar. Na rua, um carro passou sibilando, e o brilho de seus faróis fez penetrar através de uma lacuna nas cortinas um fino raio de luz amarela que sondou o quarto de um lado a outro antes de sua rápida retirada. No andar de cima, um banheiro gargarejou e engoliu, e em resposta o ralo do banheiro daqui, entrando no mesmo espírito, produziu um som do fundo da garganta que podia ser um riso lascivo represado.

No térreo, reinava um silêncio murmurante. Caminhei sem produzir som algum, pisando a pelagem áspera do tapete. O restaurante estava fechado; através do vidro, vislumbrei vagamente as muitas cadeiras empoleiradas em suas mesas, como se tivessem subido ali num salto, com medo de alguma ameaça espalhada pelo piso. O sujeito no balcão mencionou-me a possibilidade de serviço de quarto, embora com um certo tom de dúvida. Fosco, era o nome dele, dizia um crachá em sua lapela, Ercole Fosco. O nome me pareceu um sinal, embora eu não soubesse do quê. Ercole Fosco. Era o gerente noturno. Gostei do seu jeito. Um homem de meia-idade, com as têmporas grisalhas, bochechas pesadas e o rosto um tanto amarelado — Albert Einstein em sua meia-idade pré-icônica. Seus gentis olhos castanhos me lembravam um pouco os da sra Gray. Sua postura tinha um toque de melancolia, embora também fosse reconfortante; ele me lembrava um desses tios solteiros que costumavam aparecer com presentes nos Natais da minha infância. Gastei algum tempo no balcão, tentando encontrar um assunto para conversar com ele, mas não me ocorreu nada. Ele me dirigiu um sorriso exculpatório, cerrou um punho miúdo — como tinha mãos pequenas! — e o levou a boca para encobrir sua tosse, com os cantos externos dos olhos gentis virados para baixo. Percebi que o estava deixando nervoso, e me perguntei por quê. Imaginei que ele talvez não fosse originário daquela região, pois tinha um ar de italiano do norte — de Turim, talvez, a capital da magia, ou Milão, ou Bérgamo, ou até de algum lugar mais distante, além dos Alpes. Ele me perguntou, com um acento cansado na voz, mecanicamente, se meu quarto era satisfatório. Respondi que sim. "E a *signora*, também ficou satisfeita?" Respondi que sim, sim, a *signora* também estava satisfeita. Estávamos ambos muito satisfeitos, muito felizes. Ele fez uma pequena reverência de agradecimento, inclinando-se para um dos lados, de maneira que parecia estar antes encolhendo os ombros que curvando a cabeça. Perguntei-me se meu gestual e meus movimentos lhe pareceriam tão estrangeiros quanto os dele me pareciam.

Fui até a porta da frente e olhei pelo vidro sem abri-la. A escuridão era profunda naquele ponto, a meio caminho entre dois lampiões de rua, e a neve parecia quase negra, caindo rapidamente quase na vertical em flocos imensos, em meio a um silêncio macio e murmurante. Talvez as balsas que levavam a Portovenere não operassem àquela altura do ano, naquele tempo — este era um tema que eu poderia ter abordado numa conversa com Ercole, o gerente noturno — e talvez eu me visse obrigado a ir até lá por terra, antes voltando até La Spezia e de lá contornando a costa. Era um caminho longo, e a estrada fazia muitas curvas fechadas à beira de bruscos precipícios. Que notícia para Lydia receber, seu marido espatifado nas pedras a caminho do lugar onde sua filha tivera morte semelhante, em circunstâncias diversas.

Quando me desloquei, de algum modo meu reflexo no vidro não se moveu ao mesmo tempo. Então meus olhos se ajustaram e percebi que não era meu reflexo que eu estava vendo, mas alguém do lado de fora, de frente para mim. De onde ele teria surgido, como teria chegado àquele lugar? Parecia que se tinha materializado de um momento para outro. Não usava sobretudo, nem chapéu, nem guarda-chuva. Não consegui distinguir claramente os seus traços. Dei um passo para atrás e abri-lhe a porta, que produziu um som de sucção, e a noite nos invadiu num salto só, como um animal ágil e faminto, trazendo o ar frio preso à sua pelagem. O homem entrou. Havia neve em seus ombros, e ele bateu os pés no tapete, primeiro um, depois o outro, três vezes cada. E me lançou um olhar penetrante de avaliação. Era um jovem com a testa alta e abaulada. Ou talvez, ponderei num segundo momento, talvez não fosse jovem, pois sua barba bem aparada era grisalha e havia finas rugas no canto externo dos seus olhos. Ele usava óculos de armação fina e lentes de forma oval, que lhe davam uma aparência vagamente erudita. Ficamos ali parados por algum tempo, encarando-nos — confrontando um ao outro, eu quase disse — assim como nos tínhamos entreolhado pouco antes, mas agora sem o vidro entre nós. Sua expressão era de ceticismo temperado com humor. "Cold", disse ele, "frio" em inglês, ajustando os lábios em torno da palavra com um bico de provador de vinho. Falava como se alguma coisa em sua boca o atrapalhasse, uma semente ou um caroço, que ele precisava contornar com a língua. Será que eu já não o tinha visto antes? Tive a impressão de que o conhecia, mas como poderia conhecer?

No tempo em que eu ainda trabalhava, digo no teatro, enquanto durava a carreira de cada peça eu não sonhava. Quer dizer, devia sonhar, porque dizem que a mente não consegue deixar de funcionar mesmo durante o sono, mas se eu sonhava esquecia o que tinha sonhado. Fazer pose e falar bonito em cena cinco dias por semana, com mais duas vezes nos sábados, devia preencher a função, seja ela qual for, de que os sonhos normalmente se desincumbem. Quando me aposentei, porém, minhas noites se transformaram num tumulto, e geralmente acordo pela manhã em meio a um emaranhado suado de lençóis, ofegante e exausto, tendo sobrevivido a longas e torturantes passagens por uma câmara de horrores, um trem fantasma ou às vezes uma combinação dos dois, submetido sem defesa aos tropeços de todo tipo de calamidade grotesca, e na maior parte das vezes sem calças, com as fraldas da camisa ao vento e a bunda de fora. Hoje em dia, ironicamente, um dos meus pesadelos mais frequentes — esses corcéis incontroláveis — me conduz irresistivelmente de volta aos palcos e me transporta novamente para as luzes da ribalta. Estou representando num drama grandioso ou numa comédia de enredo impossivelmente complicado, e me dá um branco no meio de uma fala imensa. Isto me aconteceu, numa ocasião afamada, na vida real, quero dizer, na vida desperta — eu estava representando o *Anfitrião* de Kleist — e marcou o final abrupto e inglório da minha carreira teatral. Foi estranho, esse lapso, pois eu tinha uma memória notável, nos meus bons tempos, e posso até ter tido o que se chama de memória fotográfica. Meu método para decorar as minhas falas era gravar o texto propriamente dito, quero dizer, as próprias páginas, como uma série de imagens na minha cabeça, que eu então lia para recitar minhas falas. O terror desse sonho em especial, porém, é que as páginas em que memorizei o texto, tão nítidas e bem impressas num primeiro momento, em seguida começam a deformar-se e a desmoronar diante dos olhos apertados em desespero da minha mente, minha mente adormecida. Num primeiro momento não fico muito preocupado, convencido de que conseguiria me lembrar de porções suficientes das falas para me safar do aperto, ou que, no pior dos casos, conseguiria improvisar as falas todas. No entanto, o público logo percebe que alguma coisa está muito fora do lugar, ao mesmo tempo em que os atores que dividem a cena comigo — e que não são poucos — vendo-se de repente às voltas com um peso morto, começam a inquietar-se e a trocar olhares arregalados. O que fazer? Tento dirigir-me à plateia e conquistar sua simpatia, adotando um comportamento de bajulação faminta, sorrindo e balbuciando, encolhendo os ombros e enxugando a testa, olhando para meus pés com o rosto franzido, olhando para o urdimento e, o tempo todo, avançando centímetro a centímetro na direção do santuário dos bastidores. E isso tudo se converte numa comédia horrenda, uma comédia ainda mais perturbadora porque deixa de ter a ver com o ofício de ator.

Na verdade, é essa a essência mesma do pesadelo: toda a fantasia teatral é removida, e com ela desaparece toda a proteção. Os farrapos de figurino que ainda visto se tornam transparentes, ou praticamente invisíveis, e lá estou eu, nu e exposto, perante uma casa lotada e cada vez mais inquieta, tendo às costas um elenco que daria tudo para poder me matar e me transformar num cadáver de verdade. As primeiras vaias começam a soar quando acordo assustado e me descubro miseravelmente encolhido no meio de uma cama desarrumada, quente e encharcada de suor.

Havia alguém batendo à porta. Havia alguém esmurrando a porta. Eu não sabia onde me encontrava, e fiquei ali deitado, palpitante e imóvel como um criminoso procurado escondido num fosso. Estava estendido de lado, com um braço dormente debaixo do corpo e o outro atirado para cima, como se tentasse me proteger de um ataque. Na janela, as cortinas de gaze refulgiam amarelas, e por trás delas se registrava uma rápida ondulação generalizada que se precipitava na vertical, e que não entendi nem identifiquei até me lembrar da neve. A pessoa à minha porta tinha parado de esmurrá-la, e agora parecia encostada em seu painel, produzindo um som surdo de lamentação que zumbia contra a madeira. Levantei-me da cama. Fazia frio no quarto mas mesmo assim eu suava, e precisei atravessar o miasma de meu próprio fedor. Junto à porta hesitei, com a mão na maçaneta. Não tinha acendido a luz, e a única iluminação do quarto vinha do brilho sulfuroso do lampião da rua filtrado pelas cortinas. Abri a porta. Num primeiro momento, achei que alguém no corredor tivesse jogado em mim alguma peça de roupa muito leve, pois a impressão que tive foi do contato frio com uma sibilante e sinuosa peça de seda sem ninguém, aparentemente, a ocupá-la. Em seguida, os dedos de Dawn Devonport escarafuncharam meu pulso, e de repente ela se materializou dentro de sua camisola, trêmula, arquejante e recendendo a noite e pavor.

Ela não conseguiu me dizer o que estava havendo. Na verdade, mal conseguia falar. Tinha sido um sonho, perguntei, um desses pesadelos de ator, talvez, como aquele de que suas batidas na porta me tinham despertado? Não — sequer havia adormecido. Tinha sentido uma vasta presença no quarto com ela, uma presença consciente, maligna e invisível. Levei-a até a cama e acendi a luz da mesa de cabeceira. Ela se sentou com a cabeça baixa e os cabelos pendentes, as mãos frouxamente pousadas nas coxas com as palmas para cima. Sua camisola era de cetim pérola, tão fina e delgada que eu poderia ter contado cada uma das suas vértebras. Tirei meu paletó e cobri seus ombros com ele, e só então percebi que ainda estava todo vestido — devo ter entrado no quarto, desabado na cama e dormido imediatamente. O que eu poderia fazer agora com essa criatura trêmula, que em seus trajes de noite me parecia ainda mais nua do que estaria sem eles, tanto que eu mal me atrevia a encostar nela? Ela disse que eu não precisava fazer nada, só deixá-la ficar ali um pouco, até aquela coisa, fosse qual fosse, passar. Ela não levantava os olhos quando falava comigo, mas continuava sentada como antes, trêmula e abjeta, com a cabeça pendente, as mãos impotentes viradas para cima e a brancura exposta da sua nuca refulgindo à luz do abajur.

Que coisa estranha, a proximidade íntima e imediata com outra pessoa. Ou serei só eu que acho isso estranho? Talvez, para os outros, os outros não sejam propriamente outros, ou pelo menos não tanto quanto para mim. Para mim, só existem dois modos de alteridade, o das pessoas amadas ou das desconhecidas; e no primeiro caso elas praticamente não são outras, e sim extensões de mim mesmo. E nesse caso, acredito, o mérito, ou a culpa, é da sra Gray. Ela me acolheu tão cedo em seus braços que não tive tempo de aprender as leis da perspectiva adequada. Tendo-a tão perto, todo o resto ficou desproporcionalmente mais afastado. E aqui faço uma pausa momentânea para refletir. Será realmente este o caso, ou estarei me permitindo os sofismas que desde tão cedo me assombram? E como posso saber a resposta? O que sinto é isso, que a sra Gray foi a árbitra original e, até certo ponto, residente, das minhas relações com os outros, e nenhum esforço racional, por mais duradouro ou intenso, irá fazer-me pensar de outro modo. Mesmo que eu me obrigasse a uma opinião contrária à força de muito pensar, o sentimento ainda se sentiria com a razão, e eu não teria como extirpá-lo: ele se converteria num deserdado a contragosto sempre presente, pronto a afirmar seus desejos à menor oportunidade. Tais são as especulações a que um homem se entrega quando, nas horas nevadas da madrugada, a muitos milhares de milhas de seu lar, recebe inesperadamente em seu quarto de hotel uma famosa e notoriamente deslumbrante estrela de cinema vestindo apenas uma fina camisola.

Eu a fiz deitar-se na minha cama suada e pouco aromática — seu corpo estava tão bambo que precisei escorar seus tornozelos com a mão e ajudá-la a tirar os pés gelados do chão — e estendi o cobertor por cima dela. Ela ainda tinha os ombros agasalhados pelo meu paletó. Era óbvio que não estava totalmente desperta, e me lembrou Lydia quando sai correndo pela casa em suas frenéticas buscas noturnas pela filha que perdemos; será este o único papel que ainda me resta, o de confortador de mulheres assoladas pela aflição? Aproximei da cama uma cadeira de assento de vime e me sentei para refletir sobre a minha posição, aqui com essa linda mulher que eu mal conhecia, insone e angustiado, nessas costas invernais. Ainda assim, havia uma outra coisa que também despertava na base da minha espinha, um gotejar quente de excitação secreta. Quando eu era menino, depois da boneca Meg mas muito antes do advento da sra Gray, cultivava uma fantasia recorrente em que era chamado a propiciar certos cuidados cosméticos a uma mulher adulta. A mulher nunca era específica e sim genérica, mulher no abstrato, imagino, a célebre *Ewig-Weibliche*. Tudo era muito inocente, pelo menos nos atos, pois não me cabia mais que administrar a esse ídolo imaginário uma lavagem completa dos cabelos, digamos, ou fazer suas unhas, ou, em circunstâncias excepcionais, aplicar batom em seus lábios — façanha nada fácil, aliás, como mais tarde eu haveria de descobrir quando convenci a sra Gray a me deixar fazer uma tentativa em sua boca irresistivelmente polpuda e móvel com um desses bastões de cera carmesim que sempre me lembram um cartucho de estanho contendo uma bala surrealmente macia e lustrosamente escarlate. O que eu sentia agora, ali naquele quarto precário de hotel, era parecido com o prazer levemente tumescente que costumava usufruir anos antes, quando imaginava participar da *toilette* de minha dama-fantasma.

"Conte", disse minha visitante inesperada, num sussurro urgente, arquejante, arregalando seus olhos cinzentos ligeiramente nublados, "conte o que aconteceu com a sua filha."

Ela estava deitada de costas com as mãos cruzadas no peito, a cabeça virada na minha direção e sua face amassando a lapela do meu paletó debaixo dela. Ela tem o costume, agora eu já tinha percebido, de falar assim em voz muito baixa nuns repentes inesperados, e é esse caráter abrupto que confere ao que ela diz uma qualidade oracular, a tal ponto que suas palavras, por mais mundanas ou inconsequentes que possam ser, provocam uma pulsação arcaica em quem as ouve. Suponho que seja um truque que ela aprendeu nos seus muitos anos diante das câmeras. Os sets de filmagem, é bem verdade, possuem um pouco da intensidade asfixiante do santuário de uma sibila. Ali, naquela caverna de luzes quentes, com o microfone na ponta de sua vara pendendo sobre as nossas cabeças e a equipe concentrada em nós nas sombras, como um círculo de suplicantes dominados pelo silêncio, podemos ser perdoados por imaginar que as palavras que recitamos são os pronunciamentos, transmitidos através de nós, do próprio deus dos enigmas.

Eu disse a ela que não sabíamos o que tinha acontecido com a minha filha, exceto que ela tinha morrido. Contei-lhe que Cass costumava ouvir vozes, e disse que talvez tenham sido elas que a levaram à morte, as vozes, como tantas vezes acontece, pelo que eu saiba, com as pessoas cujas mentes são perturbadas e acabam por levá-las a fazer-se mal. Eu estava notavelmente calmo, posso até dizer distanciado, como se as circunstâncias — o quarto de hotel anônimo, a hora tardia, o olhar persistente e grave dessa jovem mulher — de um golpe, com toda a simplicidade, tivessem me libertado, concedendo-me pelo menos uma condicional, das penas do pacto de dez anos de repressão e reticência travado entre mim e o espírito de Cass. Qualquer coisa podia ser dita ali, achei eu, qualquer pensamento podia ser invocado e livremente revelado. Dawn

Devonport continuava à espera, com seus olhos grandes fixos em mim sem piscar. Alguém, contei a ela, tinha estado aqui com a minha filha. "E então", disse ela, "você resolveu voltar aqui para descobrir quem era."

Franzi as sobrancelhas, e desviei os olhos. Como era amarela a luz daquele abajur, como as sombras se adensavam para além do seu alcance. Na janela, por trás da teia da cortina, os flocos pesados e úmidos continuavam a cair, a cair.

O nome que ela usava para referir-se a ele, revelei num tom comedido, quem quer que fosse, era Svidrigailov. Dawn Devonport tirou uma das mãos de baixo das cobertas e a pousou de leve, por pouco tempo, numa das minhas, mais para me conter, ao que me pareceu, que para me fazer seguir adiante. Seu toque era fresco e curiosamente impessoal; podia ser uma enfermeira tirando a minha temperatura, tomando meu pulso. "Ela estava grávida, entende", disse eu.

Será que eu já lhe tinha contado isso antes? Não me lembrava.

E foi esse, para minha tímida surpresa, o final da nossa conversa, pois como uma criança satisfeita apenas com as primeiras palavras de uma boa história, Dawn Devonport suspirou, virou o rosto e adormeceu, ou fingiu adormecer. Fiquei esperando, sem me mexer por medo de fazer a cadeira ranger ou obrigá-la a despertar de novo. No silêncio, eu imaginava escutar a neve que caía do lado de fora, um sussurro tênue que ainda assim falava de um esforço sem limites e de um sofrimento surdo mas tenazmente suportado. Como o mundo continua a funcionar, fazendo o que precisa fazer. Eu estava, percebi, em paz. Meu espírito parecia mergulhado num poço de escuridão cristalina que atuava em mim como um bálsamo.

Desde o tempo do padre Priest e do confessionário eu não me sentia tão leve e tão — o quê? — tosquiado? Olhei para o telefone na cabeceira da cama e me ocorreu ligar para Lydia, mas era tarde demais e, de qualquer maneira, eu não sabia o que acabaria dizendo a ela.

Levantei-me com cuidado e puxei meu paletó de sob a jovem adormecida, afastei a cadeira da cama, peguei minha chave e saí do quarto. Quando fechava a porta, olhei para a cama sob o dossel baixo da luz do abajur, mas não vi movimento algum, e nenhum som além da respiração regular de Dawn Devonport. Estaria ela, também, em paz naquele momento, por alguns momentos?

O corredor tinha a sua quietude. Evitei o elevador — suas estreitas portas duplas de aço inoxidável amassado emitiam um brilho sinistro — e preferi descer as escadas. Elas me levaram a uma área do saguão que eu não conhecia, com uma viçosa palmeira num vaso e uma grande máquina de venda de cigarros, do tamanho de um sarcófago na vertical, com uma vaga luminosidade opalescente nas laterais, e por um momento perdi totalmente a noção de onde estava e tive uma pontada de pânico. Virei para um lado e para o outro, girando sobre um dos calcanhares, e finalmente localizei o balcão da recepção, ao longe, por entre aquele espalhafato empoeirado de frondes de palmeira. Ercole, o gerente noturno, continuava lá, ou pelo menos sua cabeça de perfil, tudo que eu conseguia ver de onde estava, parecendo apoiada no balcão ao lado de uma bandeja de balas. Pensei no prêmio reivindicado por Salomé em sua bandeja. Aquelas balas, aliás, eram os restos de uma convenção dos tempos da moeda antiga, quando eram oferecidas de troco no lugar de moedas ou notas de valor quase nulo. As coisas que eu retenho, a moeda sem valor da memória.

Aproximei-me do balcão. Era alto, e Ercole estava sentado de lado do outro lado num banco baixo, lendo uma dessas revistas antigas de fotonovelas, com suas fotos desbotadas. Ergueu o olhar para mim com uma mistura de deferência e ligeira irritação, seus olhos caídos passando uma impressão mais desconsolada do que nunca. Perguntei se eu poderia beber alguma coisa, e ele suspirou, respondendo que claro, claro, se eu tivesse a gentileza de ir até o bar ele viria em seguida. No entanto, quando eu me afastava, chamou-me pelo nome e eu parei e me virei. Ele tinha pousado sua revista, levantando-se do banco, e se inclinava de leve para a frente, numa atitude confidencial, apoiando-se nos punhos pousados à sua frente na mesa, um de cada lado. Retornei devagar e — com devoção, eu já ia dizendo. A signora Devonport, perguntou ele, tudo bem com ela? Falava baixo, arquejando de leve, como se cumprisse algum ritual de luto e lamentação. Seus olhos em dissolução parecia perscrutar todo o meu rosto, como as pontas dos dedos de um vidente cego. Eu respondi que sim, que estava tudo em ordem. Ele sorriu, desacreditando com gentileza, como pude ver. Não entendi o que ele queria dizer com essa pergunta, o que tinha a intenção de me dizer. Seria um aviso? Alguém teria ouvido Dawn Devonport esmurrar a minha porta, alguém a teria visto entrando aflita em meu quarto? Nunca estou seguro quanto às regras dos hotéis. Antigamente, se uma senhora entrasse clandestinamente à noite no quarto de um cavalheiro, o detetive da casa subiria de imediato e capturaria os dois, ou pelo menos a senhora em questão, que ele presumiria estar longe de ser respeitável, pondo-a para fora na neve. Depois de uma pausa perscrutante, Ercole assentiu tristemente com a cabeça, achei, como se eu o tivesse decepcionado de alguma forma. Ele deve se ver diante de tantas mentiras e tantas evasões, noite após noite. Tentei pensar em algo para lhe dizer que pudesse mitigar a culpa que me coubesse a seus tristes olhos castanhos, mas em vão, e preferi dar-lhe as costas. Com tudo isso, porém, senti que me tinha sido prodigada, não sei como, alguma forma de bênção, minha testa cruzada com a crisma e meu espírito salvo.

O bar, quando a ele cheguei, era inesperadamente moderno e elegante, com espelhos escuros, mesas de mármore preto e luminárias baixas que pareciam emitir não uma luz mas uma espécie de sombra radiante, dando ao lugar uma impressão equívoca. Abri caminho por esse labirinto tomado pela penumbra e por espelhos, e me instalei num banco alto junto ao balcão. Por trás dele ficava um outro espelho, servindo de fundo para prateleiras de garrafas iluminadas por trás com um efeito um tanto sinistro. Eu mal conseguia me ver, refletido em fragmentos atrás das garrafas, onde parecia estar abaixado, escondendo-me de mim mesmo. Esperei pela chegada de Ercole, tamborilando no balcão com os dedos. Era tarde, depois de um longo dia, mas ainda assim não me sentia cansado e nem precisado de sono — pelo contrário, estava quase dolorosamente alerta, tomado por uma ebulição que quase sentia nos folículos dos cabelos. Qual poderia ser a causa dessa estranha agitação, dessa estranha expectativa? Atrás de mim alguém pigarreou baixo e, ao que parece, com uma intenção interrogativa. Virei-me depressa no banco e procurei enxergar em meio à pouca luz. Havia uma pessoa sentada a uma mesinha perto de mim, olhando-me calmamente.

Por que eu não tinha reparado ao entrar? Devo ter passado direto por aquela mesa. Ele estava reclinado numa poltrona baixa de couro preto, com as pernas estendidas à sua frente e cruzadas na altura dos tornozelos, enquanto os dedos das mãos formavam um telhado estreito diante do seu queixo. Num primeiro momento eu não o reconheci. Em seguida, um raio de luz emitido ao acaso pelas prateleiras iluminadas às minhas costas atingiu as lentes dos seus óculos e reconheci o homem que tinha visto antes diante da porta do hotel, com os ombros cobertos de neve. "Buenas noches", disse ele, e me fez uma pequena reverência, inclinando sua cabeça talvez uns três centímetros. Havia uma garrafa na mesa à sua frente, e uma taça — não, duas taças. Estaria esperando alguém? A mim, aparentemente, pois em seguida indicou a garrafa com um gesto de seus dedos postos e perguntou se eu faria a bondade de sentar-me com ele. Bem, por que não, nessa noite interminável de encontros estranhos e entrelaçamentos de destinos?

Ele indicou a poltrona do outro lado da mesa, e eu me sentei. Era claramente mais jovem do que eu, como agora eu podia ver, sim, muito mais jovem. Percebi também que a garrafa ainda estava cheia — teria ele realmente estado à minha espera? Como podia saber que eu iria até lá? Ele se inclinou para a frente e, sem pressa, com deliberação, encheu nossas duas taças quase até a boca. Entregou-me a minha. O vinho tinto e pesado parecia negro na superfície, com bolhas arroxeadas acumulando-se em torno da borda. "É um vinho argentino, infelizmente", disse ele. E sorriu. "Como eu."

Erguemos nossas taças num brinde sem palavras e bebemos. Losna, fel amargo, o sabor de tinta e de luxuriante decomposição.

Ambos nos reclinamos, ele abrindo os braços num curioso gesto fluido em arco e puxando os punhos da camisa, e pensei num padre nos tempos das antigas disposições rituais, dando as costas para os fiéis, pousando o cálice no altar e erguendo seus ombros e braços exatamente daquela maneira, sob o pesado jugo da casula. Ele se apresentou. Seu nome era Fedrigo Sorrán. Escreveu o nome para mim, numa página de um caderninho preto. Pensei em planícies distantes, em imensos rebanhos, num *hidalgo* a cavalo.

Ercole chegou, olhou para nós, assentiu com a cabeça e sorriu, como se tudo tivesse sido combinado, e foi embora de novo, avançando silenciosamente com seus pés largos.

Sobre o que falamos num primeiro momento, o homem do sul e eu? Ele me disse que gostava da noite, que preferia ao dia claro. "Tão quieta", disse ele, alisando o ar à sua frente com a palma esticada. *El silencio*. Disse que conhecia o meu nome — seria possível? Respondi que eu tinha sido ator, mas que achava difícil que ele tivesse ouvido falar de mim. "Ah, então pode ser que o senhor seja amigo" — e apontou um dedo para o teto, arqueando as sobrancelhas e arregalando os olhos — "da divina señorita Devonport."

Tomamos mais um pouco do vinho acre. E o que, perguntei, ele fazia? Ele refletiu algum tempo antes de responder, com um sorriso tênue, e tornou a juntar os dedos, encostando de leve suas pontas nos lábios. "Estou envolvido, digamos", disse ele, "com a mineração." E deu a impressão de achar muita graça nessa definição, dirigindo ao chão um olhar pretensamente significativo. "Subterrânea", sussurrou ele.

Minha mente deve ter-se perdido nesse ponto, impelida pelo vinho e pela falta de sono, ou talvez eu tenha na verdade adormecido, um pouco, de alguma forma. Ele tinha começado a falar de minas e metais, de ouro, diamantes e de todos os elementos preciosos que jaziam debaixo da terra, mas agora, sem que eu soubesse como, tinha-se lançado às profundezas do espaço, e me falava de pulsares e quasares, de gigantes vermelhas, anãs marrons e buracos negros, da morte térmica do universo e da constante de Hubble, dos quarks, dos acasos e dos múltiplos infinitos. E da matéria escura. O universo, segundo ele, contém uma massa perdida que não temos como ver nem medir, existente em quantidade muitíssimo maior que todo o resto. O universo visível, aquele que conhecemos, é minúsculo e esparso em comparação. Pensei nisso, nesse vasto oceano invisível de material transparente e sem peso, presente em toda parte, despercebido, pelo qual nos deslocamos, nadadores inadvertidos, e que nos atravessa, essência secreta.

Agora ele falava da luz antiquíssima das galáxias que percorre milhões — bilhões — trilhões! — de quilômetros para chegar até nós. "Mesmo aqui", disse ele, "nesta mesa, a luz que constitui a imagem dos meus olhos leva algum tempo, um tempo mínimo, infinitesimal, mas ainda assim algum tempo, para chegar aos seus olhos, e por isso, para onde quer que olhemos, em toda parte, o que vemos é o passado."

Tínhamos acabado a garrafa, e ele vertia a borra nas duas taças. Encostou a borda da sua na minha e produziu um tinido musical. "Você precisa cuidar da sua estrela, neste lugar", disse ele com o mais soprado dos sussurros, sorrindo e inclinando-se tanto para a frente na sua cadeira que eu me via refletido, duplamente refletido, nas lentes dos seus óculos. "Os deuses veem tudo que fazemos, e são ciumentos."

FOI UM VERÃO QUENTE, o da sra Gray. Todos os recordes foram quebrados, novas marcas estabelecidas. A estiagem durou meses, a água foi racionada e postos de distribuição foram instalados em certas esquinas. As mães envergonhadas precisavam fazer fila com seus baldes e panelas, queixando-se, as mangas combativamente arregaçadas. Bois morriam no pasto, ou enlouqueciam. As moitas secas pegavam fogo espontaneamente; encostas inteiras resultavam enegrecidas e fumegantes e, por muitas horas ainda, o ar da cidade ficava acre de fumaça, arranhando a garganta e deixando todos seus habitantes com dor de cabeça. O piche do calçamento das ruas e nas fendas entre as pedras das calçadas derretia e grudava na sola das sandálias, os pneus das nossas bicicletas atolavam nele e, por isso, um menino caiu quando pedalava e quebrou o pescoço. Os agricultores avisavam em tom de queixa que a safra seria desastrosa, e nas igrejas organizavam-se correntes de oração pedindo chuva.

Quanto a mim, só me lembro desses meses como não mais que claros e amenos. Tenho uma imagem, como numa dessas pinturas de trabalhosas paisagens muito detalhadas que eram tão populares naquele lugar e naquela época, de um céu imenso onde nuvens de algodão pairavam, e de campos dourados distantes com pilhas de feno em forma de bolos, e uma única torre distante, fina como uma linha, e no horizonte uma pincelada muito ligeira de azul-cobalto para sugerir um vislumbre do mar. Impossivelmente, lembro-me inclusive de chuva — a sra Gray e eu adorávamos ficar deitados em silêncio nos braços um do outro no chão do casebre de Cotter, ouvindo as gotas de chuva cair através das folhas, enquanto um melro animado em algum local próximo cantava a plenos pulmões. Como nos sentíamos seguros, como nos sentíamos distantes de tudo que poderia ameaçar-nos. O mundo ressecado à nossa volta podia se estiolar, transformado numa fogueira seca pronta a ser acesa; nossa sede seria saciada pelo amor.

Para mim, nosso idílio nunca haveria de acabar. Ou, melhor, o fim nunca me passava pela cabeça. Sendo jovem, eu encarava o futuro com ceticismo, vendo-o apenas como uma questão de potencial, um estado de coisas que podia ou não chegar, e provavelmente nunca chegaria. Claro que havia certos marcos que era preciso observar, num plano mais imediato. Por exemplo, o verão certamente havia de acabar; as férias chegariam ao fim e o esperado seria que eu voltasse a passar toda manhã na casa de Billy a caminho da escola — e como eu daria conta disso? Conseguiria simular a aparência despreocupada que ainda ostentava antes do verão, quando a sra Gray e eu nos limitávamos a percorrer de mãos dadas as encostas mais baixas do que mais adiante viria a se constituir num verdadeiro monte Himeto, com seus favos de mel, os penhascos de lindo mármore azul-acinzentado e as ninfas nuas nos desfiladeiros? A verdade é que, a despeito de toda a ousadia e rebelião da juventude, pairava acima da minha cabeça uma nuvem escura de mau agouro. Era apenas uma nuvem, sem peso, de forma indefinida, mas carregada e ameaçadora. Eu quase sempre conseguia ignorá-la, ou fingir que ela nem existia. Afinal, o que era uma nuvem diante do sol ofuscante do amor?

Que ninguém à nossa volta descobrisse nosso segredo me deixava perplexo; às vezes, eu me percebia indignado com a falta de sagacidade, a falta de imaginação de todos — numa palavra, com o quanto nos subestimavam. Minha mãe, Billy, o sr Gray, não eram figuras que inspirassem muito medo — embora o rosto de Kitty eu muitas vezes tivesse a impressão de vislumbrar naquela nuvem aziaga que pairava acima da minha cabeça, sorrindo triunfal para mim como o Gato de Alice — mas e os abelhudos da cidade, os guardiões da moral, os Legionários de Maria com seus distintivos azuis? Por que se mostrariam tão negligentes em seu dever inescapável de espionar a mim e à sra Gray enquanto nos entregávamos sem a menor vergonha àqueles atos infinitamente inventivos de concupiscência e luxúria? Deus sabe que corremos riscos, riscos com os quais o próprio Deus haveria de se horrorizar. Nesse particular, de nós dois, a sra Gray era de longe a mais ousada, como já devo ter dito. Era uma coisa que eu não saberia como explicar, e nem tinha como entender. Eu quase ia dizendo que ela não sentia medo, mas não devia ser o caso, pois em mais de uma ocasião eu a vi trêmula de pavor, imagino que diante da possibilidade de ser flagrada comigo; noutras ocasiões, entretanto, ela agia como se nunca lhe ocorresse um instante de hesitação, desfilando desafiadora a meu lado naquele dia na calçada à beira-mar, por exemplo, ou correndo nua em plena luz do dia pelo bosque, onde até as árvores davam a impressão de recuar atirando os braços para cima, escandalizadas com o choque de vê-la. Apesar de toda a minha inexperiência nessas questões, acho que posso afirmar com segurança que semelhante comportamento não era corrente entre as matronas da nossa cidade.

E me pergunto, mais uma vez, se sua intenção não seria desafiar o mundo a nos descobrir. Um dia ela me chamou para encontrá-la depois de uma consulta com seu médico — "problemas de mulher", disse ela em tom brusco, fazendo uma careta — e quando chegou na camionete ao nosso ponto de encontro na estrada acima do bosque de aveleiras, fez questão de que nos amássemos ali mesmo, e na mesma hora. "Venha logo", disse ela, quase aborrecida, com as ancas acenando para mim enquanto enveredava pelo banco traseiro da camionete, "venha me comer, venha logo." Devo admitir que fiquei chocado com a sua falta de vergonha, e dessa vez perdi até parte da disposição — o espetáculo daquele desejo cru ameaçou produzir em mim um efeito de desintumescência — mas ela passou um braço que me pareceu forte como o de um homem pelo meu pescoço e me puxou violentamente para ela, e senti que seu coração já martelava forte e seu ventre tremia, e claro que atendi ao seu apelo. Durou apenas um minuto, e logo ela era toda agitação desinteressada, afastando-me dela, baixando as roupas e usando suas calcinhas para se enxugar. Tínhamos deixado uma mancha reluzente no banco de couro. Ela tinha estacionado a no máximo três metros da estrada, e embora houvesse pouco tráfego naquela época, qualquer motorista que por acaso reduzisse a velocidade ao passar nos teria visto, as pernas dela abertas e erguidas com as meias de *nylon* e minha bunda branca e nua subindo e descendo entre elas. Voltamos para o banco da frente, reclamando do calor do couro nos pontos atingidos pelo sol, ela acendeu um cigarro e ficou sentada meio de costas para mim, com o cotovelo para fora da janela aberta e a mão fechada debaixo do queixo, sem dizer nada. Esperei humildemente que aquele mau humor se dissipasse, olhando concentrado para as minhas mãos.

O que teria acontecido, eu me perguntava, para deixá-la tão alterada? Teria eu feito alguma coisa que a havia enfurecido? Na maior parte do tempo eu sentia uma confiança inabalável no seu amor, com toda a confiança empedernida da juventude, mas bastava uma palavra mais áspera ou um olhar de desagrado para me convencer na mesma hora de que tudo estava praticamente acabado. Era especialmente excitante ter certeza do afeto dela mas, ao mesmo tempo, estar sempre com medo de perdê-lo; exercer algum tipo de controle sobre as paixões daquela mulher, mas ao mesmo tempo estar à sua mercê. Tal era a lição que ela me dava sobre o coração humano. Naquele dia, porém, como sempre, não demorou muito para a melancolia se dissipar. Ela estremeceu e jogou pela janela a metade não fumada do seu cigarro — e poderia ter provocado a destruição pelo fogo do bosque de aveleiras e, com ele, do nosso ninho de amor — e em seguida se debruçou para a frente, puxou a saia para cima e olhou para o seu colo. Viu meu olhar espantado e incrédulo — já estaria pronta para recomeçar? — e deu um riso gargarejado. "Não se preocupe", disse ela. "Só estou procurando o botão que você arrancou da minha liga." O botão, entretanto, não foi encontrado, e no final precisei emprestar-lhe uma moeda de três *pence* para usar em seu lugar. Era um expediente que eu já conhecia, pois já tinha visto mais de uma vez minha própria mãe recorrer a ele. Minha mãe também usava o Creme Pond's, como a sra Gray fazia agora. Ela pegou um pote baixo e gordo do creme na sua bolsa, desatarraxou a tampa com um movimento rápido do pulso, como se torcesse habilmente o pescoço de alguma pequena criatura, e, segurando tanto o pote quanto a tampa na mão esquerda relaxada, avançou aos poucos no assento, esticando-se para conseguir se ver no retrovisor, aplicando com a ponta de um dedo o unguento branquíssimo na testa, nas faces e no queixo. Não sei se existe o que se possa chamar de amor totalmente desinteressado, mas caso exista o mais perto que já cheguei foi em momentos como esse, quando ela se entregava a algum ritual tão frequente que nem tomava mais consciência dele, os olhos se esforçando para fazer foco e os traços relaxados produzindo um ar de adorável vacuidade, salvo no espaço entre suas sobrancelhas, onde a pele se contraía numa pequena ruga de concentração.

Acho que deve ter sido nesse dia que ela me disse que ia viajar — a família ia tirar suas férias anuais na praia. Num primeiro momento, tive dificuldade para entender o que ela me dizia. E é uma coisa que hoje rememoro fascinado, a maneira como o meu espírito, antes de ser devidamente sovado e tornado mais poroso pelos trancos da experiência, conseguia deixar de admitir tudo que achava impalatável. Naquele tempo, não havia nada em que eu não pudesse acreditar ou desacreditar, que eu não pudesse aceitar ou rejeitar, se me conviesse e combinasse com a minha visão de como as coisas deveriam ser. Ela não podia viajar; era simplesmente impossível nos separarmos, totalmente impossível.

Eu não podia ser deixado sozinho enquanto ela passava duas semanas fora — duas semanas! — exibindo-se seminua na praia, jogando tênis e minigolfe, e jantando à luz de velas com seu marido idiota antes de subir meio tonta para o quarto e cair de costas, risonha, numa cama de hotel — não não não! Contemplando esse espetáculo pavoroso, essas circunstâncias incontempláveis, eu tinha a sensação de incredulidade horrorizada que nos ocorre no momento em que a lâmina retalha a polpa do polegar ou o ácido respinga no olho, quando tudo fica suspenso enquanto a dor, esse demônio irresistível, inspira fundo, determinada, e se prepara para manifestar-se de verdade. O que eu poderia fazer sem ela o tempo todo — o que eu haveria de fazer? Ela olhava para mim achando graça, decepcionada, espantada com o meu espanto. Lembrou que não ia para longe, que Rossmore ficava apenas a uns quinze quilômetros de trem — estaria praticamente na esquina, disse ela, nem se podia dizer que fosse uma viagem. Eu sacudia a cabeça. Posso até ter crispado as mãos diante dela num gesto de súplica. Um soluço de angústia crescia dentro de mim como um imenso ovo mole e morno que jamais seria posto. Ela não parecia capaz de entender o fato crucial de que eu não concebia estar distante dela, não era capaz de imaginá-la num lugar onde eu não estivesse. Alguma coisa haveria de acontecer comigo, declarei, eu ficaria doente, podia até morrer. No começo ela achou graça, mas logo parou de rir. Que eu deixasse de bobagens, disse ela com sua voz de dona de casa, eu não ia ficar doente nem morrer. Então eu iria fugir de casa, disse eu, apertando os olhos. Juntaria as minhas coisas na minha mochila e iria também para Rossmore, onde ficaria dormindo na praia durante as duas semanas que ela ia passar lá, e toda vez que ela ou outro

Gray saísse de casa haveria de topar comigo, desesperado, vagando pelo terreno do hotel, pelas quadras de tênis ou pelo campo de minigolfe, o jovem sofredor de olhos vazios.

"Agora escute com atenção", disse ela, virando-se de lado, apoiando um dos braços estendidos no volante e baixando a cabeça para me olhar com um ar severo. "Eu vou fazer essa viagem de férias — você entendeu? Preciso fazer."

Tornei a sacudir a cabeça, e fiquei sacudindo até as minhas bochechas começarem a fazer barulho. Ela estava ficando alarmada com a minha veemência, percebi com satisfação, e nesse seu alarme vislumbrei também um brilho minúsculo mas forte de esperança. Preciso fazer mais pressão — preciso fazer uma pressão mais forte. O sol atravessava o para-brisa, dando um tom cinzento ao vidro, e o estofamento de couro emanava um forte odor animal ao qual sem dúvida a sra Gray e acrescentávamos densos vestígios pós-coito. Eu tinha uma sensação de tremor, como se tudo que existe dentro de mim se tivesse transformado num cristal e vibrasse a uma frequência muito alta e constante. Acho que se eu tivesse ouvido a aproximação de um carro eu teria descido e me postado no meio da estrada com a mão erguida, pedindo que parasse, para poder denunciar a sra Gray ao motorista — *contemplai, senhor, essa mulher sem coração!* — pois na minha aflição eu estava acumulando um vagalhão de fúria, e teria recebido com gosto uma testemunha da amarga injustiça que me via obrigado a suportar. Quem será capaz de produzir atrocidades e ofensas melhor que um garoto apaixonado? Eu disse que não a deixaria ir para Rossmore, e ponto final. Declarei que estava disposto a contar a Billy o que a mãe dele e eu andávamos fazendo, que ele contaria ao pai e que o sr Gray iria jogá-la no olho da rua, e que então a única escolha que lhe restaria seria fugir comigo para a Inglaterra. Eu podia ver, pela maneira como seus lábios se contorciam, que ela estava achando difícil impedir-se de sorrir, o que só me levou a novos extremos de fúria. Se ela saísse de viagem ia se arrepender, eu disse com voz apertada. Quando voltasse, eu não estaria mais aqui, ela nunca mais tornaria a me ver e aí, como haveria de sentir-se? — isso mesmo, eu iria embora, partiria daquele lugar, disse a ela, e então ela saberia como se sente uma pessoa abandonada quando fica só.

Finalmente, depois de todos esses esforços, toda minha energia gasta, afastei-me dela, cruzei os braços e fixei os olhos na sebe irregular ao lado da qual estávamos parados. O silêncio se ergueu entre nós dois como uma barreira de vidro. Então a sra Gray se moveu, suspirou, e disse que precisava ir para casa, que todo mundo devia estar se perguntando por onde ela andava, por que estaria demorando tanto para voltar. Ah, estarão mesmo, não é? perguntei, com a intenção de produzir um tom corrosivo de sarcasmo. Ela pousou de leve a mão no meu braço. Eu não cedi. "Ah, coitado do Alex", disse ela em tom de adulação, e percebi como era raro ela dizer o meu nome, o que serviu para despertar em mim mais um acesso de raiva e amargo ressentimento.

Ela deu partida no motor, arranhando as marchas como sempre, deu marcha a ré com a camionete e partiu levantando uma nuvem de poeira e cascalho. Só então vimos os três meninos de pé ao lado das bicicletas do outro lado da estrada, olhando para nós. A sra Gray disse alguma coisa baixinho, tirou o pé da embreagem depressa demais e o motor grunhiu, estremeceu e morreu. A poeira continuava a pairar preguiçosa à nossa volta. Os meninos eram homunculoides, tinham o rosto imundo, joelhos feridos e o cabelo mal cortado — crianças ciganas, provavelmente, do acampamento perto do depósito de lixo da cidade. Continuaram a nos fitar sem expressão, e ali ficamos sentados, sem escolha além de absorver seu olhar inexpressivo, até eles finalmente se virarem com um aparente desdém afável, subirem em suas bicicletas e saírem pela estrada calmamente. A sra Gray deu um riso inseguro. "Bem, não precisa mais se preocupar", disse ela, "porque se esses meninos falarem de nós eu não vou mais a lugar nenhum, e nem você, meu valentão — só para o reformatório."

Mas ela acabou indo. Até o último instante eu não acreditei que ela teria a coragem de se afastar de mim e me deixar ali sofrendo, mas o momento de sua partida chegou e ela foi embora. Será possível para um garoto de quinze anos conhecer os tormentos do amor, quero dizer, conhecê-los de verdade? Imagino que a pessoa precise ter plena e crua consciência da inevitabilidade da morte para vivenciar a verdadeira angústia da perda, e para mim, como eu era na época, a ideia de que um dia eu viria a morrer era um despropósito que nem merecia contemplação, só sugeria um pesadelo vago e mal lembrado. Mas se não era a verdadeira dor que eu estava sentindo, o que seria? Na forma, era, ou dava a sensação de ser, uma espécie de perturbação dolorosa e geral, e eu tinha a impressão de ter sofrido um envelhecimento súbito que me deixara, além de velho, rabugento e enfermo. Na semana ou mais que precisei suportar antes da sua partida, permanecia e se intensificava em mim esse sentimento de agitação, de vibração interna, que tinha começado naquele dia ao lado da estrada na camionete, quando ela anunciara as suas férias. Podia ser alguma forma de febre recorrente, uma espécie de dança de são Vito interior. Por fora eu devia continuar com a aparência habitual, porque ninguém, nem mesmo a minha mãe, parece ter percebido qualquer diferença em mim. Por dentro, porém, tudo era febre e confusão. Eu me sentia como deve sentir-se um condenado à morte, dilacerado entre a impossibilidade de acreditar e um pavor absoluto. Nunca me teria ocorrido que mais cedo ou mais tarde eu acabaria precisando me separar dela em algum momento, mesmo que apenas por algum tempo? Não, nunca. Para mim, complacentemente instalado no conforto do amor opulento e incondicional da sra Gray, tudo que existia era o presente, sem qualquer futuro em vista, muito menos um futuro em que ela não figurasse. Agora chegava a hora de cumprir-se a sentença, a última refeição tinha sido servida e eu me via de pé na carreta dos condenados, podia ouvir suas rodas de madeira chocando-se contra as pedras do calçamento e distinguir claramente o cadafalso construído bem no centro da praça, onde a algoz responsável pelo enforcamento me esperava, envergando seu capuz negro.

Era sábado de manhã quando partiram de viagem. Imaginem, se puderem, um dia de verão numa cidade pequena: céu azul imaculado, pássaros nos ramos das cerejeiras, um cheiro adocicado e não de todo desagradável de lama vindo dos criatórios de porcos nos arrabaldes, o estrépito, os saltos e gritos das crianças brincando. E agora imaginem a mim, percorrendo as ruas inocentes e batidas de sol entregue ao desalento, curvado e mortificado, a caminho de enfrentar, em toda sua magnitude impiedosa, a primeira dor importante da minha jovem vida. E uma coisa posso dizer sobre o sofrimento: ele empresta um peso solene a todas as coisas, lançando sobre elas a luz mais crua e reveladora que pode brilhar sobre elas. Expande o espírito, que despe de um tegumento protetor, deixando nosso eu mais interior exposto à crueza dos elementos, com os nervos todos à mostra tangidos pelo vento como cordas de harpa. Atravessando a pracinha, mantive meus olhos desviados da casa até o último minuto, não querendo ver as venezianas azuis-escuras cobrindo as janelas, o bilhete para o leiteiro enfiado no gargalo de uma garrafa vazia, a porta da frente, impassível, trancada para mim. Em vez disso, invoquei mentalmente, usando uma concentração feroz, como se com a força da imaginação pudesse dobrar a realidade, a camionete surrada, meu tolerante e velho amigo de pé na entrada da casa como sempre, a porta da frente escancarada e todas as janelas abertas, e numa delas uma penitente sra Gray debruçada e sorrindo radiante para mim, com os braços acolhedores bem abertos. Mas aí cheguei à casa, precisei olhar, e não havia camionete alguma à mostra, a casa estava trancada; meu amor tinha ido embora, deixando-me ali plantado numa poça de dor.

Como terei chegado ao fim desse dia? Passei o tempo todo à deriva, por fora inalterado mas por dentro presa de tremores. Ontem, meu mundo contendo a sra Gray tinha a leveza e a tensão lustrosa de um balão de festa recém-inflado; agora, hoje, depois que ela partiu, tudo tinha ficado subitamente flácido, e pegajoso ao toque. A angústia, essa angústia constante e impiedosa, me deixava cansado, terrivelmente cansado, mas eu não sabia como conseguiria descansar. Sentia-me totalmente seco, seco e quente, como se tivesse sido chamuscado. Meus olhos doíam, e até as unhas das minhas mãos me doíam. Era como uma dessas folhas grandes de sicômoro, que lembram garras ressecadas e se arrastam arranhando as calçadas, impelidas por rajadas de vento outonal. O que estou dizendo? Não estávamos no outono, era verão, não havia folhas mortas pelo chão. Apesar de tudo, é isso que vejo, folhas caídas, redemoinhos de poeira no meio-fio e meu ser sofredor submetido a um vento cortante que prenunciava a chegada do inverno.

No fim da tarde, porém, tive a grande revelação, seguida pela grande resolução. Caminhando a esmo, acabei me descobrindo em frente à ótica do sr Gray. Não acho que tenha ido até lá intencionalmente, embora tenha passado o dia inteiro vagando entre este e aquele lugar com que, para mim, minha amada distante estava associada, como as quadras de tênis onde eu a tinha visto jogar um dia, a calçada de tábuas à beira-mar pela qual tínhamos desfilado com tamanha ousadia, ostentando o nosso amor. A loja, como o seu proprietário, nada tinha de notável. Havia uma sala que dava para a rua com um balcão e uma cadeira em que os fregueses podiam sentar-se para admirar seus óculos novos num espelho de aumento com sua moldura redonda de metal, pousado no balcão num ângulo conveniente. Nos fundos ficava um consultório, eu sabia, onde havia estantes rasas presas às paredes contendo armações de óculos, e o aparelho com suas duas lentes imensas, redondas e com ar de espanto, como os olhos de um robô, que o sr Gray usava para testar a visão de seus pacientes. Para suplementar os negócios da ótica — lembram-se de como poucas pessoas usavam óculos naquele tempo? — o sr Gray vendia bugigangas caras, produtos cosméticos e até mesmo retortas e tubos de ensaio de vários tamanhos, se não me engano. Ao olhar para esses artigos exibidos na vitrine, minha agonia não me impediu de me lembrar do presente de aniversário de Kitty, que eu ainda invejava e cuja simples lembrança só fazia aumentar meu sofrimento e minha sensação de vítima de injustiça.

As vendas deviam estar lentas naquela tarde, pois a srta Flushing, assistente do sr Gray, estava de pé na entrada da loja com a porta aberta, aproveitando o sol que já tinha começado a declinar num ângulo agudo por cima dos telhados, mas ainda brilhava forte e denso de calor. Estaria a srta Flushing fumando um cigarro? Não, naquele tempo as mulheres não fumavam em público, embora a ousada sra Gray às vezes fumasse, até mesmo em plena rua. A srta Flushing tinha uma ossatura grande e era loura, com cintura e seios altos, dentes proeminentes e muito brancos que eram impressionantes embora um tanto assustadores. Transmitia uma sensação geral de alvura e pele rosada, e havia sempre um brilho tênue e delicado, como o da parte interna das conchas, na orla de suas narinas e no contorno de seus olhos um tanto assustados. Preferia cardigãs de lã angorá que ela própria devia tricotar, a menos que fossem feitos pela sua mãe; mantinha os casacos sempre abotoados, de modo a enfatizar as pontas impossivelmente finas de seus seios perfeitamente cônicos. Era extremamente míope, e usava óculos de lentes tão grossas quanto um fundo de garrafa. Não é impressionante que o sr Gray, ele próprio muito míope, tenha contratado uma assistente cuja visão era pior ainda do que a sua? A menos que a presença dela tivesse a intenção de servir como uma espécie de anúncio, uma advertência contra os riscos evidentes do descuido com problemas de visão. Era uma pessoa gentil embora um tanto dispersa, mas com os pacientes lentos ou indecisos podia ser volta e meia claramente brusca. Minha mãe, a rainha da indecisão, antipatizava com ela, e quando uma vez por ano separava dez xelins do dinheiro das despesas e ia examinar sua visão, fazia questão de ser recebida e atendida exclusivamente pelo sr Gray, que era, como ela muitas vezes me disse, sorrindo tristemente, um homem adorável. A ideia de minha mãe submetendo-se aos cuidados profissionais do sr Gray provocava em mim uma sensação desagradável, quase de enjoo. Falariam da sra Gray? Minha mãe perguntaria se ela estava passando bem? Imaginei o assunto vindo à tona e sendo brevemente abordado, em tom ligeiro, antes de ser posto de lado com toda a delicadeza, como um par de óculos em sua caixa forrada de seda, depois do que se fazia um silêncio no qual minha mãe deixaria cair uma tosse fraca e ligeira.

Eu não conhecia a srta Flushing, exceto na medida em que se podia dizer, na minha cidade nada populosa, que todo mundo conhecia mais ou menos todo mundo. Quando cheguei à rua naquele fim de tarde e, ao vê-la na entrada da loja, levantei o queixo, franzi o sobrolho e fiz menção de seguir em frente como se estivesse a caminho de algum outro lugar com uma tarefa inadiável — era imperativo que ela não imaginasse que eu tinha ido até lá por qualquer motivo que tivesse a ver com a família Gray, especialmente com a sra Gray — ela se dirigiu inesperadamente a mim, para minha surpresa e até algum susto, chamando-me pelo nome, que eu não sabia ser do seu conhecimento. Admito que, na efervescência da minha juventude e devido a nada mais que um desejo de um modelo com o qual pudesse comparar os encantos carnais da sra Gray, mais de uma vez, em tempos recentes, eu tinha especulado quanto à aparência que teria a srta Flushing se, em algum lugar semelhante ao casebre de Cotter numa tarde preguiçosa, fosse convencida a tirar aquele casaco bufante e a parafernália pontuda de renda e ossos de baleia que devia usar por baixo, e imagino que, quando ela disse o meu nome, eu devo ter enrubescido — não, acredito, que ela pudesse ter notado.

Ela me disse que a família Gray tinha saído de férias. Assenti com cabeça, ainda com a testa franzida para fingir que estava em pleno cumprimento de alguma tarefa importante que ela agora estorvava. Ela me encarava com seu jeito de míope, que a fazia encolher um pouco o lábio superior no meio e franzir o nariz. Por trás das lentes imensas, seus olhos pálidos e protuberantes apareciam do tamanho e com o matiz de duas groselhas. "Eles foram para Rossmore", disse ela, "por duas semanas. Viajaram hoje de manhã." E tive a impressão de captar no seu tom uma nota de comiseração. Estaria ela de algum modo sofrendo também alguma perda? Estaria também saudosa, como eu, e oferecendo sua solidariedade? O sol atingia alguma superfície polida na vitrine da loja, ofuscando meus olhos já empanados pelo sofrimento. "O sr Gray virá todo dia de trem", dizia a srta Flushing, enfrentando com um sorriso o que, agora eu tinha certeza, só podia ser uma dor permanente e intensa. "Virá trabalhar aqui e voltará para encontrar com eles à noite." *Eles*. "Não fica longe, de trem", acrescentou ela, e sua voz hesitou. "Não fica nada longe."

E então eu entendi. A comiseração da srta Flushing não se dirigia a mim, mas a si mesma. A dor que ela não conseguia impedir-se de revelar não era a minha, mas a dela própria. Claro! Pois era apaixonada pelo sr Gray, nesse momento percebi com certeza. E ele? — estaria também apaixonado por ela? Seriam eles dois como eu e a sra Gray? Isso explicaria tantas coisas — o outro tipo de miopia do sr Gray, por exemplo, que o impedia de ver o que acontecia debaixo do seu nariz entre sua mulher e eu, e que talvez não fosse miopia alguma, ocorreu-me agora, mas a indiferença de uma pessoa cujo afeto se transferira para outrem. Sim, só podia ser isso, tinha de ser: pouco se lhe dava se a sua mulher passava as tardes não fazendo compras como dizia, nem jogando tênis com suas amigas também casadas — que amigas casadas ela possuía, afinal? — mas embolada comigo no casebre de Cotter, porque enquanto isso ele estava na sala dos fundos da loja com as cortinas cerradas e o cartaz de fechado virado para fora, ocupado em desembaraçar a srta Flushing de seus feios óculos, do cardigã peludo e da couraça que usava em torno do peito. Ah, sim, agora eu via tudo, e fiquei exultante, enquanto o balão das possibilidades da vida tornava no mesmo instante a inflar-se quase a ponto de rebentar, e tentando escapar do cordão que o ancorava. E descobri o que iria fazer. Na manhã de segunda-feira, quando o sr Gray estivesse a caminho da cidade no trem que subia, eu me encontraria a bordo do que descia, rumando em meio a faíscas e nuvens de fumaça na direção da minha amada, cujos membros adorados a essa altura já estariam tingidos pelo começo de um irresistível bronzeado. Mas e minha mãe, o que ela diria? E qual era o problema? Eu ainda estava de férias, e arrumaria uma desculpa para explicar minha ausência de um dia inteiro; ela não haveria de se opor, acreditava em todas as minhas mentiras e subterfúgios, coitada.

Faço uma pausa. Sou subitamente assolado por uma memória dela, a minha mãe, sentada numa praia num dia claro e ventoso em meio aos restos de um piquenique, pratos de papel e copos de papel amassados, migalhas de pão numa lata grande de biscoito, uma casca de banana grosseiramente espalhada, uma garrafa contendo restos de chá com leite enterrada na areia num ângulo bêbado. Ela está sentada, com as costas retas e suas pernas nuas e sardentas estendidas à frente, e tem alguma coisa na cabeça, um lenço, ou um chapéu mole de algodão. Estará costurando? — porque exibe o meio-sorriso distraído que costuma ostentar quando faz os seus bordados. E onde estará meu pai, a essa altura ainda vivo? Não está à vista. Deve ter ido para a beira da água, onde gostava de ficar, chapinhando, com as calças arregaçadas, seus calcanhares e tornozelos ossudos à mostra, cinza-esbranquiçados, da cor de banha de porco. E eu, onde estarei eu, ou o que serei? — um olho suspenso em pleno ar, apenas uma testemunha pairando, ao mesmo tempo presente e ausente? Ah, mamãe, como pode o passado ter passado e ainda estar aqui, imaculado, reluzente, cintilante como aquela lata? E você nunca terá suspeitado do que o seu filho andava fazendo, nem mesmo uma única vez, ao longo de todo aquele verão intumescido e escaldante? Mãe alguma podia ser tão cega para as paixões do único filho. Você nunca disse nada, não deu qualquer sinal, não me fez nenhuma pergunta. Mas e se você tiver desconfiado, se na verdade você soubesse e tivesse ficado assustada demais, horrorizada demais, para falar, para questionar, para proibir? Essa possibilidade me perturba, mais até que a possibilidade de que todo mundo soubesse de tudo desde o início. Tantas pessoas eu traí na minha vida, a começar por ela, a primeira baixa.

Eu iria mesmo até Rossmore? Vezes sem conta, ao longo daquela noite de sábado e de todo o dia de domingo, eu desisti, depois tornei a decidir que sim, só para novamente hesitar e desistir. Mas acabei indo, no que surpreendi a mim mesmo. Toda a preparação da jornada se revelou de imensa simplicidade — tenho certeza de que existe algum aprendiz de demônio especializado em facilitar a vida dos amantes clandestinos. Declarei à minha mãe, obedecendo às instruções do demônio, que Billy Gray tinha me convidado para ir passar o dia com ele. E ela não só suspeitou de coisa alguma como se mostrou positivamente encantada, pois a família Gray era o que ela chamava de uma "família profissional" e, portanto, uma conexão que eu devia desejar e cultivar. Ela me deu o dinheiro para o trem e um pouco a mais para comprar um sorvete, fez sanduíches para eu levar, passou uma das duas camisas boas que eu tinha, e até insistiu em branquear meus sapatos de tênis com argila branca. Todos aqueles cuidados me enfureceram, claro, na minha impaciência de partir logo, mas consegui me controlar por medo de provocar os caprichos do Destino, que até ali me sorria com uma tolerância pouco habitual.

Ao entrar no trem, tive uma pontada de mau pressentimento associado, de algum modo misterioso, ao cheiro de fumaça de carvão e à textura áspera da forração dos assentos. Estaria eu recordando, àquela altura também, minha mãe em Rossmore? Estaria envergonhado por ter mentido para ela mais cedo com tamanha facilidade untuosa? É notável como eram poucas as alfinetadas da consciência a que eu era afeito naqueles dias — eu as deixei para mais tarde, para agora — mas naquele momento, enquanto o trem resfolegava e percutia seus metais saindo da estação, terei tido um vislumbre da planície de fogo e do lago ardente das dores, terei ouvido os gritos de dor dos amantes condenados, subindo do fundo do abismo? *Meu filho, este pecado é muito grave*, disse o padre Priest, e não há dúvida de que era. Bom, que viesse a danação eterna, pouco se me dava. Levantei-me do assento, acompanhado por pequenos borrifos de poeira esguichados pelo estofamento do banco, e baixei a pesada janela de madeira por meio de seu grosso puxador de couro, e o verão, com toda a sua promessa, caiu nos meus braços.

Sempre gostei de trens. Os antigos eram os melhores, claro, com suas locomotivas negras deixando escapar esguichos de fuligem vaporizada e emitindo baforadas de estilizada fumaça branca, os vagões chacoalhando e dando guinadas e as rodas produzindo um estrépito violento — tanta potência e esforço, mas produzindo um efeito alegre, que lembrava um brinquedo. E então a maneira como a paisagem parecia girar como uma roda vasta e lenta, ou abrir-se a toda hora como um leque, e os fios do telégrafo que mergulhavam e deslizavam, e as aves que passavam pelas janelas voando para trás, devagar, com muito esforço, como trapos descartados de pano preto.

Como é vasto e inalterado o silêncio que se espalha pela plataforma de uma estação no verão, quando o trem se afasta. Fui o único a descer. O agente da estrada de ferro, com seu pescoço gordo, seu quepe pontiagudo e seu paletó azul-marinho, cuspiu nos trilhos e se afastou depressa, aquela espécie de arco que tinha recebido do condutor — será? ou teria sido do guarda do último vagão? — pendendo do ombro. A relva ressecada do outro lado dos trilhos produzia pequenos estalidos ao sol. Um corvo se empoleirava num poste. Atravessei o portãozinho verde e enveredei pela rua. E vislumbrava vagamente, com uma espécie de ondulação interna como a de uma cortina pesada agitada pelo vento frio, a loucura que era ter ido até lá desse jeito; mas ainda assim, não, eu não me importava, eu não iria me importar. Já tinha avançado demais para recuar agora, e de qualquer maneira o próximo trem só partiria de lá dali a muitas horas. Tirei do bolso os sanduíches embrulhados pela minha mãe e joguei o pacote longe, por cima dos trilhos, no meio da relva, como confirmação do meu compromisso, imagino, ou da minha determinação de não sentir medo. O corvo do poste emitiu um grasnido de boas-vindas, abriu as asas de crepe negro e, com umas poucas batidas preguiçosas, desceu inesperadamente para investigar. Tudo isso já tinha acontecido antes em algum lugar.

O Beach Hotel, onde estava hospedada a família Gray, um prédio comprido e térreo com uma varanda envidraçada, era um hotel só no nome, pouco mais que uma pensão, embora claramente de nível superior à que a minha mãe mantinha. Vaguei de um lado para o outro pela frente do estabelecimento, sem sequer me atrever a olhar na direção daquelas muitas vidraças que refletiam o céu. O que aconteceria se Billy ou, mais calamitosamente, Kitty, saísse e me visse ali? Como eu explicaria a minha presença? Eu não contava com nenhum adereço para dar apoio a um álibi qualquer, nem mesmo um calção de banho ou uma toalha. Continuei rua abaixo, e cheguei a uma passagem, entre um café e uma loja, que levava até a praia. Fazia calor naquela manhã, e pensei em comprar o sorvete para o qual minha mãe me dera dinheiro, mas resolvi esperar, pois não sabia o quanto aquele dia ainda podia se estender. Já me arrependia dos sanduíches que, num espírito de tamanha dissipação, tinha jogado fora.

Fui sentar-me na praia, formei um funil com o punho e deixei a areia escorrer por ele enquanto contemplava o oceano com olhos melancólicos. A água, com o sol a brilhar sobre a superfície, era uma folha larga de flocos metálicos polidos que oscilavam rapidamente, ouro-velho, prata, cromo. Muita gente passeava com seus cachorros, e já havia alguns banhistas no mar, gritando e espalhando água. Eu tinha certeza de que os olhos de todos estavam fixos em mim, de que eu era o centro das atenções. E se aquele garoto mais velho com o buldogue, por exemplo, ou aquela mulher magra com o talo de lilases na faixa do chapéu de palha, e se algum deles desconfiasse de alguma coisa e me interrogasse — que defesa eu poderia apresentar para a minha presença ociosa? E a sra Gray, o que diria ela quando me visse, o que faria? Havia ocasiões em que ela era apenas mais uma pessoa crescida para mim, igualmente preocupada, imprevisível e dada a rompantes de raiva irracional; tão diferente de mim, quero dizer, como o resto do mundo dos adultos.

Fiquei ali miseravelmente sentado na areia pelo que me pareceu ser uma hora, mas quando verifiquei o tempo passado pelo relógio do campanário da igreja protestante atrás da praia tinham sido apenas dez minutos. Levantei-me, sacudi a areia e parti em caminhada pelo povoado, para ver o que havia a ser visto, e que era o que se podia esperar: gente de férias com shorts largos e chapéus ridículos, lojas com aglomerados de bolas na entrada e máquinas de sorvete que zumbiam e latejavam, golfistas no campo de golfe usando coletes amarelos de malha e sapatos enormes com franjas nas abas. O sol refulgia nas janelas e vitrines e produzia sombras escuras nas entradas das casas e lojas. Parei para assistir uma briga entre três cachorros, mas ela acabou depressa. Enquanto passava pela igreja de ferro galvanizado, julguei ter visto Kitty chegando de bicicleta e me escondi atrás de uma sebe, meu coração um pedaço quente de carne debatendo-se no meu peito como um gato enfiado num saco de aniagem.

Nessas cavernas sem eco do tempo vazio, não sendo visto nem observado, fui ficando cada vez mais separado de mim mesmo, cada vez mais incorpóreo. Havia momentos em que tinha a impressão de me haver transformado num fantasma, julgando que poderia caminhar para as pessoas e atravessá-las sem que elas registrassem nem um sopro. Ao meio-dia comprei um pedaço de bolo e um tablete de chocolate, e comi os dois sentado num banco em frente à mercearia Myler's. O tédio e o castigo do sol estavam me deixando um tanto enjoado. Em desespero, comecei a imaginar estratagemas que me permitiriam ir até o Beach Hotel e pedir para ver a sra Gray. Eu tinha tomado o trem para Rossmore por engano, descera lá e agora precisava de dinheiro emprestado para a passagem de volta; tinha havido uma tentativa de arrombamento na casa deles na praça, e eu viera correndo contar; o sr Gray tinha se jogado do trem a caminho da cidade porque a srta Flushing tinha ameaçado romper com ele, e ainda estavam percorrendo a linha à procura do seu corpo estraçalhado — qual a diferença? Eu estava pronto a dizer qualquer coisa. Mas ainda continuava a vagar, presa da agitação e do desalento, e o tempo passava cada vez mais lento.

Acabei encontrando Billy. Foi muito estranho. Dobrei uma esquina e dei de cara com ele. Vinha das quadras de tênis públicas, com mais três ou quatro sujeitos, nenhum dos quais eu conhecia. Hesitamos, Billy e eu, depois paramos e trocamos olhares. Stanley e Livingstone não teriam ficado mais surpresos. Billy estava todo de branco, vestido de tenista, com um suéter de cor creme com uma faixa azul amarrado pelos braços em torno da cintura, e carregava uma raquete de tênis — não, duas raquetes, que ainda vejo, ambas em reluzentes prensas novas de madeira. Ele corou, e tenho certeza que eu também, no extremo desconcerto do momento. Ambos começamos a dizer alguma coisa ao mesmo tempo, e paramos. Aquilo não devia ter acontecido, não devíamos nos encontrar daquele jeito — qual era a minha ideia de ter ido até ali, afinal? E o que fazer? Billy tentava disfarçar aquelas duas raquetes nas prensas vistosas, deixando-as pender a seu lado para simular descuido. Os outros tinham caminhado um pouco mais mas em seguida pararam, e se viraram para nos olhar sem muita curiosidade. E fique claro que eu não estava pensando na sra Gray ou na finalidade que tinha me conduzido até lá, não era isso que produzia aquela sensação desconcertante, aquela mistura quente de constrangimento, apreensão imprecisa e aguda contrariedade. Então o que seria? Só o susto, imagino, de ser surpreendido de guarda baixa. Era como se nós dois estivéssemos injustamente enredados em alguma coisa vergonhosa, e não conseguíssemos imaginar alguma forma de nos livrarmos daquilo; num dado momento, pareceu que íamos começar a rosnar um para o outro, como dois animais que se esbarrassem focinho a focinho numa trilha da floresta. Depois tudo se acalmou de repente, Billy exibiu seu sorriso torto e sutilmente exculpatório, inclinando a cabeça de lado — transformado por um instante na sua mãe — e, com os olhos baixos, fez menção de passar por mim, com um andar sinuoso e cheio de cautela, como se ultrapassasse algum obstáculo farpado e pontiagudo que surgira em seu caminho. Disse alguma coisa, também, que não entendi, e se adiantou para juntar-se a seus novos amigos litorâneos, que a essa altura sorriam, achando uma graça ignorante do que tinham visto mas não entendido. Eu conseguia distinguir claramente a nuca ainda avermelhada de Billy. Um dos amigos deu-lhe um tapa no ombro, como se ele se tivesse comportado com bravura e saído bem de alguma provação traiçoeira, em seguida prosseguiram juntos, rindo, e um segundo deles passou o braço pelos ombros de Billy, lançando-me de volta um olhar de piedoso escárnio. Tudo aconteceu tão depressa que, quando recomecei a andar, era como se nada tivesse acontecido, e com uma calma que me surpreendeu retomei meu passeio.

Foi assustadora a frequência com que nesse dia tive a impressão de ver — não, a frequência com que *vi* a sra Gray aparecer no meio de bandos de veranistas. Ela estava em toda parte, um clarão irresistível surgindo de relance entre tantas sombras amorfas. Era exaustivo lidar com esses arrancos de alegre reconhecimento que, mal surgiam, murchavam. Era como ser alvo das troças de um espírito maldoso e cruel, que decidiu brincar de esconde-esconde comigo em meio a tantos passantes. Quanto mais vezes eu a avistava e imediatamente tornava a perdê-la, mais enlouquecido de saudade eu ficava, até ter a impressão de que ia perder os sentidos, ou a razão, se a verdadeira sra Gray não aparecesse logo. No entanto, quando apareceu, eu já tinha visto tantas versões imaginárias que num primeiro momento nem acreditei nos meus olhos.

A essa altura eu já tinha abandonado a esperança, e subia a rua rumo à estação para tomar o trem de volta para casa. Tão desalentado estava que não lancei um olhar sequer para o Beach Hotel quando passei por ele. Ela se dirigia a mim vindo da direção da estação de trem, com o sol nas costas, uma silhueta em movimento contornada de ouro flamejante. Usava sandálias e seu vestido de mangas curtas estampado de flores — foi o vestido que reconheci antes de mais nada — e seus cabelos estavam presos de um modo que a fazia parecer muito mais jovem, uma garota de pernas nuas batendo as sandálias na sola dos pés, carregando uma sacola de compras. Num primeiro momento, ela também, eu vi, não acreditou no que seus olhos constatavam, parou no meio do caminho e ficou olhando para mim, atônita e com um alarme crescente. E não era nem de longe assim que eu tinha imaginado o nosso encontro. O que eu estava fazendo ali, perguntou ela — algum problema? Eu não soube o que dizer. Tinha adivinhado certo que ela estaria queimada de sol: sua testa e seu pescoço estavam vermelhos, e algumas sardas se destacavam de maneira muito atraente por seu nariz.

Ela inclinou a cabeça e me dirigiu um olhar incisivo, de lado, com os olhos apertados e a boca tensa. A expressão de medo que tinha surgido em seu rosto ao me ver se transformava agora numa careta contraída de suspeita e queixume. Pude ver que ela calculava com urgência, em sua mente, as dimensões do problema que minha aparição súbita e atordoante criava para ela. A qualquer momento um dos seus filhos podia sair pelo portão do hotel, a menos de cem metros de distância, e nos ver ali, os dois, e então? Quanto a mim, olhava para ela amuado, tentando enfiar a ponta do pé numa rachadura do calçamento. Estava decepcionado — mais, estava desiludido, com uma desilusão amarga. Sim, eu tinha dado um susto nela; sim, havia o perigo de sermos vistos juntos, sem explicação para o nosso encontro; mas e suas afirmações repetidas de que me amava, e de que o amor não devia se curvar a qualquer convenção? O que fora feito da paixão descuidada que a tinha feito deitar-se comigo em sua lavanderia numa tarde de abril, que a fizera dançar nua pelos bosques no verão, e pela qual ela se dispunha a estacionar sua camionete ao lado de uma via pública em plena luz do dia, passar para o banco traseiro e, sem preâmbulo, levantar a saia até a cintura e me puxar peremptoriamente para cima dela, eu, seu jovem cavaleiro? Seus olhos agora assumiam um ar acossado, e ela olhava o tempo todo para além de mim, na direção do hotel, pressionando o lábio inferior com a língua que se deslocava de lado a lado. Alguma coisa, percebi, precisava ser feita, e depressa, para desviar a atenção dela de si mesma e tudo que tinha a perder, e fazê-la concentrar-se novamente em mim. Deixei cair os ombros e baixei meus olhos à moda de um condenado — ah, sim, um ator em formação — e, com uma voz que continha apenas a sugestão sutil de um soluço, declarei que tinha vindo até Rossmore porque não sabia o que mais podia fazer, pois não aguentaria ficar longe dela nem mais um dia, nem uma hora a mais. Ela me fitou por algum tempo, surpresa com a intensidade patente das minhas palavras, e então sorriu, um daqueles sorrisos encantados, lentos e vagos. "Você é impossível", murmurou ela com uma voz que se adensava, abanou a cabeça e voltou a ser minha.

Voltamos juntos na direção de onde ela vinha, passando pela estação, e depois de atravessarmos a pequena ponte em arco nos vimos em pleno campo. Onde ela havia estado, eu quis saber, de onde estava vindo? Ela riu. Tinha passado o dia inteiro na cidade. E me mostrou sua sacola de compras cheia. "Eles não têm nada aqui nesse lugar", disse ela, indicando com um gesto desdenhoso da cabeça o Beach Hotel, "só linguiça e batatas, batatas e linguiça, todo santo dia." Então ela tinha saído de manhã para a cidade, e voltado agora, no trem? Isso mesmo, e tinha passado o tempo sem fazer nada, como eu, caminhando horas a fio pela cidade, imaginando onde eu poderia estar, quando eu estava ali o tempo todo! Tornou a rir ao ver minha careta de desgosto. Estávamos caminhando pelo lado da estrada. O sol batia nos nossos olhos, e a luz do fim da tarde se tingia de ouro fosco. Talos compridos de relva se debruçavam do barranco, nos espancavam preguiçosos e largavam seu pó nas nossas pernas. Um nevoeiro leve e branco se formava por cima dos campos até a altura dos tornozelos, as vacas se equilibravam sobre cascos invisíveis e nos acompanhavam com os olhos, suas mandíbulas se deslocando para os lados e para cima naquele movimento giratório mecânico e tedioso. Verão, o silêncio do fim da tarde, e o meu amor a meu lado.

Se ela tinha vindo no trem, perguntei, o que tinha acontecido com o sr Gray — onde estava ele? Tinha ficado retido na cidade, respondeu ela, e viria no trem postal da noite. *Retido na cidade*. Pensei nas ondas louras da srta Flushing, em sua cintura alta e naqueles dois imensos dentes da frente com seu brilho úmido. Será que eu devia dizer alguma coisa, deixar escapar uma sugestão do que eu sabia sobre as culpas secretas do sr Gray? Ainda não. E quando finalmente contei a ela, algum tempo mais tarde, como ela riu — "Ah, meu Deus, acho que fiz xixi nas calças!" — batendo palmas e gargalhando alto. Ela conhecia o marido bem melhor que eu.

Paramos numa curva do caminho, à sombra roxo-acastanhada de um aglomerado de árvores farfalhantes, e eu a beijei. Já contei que ela era mais alta do que eu, pelo menos uns dois centímetros? Eu ainda estava em crescimento, afinal; é difícil lembrar disso. Sua pele tostada de sol transmitiu uma sensação quente e aveludada aos meus lábios, levemente inchada, delicadamente aderente, lembrando mais algum revestimento interno secreto que a epiderme exterior. De todos os beijos que trocamos, é desse que me lembro com mais clareza, simplesmente pelo que teve de estranho, imagino, pois era estranho estarmos ali de pé debaixo das árvores, ao cair de uma tarde de verão sem mais nada de especial. Embora também fôssemos inocentes, a nosso modo, o que também é estranho. Eu nos vejo numa dessas antigas xilogravuras rústicas, o jovem camponês e sua Flora sardenta, trocando um casto abraço à sombra de um caramanchão, debaixo de ramos emaranhados de madressilva e roseiras silvestres. Tudo uma fantasia, entendem, tudo um sonho. Depois de cada beijo nós dois dávamos um passo atrás, limpávamos as gargantas, nos virávamos juntos e saíamos caminhando num silêncio decoroso. Estávamos de mãos dadas, e eu, o aspirante a galã, carregava sua sacola de compras. O que fazer agora? Estava ficando tarde, e eu tinha perdido o último trem. E se algum conhecido passasse por ali de carro e nos visse, caminhando de mãos dadas em meio àqueles campos enevoados numa hora tão tardia, o garoto imberbe e a mulher casada, mas ainda assim claramente um casal de amantes? Imaginei a cena, o carro dando uma perigosa guinada e o olhar descrente do motorista por cima do volante, de boca aberta para uma exclamação. A sra Gray começou a me contar como, quando era menor, seu pai costumava sair com ela em noites assim para colher cogumelos, mas logo se interrompeu, mergulhada em seus pensamentos. Tentei vê-la menina, caminhando descalça pelos campos esbranquiçados de neblina, com uma cesta no braço, e o homem, seu pai, caminhando à sua frente, de óculos, suíças e colete, como os pais dos contos de fadas. Para mim ela não podia ter um passado que não fosse uma fábula, pois não era eu que a tinha inventado, conjurado aquela mulher apenas a partir dos loucos desejos do meu peito?

Ela disse que ia voltar, pegar a camionete e me levar em casa. Mas como ela iria fazer, eu quis saber, como conseguiria sair de lá? — pois eu finalmente tinha começado a ponderar os perigos da nossa situação. Ah, respondeu ela, iria inventar alguma história. Ou teria eu, perguntou ela, algum plano melhor para sugerir? Não gostei do seu tom sarcástico e lancei mão do meu recurso tão frequente: fiquei amuado. Ela riu, disse que eu não passava de um bebê crescido, puxou-me com os dois braços e me deu o que era em parte um abraço e, em parte, um sacolejo. Então me empurrou para longe, pegou o batom e desenhou uma boca nova, fazendo bico e depois virando os lábios para dentro até dar a impressão de que não tinha dentes, e produzindo sons abafados de beijos. Eu devia ficar esperando ao lado da ponte da estrada de ferro, disse ela, e ela viria me pegar ali. E eu precisava ficar atento para o caso do trem do sr Gray chegar antes disso. E se chegasse, perguntei, o que eu devia fazer? "Aí você se esconde atrás do barranco", respondeu ela secamente, "a não ser que esteja planejando explicar a ele como foi parar ali a essa hora da noite."

Ela pegou a sacola de compras e foi embora. Fiquei olhando sua figura cada vez mais apagada desaparecer na noite que caía, atravessando a ponte e desaparecendo, escapando como uma sombra por uma fenda entre dois mundos, o dela e o meu. Por que, em tantas das minhas memórias, ela caminha para longe de mim? Eu nem perguntei o que ela tinha comprado na cidade. Nem me dei ao trabalho de saber, mas agora eu a imaginava num daqueles anúncios muito alegres e coloridos da época, sardenta e bronzeada em seu vestido de verão, ao lado de Billy e Kitty, ambos olhando para ela com os rostos rosados apoiados nos punhos, sorridentes e prestativos, os olhos brilhantes como botões, enquanto ela extraía da cornucópia de sua sacola todo tipo de delícias comestíveis — biscoitos e bombons, milho na espiga, pães de forma fatiados e embrulhados em papel-manteiga, laranjas do tamanho de bolas de boliche, um abacaxi escamoso com seu alegre penacho — enquanto ao fundo o sr Gray, marido, pai e único provedor de toda essa abundância, desviava os olhos do seu jornal com um sorriso indulgente, o sr Gray, modesto e confiável com seu queixo quadrado. O mundo deles, que jamais seria meu. O verão chegava ao fim.

Sentei-me num degrau. Atrás de mim os trilhos reluziam à última luz da tarde, e na sala do chefe da estação um receptor de rádio inseriu sua agulha de zumbido sonoro no silêncio. A noite chegou, difundindo a sombra cinza-arroxeada que passa por escuridão nessa época do ano. Então uma luz se acendeu na janela da sala de espera, e mariposas começaram a descrever trajetórias bêbadas em ziguezague debaixo de uma lâmpada que zunia na ponta da plataforma. Atrás de mim nos campos, uma codorniz começou a sacudir com insistência seu chocalho de madeira. E havia morcegos também, que eu sentia esvoaçar para cá e para lá por cima de mim no ar índigo, as asas produzindo um som sutil, semelhante ao de papel de seda sendo dobrado. Em seguida, uma lua imensa de cara redonda e cor de mel ergueu-se vinda de não sei onde e arregalou os olhos para mim, com ar de quem sabia de tudo e ainda achava graça. E estrelas cadentes! — quando foi a última vez que vocês viram uma estrela cadente? A essa altura, já fazia um tempo preocupante que a sra Gray tinha ido embora. Alguma coisa teria acontecido, teria sido capturada? Talvez não pudesse mais voltar para me recolher. Eu estava ficando com frio, e com fome também, e pensava tristonho na minha casa, minha mãe na cozinha, em sua cadeira ao lado da janela, lendo um livro policial da biblioteca com os óculos na ponta do nariz, uma das hastes remendada com fita adesiva, lambendo o polegar para virar as páginas e piscando os olhos sonolenta. Mas talvez ela não estivesse lendo, talvez estivesse de pé junto à janela, olhando preocupada para a noite escura lá fora, perguntando-se por que eu ainda não havia chegado àquela altura, onde eu poderia estar, e fazendo o quê.

A barra do sinal da estrada de ferro debaixo da ponte desceu com um solavanco e um estalido, dando-me um susto, e a luz do sinal passou de vermelha a verde, e à distância eu vi a luz do trem postal que se aproximava. O sr Gray iria chegar dali a pouco, desembarcando na plataforma com sua pasta e o jornal enrolado debaixo do braço, e ficaria por um momento parado, olhando em volta e piscando muito, como se não estivesse seguro de se encontrar no lugar certo. O que eu devia fazer? Tentar distraí-lo? Mas como a sra Gray tinha lembrado, com muita sensatez, que desculpa eu poderia apresentar para estar ali, sozinho, tão tarde da noite, e tremendo de frio? Então a camionete apareceu no alto da ladeira. Um de seus faróis estava sempre torto, de modo que suas luzes tinham um brilho comicamente vesgo e hesitante. Ela encostou ao lado do degrau. A janela do lado do motorista estava aberta, e a sra Gray fumava um cigarro. Ela olhou para a luz do trem que chegava, agora tão grande e amarela quanto a lua. "Puxa vida", disse ela, "bem na horinha, hein?" Entrei no carro e me sentei ao lado dela. O couro estava frio e pegajoso. Ela estendeu a mão e tocou no meu rosto. "Coitadinho", disse ela, "está batendo os dentes." Forçou as engrenagens e, numa nuvem de fumaça de pneu, saímos noite adentro.

Ela pediu desculpas por ter demorado tanto. Kitty não queria ir para a cama, e Billy estava em algum lugar fora do hotel com os amigos, e ela achou que precisava esperar que ele voltasse. Os amigos dele, pensei, ah, sim, os amigos novos que ele não tinha perdido tempo em fazer. Ela começou a me contar a história de um velho hospedado no hotel que passava o dia inteiro pela praia, espiando as meninas que trocavam de roupa. Enquanto falava, fazia gestos largos e circulares com o cigarro, como se fosse um bastão de giz e o ar um quadro-negro, e ria relinchando pelo nariz, aparentemente sem qualquer preocupação na vida, o que me deixou aborrecido, é claro. Ela ainda estava com a janela aberta, e enquanto percorríamos a paisagem enluarada, em velocidade, a noite atacava seu cotovelo, seus cabelos se agitavam ao vento e o tecido de seu vestido ondulava e estalava na altura do ombro. Contei a ela que tinha encontrado Billy, e os amigos dele. Era uma notícia que eu vinha guardando. Ela ficou muito tempo em silêncio, pensando. Então deu de ombros, e disse que tinha passado o dia inteiro fora, que mal tinha visto Billy desde aquela manhã. Eu não estava interessado em nada disso. Perguntei se poderíamos parar em algum lugar, ao lado da estrada, ou em algum caminho secundário. Ela me fitou de lado e abanou a cabeça, simulando espanto. "Você nunca", perguntou ela, "pensa em outra coisa?" Mas parou.

Mais tarde, quando chegamos à cidade, ela estacionou na outra ponta da minha rua. A casa, eu vi, estava às escuras. Minha mãe devia ter ido dormir, afinal — o que pensar disso? A sra Gray disse que era melhor eu entrar logo, mas eu continuava no carro. Para além do para-brisa, o luar esculpia a rua, transformando-a numa confusão de cubos de arestas afiadas, e tudo parecia coberto por uma camada fina e macia de pó cinza-prateado. Outra estrela cadente, e mais outra. Agora a sra Gray não dizia nada. Estaria pensando nos seus filhos? Estaria ponderando o que diria ao marido quando voltasse, que explicação poderia dar para a sua ausência? E estaria ele à espera dela, sentado no escuro na varanda envidraçada, tamborilando com os dedos, as lentes de seus óculos cintilando acusadoras? Finalmente ela suspirou e se endireitou no assento com uma contorção cansada do corpo, deu-me uma palmadinha no joelho e tornou a dizer que estava muito tarde e que eu devia entrar em casa. E não me deu um beijo de boa-noite. Eu disse que voltaria outro dia a Rossmore, mas ela franziu os lábios e abanou depressa a cabeça num gesto contido, os olhos presos ao para-brisa. E eu nem tinha de fato a pretensão de ir, de qualquer maneira, sabia que não me dispunha a passar mais um dia igual àquele. Ela esperou até eu chegar à metade da rua antes de dar a partida. Parei, virei-me e vi os rubis gêmeos das lanternas traseiras da camionete irem diminuindo até desaparecer. Estava rememorando a cara que ela tinha feito ao me ver caminhando na direção dela, perto da estação, o susto que tinha levado, num pânico desalentado, e como, depois de um segundo, seus olhos tinham assumido aquela expressão apertada e calculista. E era assim que tudo acabaria sendo um dia, um último dia? Seus olhos frios, uma expressão do rosto que me excluía, a despeito de todas as minhas súplicas e soluços, das minhas lágrimas mais amargas? Era isso que aconteceria, no fim?

MAS O QUE, VOCÊS HÃO DE ESTAR QUERENDO SABER, o que aconteceu, o que *transpirou*, como teria dito a sra Gray, naquela noite em Lerici, depois do meu encontro no hotel isolado pela neve com o misterioso homem dos pampas? Porque alguma coisa, vocês dirão, alguma coisa deve ter acontecido. Afinal, não era objeto das suadas fantasias da minha juventude receber em minha cama, sem ter pedido nada, uma criatura como Dawn Devonport, uma estrela precisando de ajuda, uma deusa carecendo de cuidados e carinho? Houve um tempo, depois que passou a juventude, em que naquelas circunstâncias eu não teria hesitado um segundo sequer. Não que eu jamais tenha sido um grande conquistador, mesmo nos tempos mais agitados e vigorosos da minha juventude, ao contrário do que dizem certas pessoas. A uma atriz em apuros, porém, eu nunca soube resistir. Nas turnês, em especial, a atividade noturna era intensa, pois os quartos eram frios e as camas solitárias naqueles tristes hotéis e pardieiros pulguentos a que nossas pequenas companhias costumavam recorrer, estabelecimentos deprimentes que eu conhecia bem, filho que era de uma dona de pensão. Nas horas febris que se seguiam ao espetáculo da noite, muitas vezes bastava uma palavra mordaz num artigo da edição matutina para fazer uma jovem ainda com manchas de pintura atrás das orelhas desabar em lágrimas nos meus braços. Eu era conhecido pela suavidade. Lydia sabia dessas colisões ocasionais, ou pelo menos imaginava que ocorriam, disso eu sei. Será que ela também fazia seus desvios, quando eu me entregava a essas aventuras? E, nesse caso, o que isso me faz sentir hoje? Aplico alguma pressão no ponto que devia doer, e nada acontece. Ainda assim, certa vez adorei, e fui também adorado. Tanto tempo atrás, tudo isso, que eu poderia estar falando de uma antiguidade perdida. Ah, Lydia.

Dawn Devonport, devo dizer, ronca. Espero que ela não se incomode de eu revelar esse detalhe nada lisonjeiro. Não vai ser muito prejudicial a ela, acredito — preferimos sempre que as nossas divindades exibam um ou dois defeitos humanos. De qualquer maneira, gosto de ouvir uma mulher roncando; acho reconfortante. Deitado no escuro com esses sons ritmados a meu lado, sinto como se me encontrasse num mar calmo no meio da noite, a bordo de um veleiro que oscila suavemente de um lado para o outro; uma recordação oculta da viagem amniótica, talvez. Nessa noite, quando finalmente voltei sorrateiro para o meu quarto, o lampião da rua ainda projetava uma luz borrada na janela e a neve ainda caía sem parar. Já ocorreu a vocês como é estranho que todos os aposentos de um hotel sejam quartos de dormir? Mesmos nas suítes mais grandiosas, as outras peças são simples antessalas do santuário principal onde se ergue a cama em toda sua majestade bem-arrumada e coberta por um dossel, em tudo lembrando um altar dos sacrifícios. Na minha, agora, Dawn Devonport continuava a dormir. Contemplei minhas alternativas. Qual seria a minha escolha? Algumas horas de desconforto — a essa altura já era muito tarde, e a primeira luz do dia não podia estar muito distante — amarrotando as minhas roupas naquela cadeira de assento de juta *à la* Van Gogh, ou me estender com o pescoço duro no sofá também nada convidativo? Olhei para a cadeira, olhei para o sofá. A primeira deu a impressão de encolher sob os meus olhos, enquanto o segundo se encostava mais na parede oposta à cama, com as costas muito retas e os braços estofados presos ao chão, encarando-me no escuro com um ar de suspeita fumegante. Percebo como sinto cada vez mais que minha presença é rejeitada por objetos supostamente inanimados. Talvez seja um modo caritativo que o mundo tem, fazendo-me sentir cada vez menos bem-vindo entre sua mobília, de facilitar o meu trânsito até a porta derradeira, pela qual me verão sair pela última vez.

No final, optei por arriscar a cama. Caminhei sem ruído contornando sua lateral, e por força do hábito tirei o relógio, que pousei na mesinha com tampo de vidro. O tinido que ele produziu, de metal no vidro, transportou-me de volta para todas as vigílias noturnas passadas ao lado do leito de Cass quando ela era pequena, aquela escuridão inquieta, aquele ar estagnado, e a criança doente ali deitada aparentemente sem dormir, mas perdida em algum transe atormentado. Tirando os sapatos em silêncio, mas ainda vestido, inclusive com o paletó sobriamente abotoado, e sem puxar as cobertas, deitei-me com o maior cuidado — embora mesmo assim algumas molas no fundo do colchão tenham rangido com um aparente escárnio triunfal — e me estendi de costas ao lado da mulher adormecida, cruzando as mãos sobre o peito. Ela se mexeu um pouco, fungou, mas continuou dormindo. Se tivesse acordado, virando-se e deparando comigo, imagino o susto que teria levado, achando que um cadáver cuidadosamente vestido com seu terno fúnebre teria sido deitado ao lado dela enquanto dormia. Dormia de lado, com as costas viradas para mim. Contra o fundo da janela fracamente iluminada, a curva alta de seu quadril parecia o contorno gracioso de uma montanha vista ao longe contra um céu que apenas clareava; sempre admirei essa visão das formas femininas, a um tempo despretensiosas e monumentais. Seus roncos produziam um ruído delicado ao passar por suas narinas. O sono é misterioso, eu sempre achei, nosso ensaio diário para a morte. E me perguntei o que Dawn Devonport poderia estar sonhando, embora eu tenha a teoria, sem qualquer fundamento, de que o ronco impossibilita o sonho. Pelo meu lado, eu me encontrava num estado de vigília alucinada que torna grotesca a própria ideia de dormir, mas logo senti como se tropeçasse ao caminhar numa picada e recobrei os sentidos com um solavanco que fez a cama balançar, e percebi que tinha, no fim das contas, caído numa espécie de sono.

Dawn Devonport também acordou. Continuava como antes, deitada de lado, e não se mexeu, mas tinha parado de roncar e sua imobilidade era a de uma pessoa desperta e muito atenta. Tão quieta que achei que poderia estar enrijecida de medo — era bem possível que ela não se lembrasse de como teria vindo parar ali, na cama de outra pessoa, no meio da noite, com aquela luz macabra na janela e a neve que caía na rua. Pigarreei discretamente. Será que eu devia escorregar para fora da cama, sair do quarto e voltar a descer — o señor Sorrán podia continuar no bar, abrindo outra garrafa de tinto argentino — para que ela pudesse achar que tinha apenas sonhado com a minha presença e, assim, voltar a cair no sono? Eu ponderava essas alternativas, nenhuma das quais era convincente, quando senti a cama começar a tremer, ou sacudir-se, de um modo que num primeiro momento não pude explicar. E então entendi. Dawn Devonport estava chorando; abafava soluços violentos e mal produzia som algum. Fiquei chocado, e as minhas mãos cruzadas no peito se crisparam num espasmo de medo. O som de uma mulher soluçando sozinha no escuro é terrível. O que eu devia fazer? Como poderia consolá-la — será que devia consolá-la? Havia alguma coisa que eu pudesse fazer? Eu tentava recordar as palavras de uma musiquinha boba que costumava cantar com Cass quando ela era pequena, falando de deitar de costas na cama e sentir as lágrimas caindo nas orelhas — como Cass ria — e, naquele momento extremo, acho que eu próprio também começaria a chorar se Dawn Devonport não tivesse dado um arranco repentino, jogando para o lado o lençol e o cobertor, e praticamente saltasse para fora da cama com uma exclamação sem palavras que me soou enfurecida antes de sair correndo do quarto, deixando a porta escancarada à sua passagem.

Acendi o abajur e me sentei na cama, piscando, pousando em seguida os pés ainda de meias no chão. O cansaço se fez sentir de imediato nos meus ombros caídos, como o peso de toda aquela neve do lado de fora, ou da própria noite, a grande redoma de trevas que me encerrava. Meus pés estavam gelados. Tornei a enfiá-los em seus sapatos e me inclinei para a frente, mas depois me limitei a ficar ali parado, com os braços pendentes, incapaz de sequer atar os cordões. Há momentos, infrequentes mas marcantes, em que me parece que, por força de algum ligeiro deslocamento ou lapso no tempo, fui parar no lugar errado, ultrapassando-me ou ficando para trás de mim mesmo. Não que eu me sinta perdido ou desnorteado, ou nem mesmo ache inadequado estar onde estou. É só que, de algum modo, eu me descubro num ponto, e falo de um ponto no tempo — que maneira estranha a linguagem tem de se expressar — ao qual terei chegado não pela minha vontade. E nesse momento me sinto desamparado, a tal ponto que me imagino incapaz de avançar até o ponto seguinte, ou voltar para o lugar onde me encontrava antes — incapaz de qualquer movimento, mas obrigado a permanecer ali, imerso na perplexidade, emparedado nessa fermata incompreensível. Mas sempre, claro, esse momento passa, como passou agora, e em seguida me levantei e arrastei os pés nos sapatos desamarrados até a porta escancarada por Dawn Devonport, que fechei, voltando depois, apagando a luz e me deitando, ainda todo vestido, com o nó da gravata ainda feito, depois do que caí imediatamente num abençoado oblívio, como se eu tivesse me apoiado numa laje de pedra e feito surgir uma fenda na muralha da noite, onde me refugiei.

Nunca chegamos a atravessar para Portovenere, Dawn Devonport e eu. Talvez nunca tenha sido minha intenção chegar até lá. Podíamos ter ido, nada nos detinha — além de tudo, claro — pois, apesar das tempestades de inverno as balsas operavam e as estradas estavam desimpedidas. Ela, fiquei sabendo, sabia desde o início que era naquele pequeno porto do outro lado da baía que minha filha tinha morrido — deve ter sabido através de Billie Stryker, imagino, ou de Toby Taggart, porque no fim das contas não era segredo nenhum. E não me perguntou por que eu preferi não lhe contar eu mesmo, por que fiz de conta que tinha escolhido o nosso destino ao acaso. Imagino que tenha achado que eu teria algum plano, um programa, um esquema, que ela se dispôs a seguir comigo, por falta de opção melhor. Talvez nem achasse nada, só tenha deixado que eu a levasse comigo, como se não tivesse escolha e preferisse mesmo que fosse assim. "Keats morreu aqui", perguntou ela, "não foi, afogado ou coisa assim?" Caminhávamos à beira-mar abaixo do hotel, usando sobretudos e cachecóis. Não, respondi, tinha sido Shelley. Ela não me deu atenção. "Eu sou como ele, igual a Keats", disse ela, apertando os olhos para o horizonte turbulento. "Estou vivendo uma existência póstuma — não foi isso que ele disse de si mesmo em algum lugar?" Deu um riso breve, aparentemente orgulhosa de si mesma.

Era de manhã, e os distúrbios e o sono interrompido da noite anterior tinham me deixado abalado e esfolado, sentindo-me tão em carne viva quanto uma vara verde recém-descascada. Dawn Devonport, por outro lado, exibia uma calma sobrenatural, para não dizer um certo aturdimento. Devem lhe ter dado no hospital tranquilizantes para a viagem — o médico que a atendeu, o indiano gentil, era totalmente contrário à vinda dela — e ela se mostrava distante e levemente turva, encarando tudo à sua volta com uma expressão de ceticismo, como que convencida de que tudo aquilo tinha sido armado só para enganá-la. De tempos em tempos sua atenção entrava em foco e ela baixava os olhos para o relógio, apertando os olhos e franzindo a testa, como se alguma coisa momentosa que devia acontecer tivesse sido inexplicavelmente adiada. Contei a ela o meu encontro com Fedrigo Sorrán, embora não tenha certeza de que, em meu estado de cansaço e deslocamento febril, eu não o tenha imaginado em sonho, ou inventado, e a verdade é que até hoje ainda tenho as minhas dúvidas. No hotel, pela manhã, não havia sinal dele, e fiquei convencido de que não estaria mais hospedado ali, se é que em algum momento tinha estado. Sobre a vinda dela ao meu quarto, sobre nosso casto compartilhamento do mesmo leito, sobre suas lágrimas e sua abrupta saída subsequente, não dissemos nada. Hoje, éramos como dois estranhos que se tivessem conhecido num bar próximo ao porto na noite anterior, subindo a bordo juntos num tonto espírito de camaradagem, e agora, depois que o navio zarpara, tivéssemos despertado de ressaca, com a longa viagem toda ainda pela frente.

Ele estava voltando de Leghorn, contei a ela, quando seu navio naufragou numa tempestade. "Shelley", esclareci. Seu amigo Edward Williams estava com ele, e um menino de cujo nome não consigo me lembrar. O navio se chamava *Ariel*. Dizem alguns que foi o próprio poeta quem abriu um rombo em seu casco. Estava escrevendo *O triunfo da vida*. Ela não olhava mais para mim, e tenho certeza de que não me escutava. Paramos e olhamos para o outro lado da baía. Era lá que ficava Portovenere. E podíamos de fato estar na popa de um barco, afastando-nos do que devia ter sido o nosso destino. O mar estava agitado e de um azul veemente, e eu mal conseguia distinguir um alvoroço de espuma branca ao pé daquele promontório distante.

"O que ela estava fazendo lá, a sua filha?" perguntou Dawn Devonport. "Por que lá?"

Realmente. Por quê?

Seguimos adiante. Surpreendentemente, impossivelmente, a neve que caíra na noite anterior desaparecera por completo, como se o cenógrafo tivesse decidido que havia sido uma ideia ruim, dando ordens para que varressem o palco, substituindo a neve por algumas poças minimalistas de água suja e semicongelada. O céu estava duro e claro como vidro, e à luz límpida do sol a cidadezinha acima de nós tinha seus contornos realçados contra a encosta, num arranjo confuso de planos em vários ângulos e tons de amarelo-ocre, branco de gesso, cor-de-rosa crestado. Dawn Devonport, as mãos mergulhadas nos bolsos de seu sobretudo longo forrado de pele, pisava ao meu lado as pedras largas do calçamento de cabeça baixa. Usava um disfarce completo, com seus enormes óculos escuros e um grande gorro de pelo. "Eu achava", disse ela, "que quando decidimos, ou quando tentamos — quer dizer, quando eu tomei os remédios — achei que ia para um lugar conhecido, algum lugar onde seria bem recebida." Ela tinha alguma dificuldade com as palavras, como se estivesse com a língua grossa e dura de manejar. "Achei que ia para casa."

Sim, disse eu, ou para a América, como Svidrigailov, antes de encostar a pistola na cabeça e puxar o gatilho.

Ela disse que estava com frio. Fomos até um café no cais e ela tomou um chocolate quente, encolhida à beira da mesinha redonda e segurando a xícara entre as mãos enormes. O lado estranho desses cafés do sul é que sempre parecem, pelo menos aos meus olhos, terem sido originalmente alguma outra coisa, boticas, escritórios ou mesmo salas de residências, adaptados aos poucos, e contrafeitos, a esse novo uso. Os balcões, altos e estreitos, e a maneira como as mesinhas e as cadeiras se distribuem pelo interior do café, emprestam a esses lugares um ar improvisado. Os empregados também, sempre entediados e lacônicos, têm um ar transitório, como se tivessem sido temporariamente recrutados para compensar uma escassez ocasional e estivessem irritados, ansiosos para ir embora e retomar a atividade mais interessante que desenvolviam até então. E vejam todos os cartazes e anúncios em torno da caixa registradora, os cartões postais, as fotografias autografadas e as mensagens presas à moldura do espelho atrás do balcão, dando ao proprietário gordo ali instalado — a cabeça calva que alguns fios grisalhos e muito esticados tentam cobrir, um bigode mastigado, um grande anel de ouro no gordo dedo mínimo — um ar de uma espécie de agente de viagens sentado à sua mesa, em meio às propagandas e bugigangas típicas da sua atividade.

Você não vai conseguir trazer Cass de volta, e sabe disso, tinha dito Lydia, *não desse jeito*. E é claro que tinha razão. Não desse jeito, nem de jeito nenhum.

Quem, quis saber Dawn Devonport, franzindo a testa, concentrada, quem era Svidrigailov? Era o nome, contei de novo para ela, com toda a paciência, que minha filha dava à pessoa com quem tinha vindo até ali, o pai do bebê que estava esperando. Pela porta de vidro do café eu avistava ao longe, no meio da baía, uma ágil embarcação branca, baixa na popa e alta na proa, que abria caminho em meio ao púrpura das ondas e dava a impressão de que estar prestes a alçar voo a qualquer momento, uma nau mágica, singrando os ares. Dawn Devonport acendia um cigarro com a mão trêmula. Contei-lhe o que Billie Stryker me tinha revelado, que Axel Vander tinha estado ali, ou nas proximidades, na mesma época que a minha filha. Ela se limitou a assentir com a cabeça; talvez já soubesse, talvez Billie Stryker lhe tivesse contado a mesma coisa. Tirou os óculos escuros, cujas hastes cruzou antes de pousar na mesa ao lado de sua xícara. "E agora estamos aqui, nós dois", disse ela, "no lugar onde o poeta se afogou."

Saímos do café e subimos de volta pelas ruas estreitas da cidade. No hotel, a sala de espera estava deserta, e fomos até lá. Era uma sala apertada com teto alto, muito parecida com a sala de visitas da pensão da minha mãe, com suas sombras, seu silêncio e sua atmosfera persistente de infelicidade. Sentei-me numa espécie de sofá com o encosto baixo e assento duro; o estofamento tinha um cheiro forte de fumaça imemorial de cigarros. Um relógio de pé, com suas entranhas metálicas à mostra através de um painel oval de vidro, erguia-se a um canto, ereto como uma sentinela, tiquetaqueando com ponderosa deliberação, dando a impressão de hesitar por um instante antes de cada taque ou tique. O centro da sala era ocupado por uma mesa de jantar alta e um tanto arrogante de madeira preta, com grossos pés torneados, sobre a qual se abria uma toalha de brocado pesado que pendia até bem embaixo dos lados e era orlada de fita. Nela, o atarefado cenógrafo tinha pousado, entre todas as coisas possíveis, e como que sem qualquer intenção artística, um volume antigo de poemas de Leopardi, com as bordas das páginas marmorizadas e a lombada de couro lavrado, em que tentei ler —

Dove vai? chi ti chiama
Lunge dai cari tuoi,
Bellissima donzella?
Sola, peregrinando, il patrio tetto
Si per tempo abbandoni?...

— mas as lindas sonoridades e as cadências chorosas do poema logo me derrotaram, devolvi o livro ao lugar de onde o pegara e voltei pé ante pé para o meu assento, como um escolar admoestado. Dawn Devonport estava sentada numa poltrona estreita num canto, do outro lado do relógio de pé, inclinada tensa para a frente com as pernas cruzadas, folheando depressa, e com um desprezo aparente, as páginas de uma revista lustrosa aberta no colo. Fumava um cigarro, e depois de cada baforada, sem virar a cabeça, torcia a boca, como se fosse assobiar, e emitia um fino jato de fumaça para o lado. Fiquei estudando sua aparência. Muitas vezes penso que, quanto mais me aproximo de uma pessoa, mais me vejo distante dela. Como será que isso acontece, eu me pergunto? Eu costumava olhar assim para a sra Gray quando estávamos na cama juntos, e sentia que ela se distanciava de mim ainda deitada ao meu lado, assim como às vezes, de modo desconcertante, uma palavra pode desprender-se de seu objeto e flutuar para longe, sem peso e iridescente como uma bolha de sabão.

Abruptamente, Dawn Devonport jogou a revista na mesa — e como as páginas pesadas se fecharam frouxamente — antes de se levantar e dizer que ia para o seu quarto se deitar. Ficou parada um instante e me olhou de um modo estranho, com o que parecia uma estranha presunção. "Imagino que você ache que ele era Svidrigailov", disse ela. "Axel Vander — você acha que era ele." Estremeceu fazendo uma careta, como se tivesse tomado algo muito azedo, e saiu da sala.

Fiquei lá sentado por muito tempo. Eu rememorava — ou rememoro agora, não faz diferença — o dia em que a sra Gray falou comigo sobre a morte. Onde estávamos? No casebre de Cotter? Não, em algum outro lugar. Mas onde podíamos estar? Da maneira mais bizarra, minha memória nos situa naquela saleta do segundo piso onde Billy e eu costumávamos beber o uísque do pai dele. Não é possível, mas ainda assim é onde eu nos vejo. Como ela teria conseguido me contrabandear para aquela parte da casa, sob qual pretexto, e para qual finalidade? — certamente não a habitual, dado que estávamos na sala de estar do segundo piso, vestidos, e não na lavanderia do térreo. Tenho uma imagem na mente de nós dois sentados com todo o decoro em duas poltronas próximas uma da outra, mas não paralelas, em frente à janela retangular com a esquadria de metal. Era manhã de domingo, acredito, uma manhã de domingo de fim de verão, e eu vestia um terno de *tweed* que me dava calor e coceira, e no qual eu me sentia ridículo, quase mais nu que vestido, como sempre me sentia quando era obrigado a envergar minhas melhores roupas de domingo. Onde estariam os outros, Billy, sua irmã e o sr Gray? O que podia estar acontecendo? Devia haver um motivo para a minha presença ali; Billy e eu devíamos estar indo para algum lugar, talvez numa excursão da escola, e ele como sempre estava atrasado e eu, à sua espera. Mas teria eu passado mesmo pela sua casa, visto que a essa altura dedicava tanta energia e engenho a evitá-lo? De qualquer forma eu estava lá, é tudo que sei dizer. O sol brilhava de cheio na praça em frente à casa, onde tudo parecia feito de vidro multicolorido, e uma brisa alegre enfunava as cortinas de renda da janela aberta, empurrando-as para dentro e para cima com uma languidez cada vez mais inflada. Eu sempre era tomado por uma forte sensação de deslocamento nessas manhãs de domingo dos meus primeiros anos — a sensação áspera de aperto do colarinho da camisa, os passarinhos agitados em seus afazeres, os sinos das igrejas distantes — e havia sempre um ar que parecia vindo do sul, sim, do sul, trazendo uma poeira cor de leão e uma claridade cítrica. Sem dúvida era o futuro que eu antecipava, a promessa tremeluzente de um futuro, pois o futuro para mim sempre teve algo de meridional, o que hoje me parece estranho, hoje que o futuro chegou aqui na Ultima Thule, chegou e não para de escorrer o tempo todo, através da estreita passagem do presente, rumo ao passado.

A sra Gray usava um conjunto azul de corte severo — um costume, diria ela — e sapatos pretos de salto alto, meias com costura e um colar de pérolas. Seu cabelo estava penteado de um modo diferente do habitual, puxado para trás de algum modo que conseguia até subjugar, por enquanto, aquele cacho rebelde próximo à sua orelha, e cheirava como a minha mãe, como imagino que cheirem todas as mães, nas manhãs dos domingos de verão, a perfume, creme e pó facial, a suor, um pouco, a *nylon* aquecido pela carne e a lã ligeiramente naftalínica, com um aroma vago de cinzas cuja origem jamais consegui identificar. O casaco de seu conjunto era alto nos ombros, conforme a moda, e bem justo na cintura — ela devia estar usando uma cinta — e a saia que descia até os tornozelos era estreita, com uma fenda atrás. Eu nunca a tinha visto com trajes tão formais, tão rígida, toda encerrada por fechos e grampos, e fiquei sentado examinando sua *toilette* com impudência e uma sensação de posse quase conjugal. É uma cena de um dos filmes femininos da época, claro, do tipo que a sra Gray nem gostava, pois sempre a vejo em preto e branco, ou melhor em carvão e prata, ela representando a Mulher Mais Velha enquanto meu papel é desempenhado por, digamos, algum menino-prodígio com um sorriso atrevido e um anel de cabelo na testa, muitíssimo petulante com meu terno de *tweed*, a camisa branca engomada e a gravata de listras de nó pronto.

Num primeiro momento, não absorvi o que ela dizia, distraído que estava em estudar o complicado sistema de costuras — de viés, acho que se chamam — no peito magnificamente farto do seu vestido, cujo frágil pano azul tinha um excitante lustro metálico, e produzia pequenos estalidos muito baixos cada vez que ela inspirava. Ela tinha virado a cabeça para o outro lado, olhando pensativa para a janela e a praça ensolarada, e comentou, com um dedo encostado no rosto, que às vezes se perguntava como seria não estar ali — se a sensação seria a mesma do efeito de um anestésico, talvez, sem sentir nada, nem mesmo a passagem do tempo? — e como era difícil imaginar estar em algum outro lugar, e ainda mais difícil conceber não estar em lugar algum. Lentamente, suas palavras se infiltraram na opacidade iniluminável da minha consciência voltada para si mesma, até que, com uma espécie de estalo, compreendi, ou julguei ter compreendido, exatamente o que ela dizia, ao que de repente virei todo ouvidos. Não estar aqui? Estar em algum outro lugar? O que podia ser aquilo, claramente, além de um modo tortuoso de me comunicar que se preparava para livrar-se de mim? Nessa época mas em outras ocasiões, se a menor suspeita passasse pela minha cabeça de que ela pretendia sugerir essa possibilidade, eu na mesma hora me punha a choramingar e brandir os punhos cerrados, pois ainda era uma criança, lembrem-se, com toda a convicção infantil de uma necessidade imperativa que justificava a reação instantânea, lacrimosa e altissonante ante a mais tênue ameaça ao meu bem-estar. Nesse dia, entretanto, e seja por qual motivo tenha sido, continuei à espera, alerta, em guarda, e deixei-a continuar falando até o momento em que, talvez percebendo o caráter vigilante da minha atenção, ela fez uma pausa, virou-se e concentrou sua atenção em mim daquele jeito dela, dando a impressão de que assestava em mim um telescópio invisível. "Você nunca pensa nisso", perguntou ela, "na morte?" Antes que eu pudesse responder, ela riu zombando de si mesma e sacudiu a cabeça. "Mas é claro que não pensa", disse ela. "Por que haveria de pensar?"

Agora meu interesse enveredou por outro caminho. Se ela estava realmente falando da morte enquanto tal, e não como um modo de me dar a entender que pretendia me abandonar, só podia estar falando do sr Gray. A possibilidade de que o marido dela tivesse uma doença fatal vinha capturando a minha imaginação com força cada vez maior, com o consequente estímulo às minhas esperanças de ficar com a sra Gray só para mim por muito tempo. Se o velhote estava para bater as botas, finalmente, gloriosamente, eu teria a minha chance. Não podia me precipitar, é claro. Precisaríamos esperar, os dois, até eu chegar à maioridade, e mesmo a essa altura ainda haveria obstáculos, os menores dos quais não seriam Kitty e minha mãe, enquanto Billy dificilmente reagiria bem à possibilidade grotesca de ter um rapaz da mesma idade que ele como seu padrasto, e ainda por cima seu ex-melhor amigo. No intervalo, porém, enquanto aguardávamos a minha maioridade, quantas oportunidades não se apresentariam para eu realizar meu sonho da infância de ter não uma boneca careca e desarticulada para acalentar, cuidar e submeter às minhas operações, mas uma mulher em tamanho natural, de sangue quente, de uma viuvez segura, toda para mim, acessível a mim o dia inteiro e todo dia, e, mais momentosamente, toda noite também, um tesouro que eu poderia exibir abertamente ao mundo, na hora que quisesse e onde bem entendesse. Por isso, agucei meus ouvidos e prestei toda atenção ao que mais ela tivesse para acrescentar sobre o possível falecimento de seu marido. Infelizmente ela não disse mais nada, e parecia um tanto encabulada, na verdade, pelo que já dissera. Não querendo perguntar-lhe diretamente quanto tempo os médicos tinham dado ao oculista catacego, não consegui que ela me contasse mais nada.

Mas o que eu estaria fazendo ali, na sala da casa dela, no meu terno áspero, num domingo, nos dias derradeiros daquele verão — o quê? Muitas vezes, o passado parece um quebra-cabeça a que faltam as peças mais cruciais.

Embora eu tenha crescido precisamente nesse mundo de transitoriedade e presenças ocultas, e desposado uma mulher que cresceu nas mesmas condições, ainda assim acho os hotéis sinistros, não apenas na calada da noite mas também durante o dia. No meio da manhã, especialmente, alguma ameaça sempre parece pairar sob a falsa aparência daquela calma de estufa. O recepcionista atrás do balcão é um que nunca vi antes, lança-me um olhar indiferente quando passo, não sorri e nem me cumprimenta. Na sala de jantar deserta, todas as mesas estão postas, os talheres reluzentes e as toalhas e guardanapos imaculados dispostos da maneira exata, como uma sala de operações onde múltiplas cirurgias estivessem a ponto de começar. Em cima, o corredor vibra com um intento arquejante, de lábios apertados. Passo por ele sem produzir som algum, um olho incorpóreo, uma lente em movimento. As portas, todas idênticas, numa procissão dupla que vai recuando, dão a impressão de terem sido fechadas com força uma atrás da outra um segundo antes de eu ter saído do elevador. O que poderá estar ocorrendo por trás delas? Os sons que escapam dos quartos, uma palavra hostil, uma tosse, um fragmento de riso contido, parecem cada um o início de uma fala que é interrompida de imediato por uma bofetada que não se escuta, ou com a boca fechada por uma mão em concha. Pode-se sentir o cheiro dos cigarros da noite da véspera, do café frio do desjejum, de fezes, sabonete e loção pós-barba. E aquele carrinho imenso abandonado ali, com suas pilhas de fronhas e lençóis dobrados, e um balde com o esfregão preso na traseira, onde estará a camareira que devia tomar conta dele, o que terá sido feito dela?

Fico parado junto à porta de Dawn Devonport por um minuto inteiro antes de bater, e mesmo então me limito a raspar os nós dos dedos contra a madeira. Não obtenho resposta. Estaria dormindo de novo? Tento a maçaneta. A porta não estava trancada. Abro uma fresta e espero mais um pouco, tentando escutar alguma coisa, e depois entro no quarto, ou antes me insinuo para dentro dele, deslocando-me de lado sem produzir som algum, e fecho com cuidado a porta atrás de mim, prendendo a respiração quando a lingueta do fecho dá o seu estalo. As cortinas não estão abertas, e embora faça frio a claridade é maior do que eu esperava, quase um esplendor de verão, com um raio largo de sol que entra enviesado por um canto da janela como a luz de um refletor, convertendo a cortina de filó num clarão da brancura de gaze. Tudo estava arrumado e em ordem — a camareira ausente deve certamente ter passado por ali — e a cama parecia não ter sido ocupada durante a noite. Dawn Devonport estava deitada por cima das cobertas, novamente de lado, com uma das mãos sob o rosto e os joelhos encolhidos. Percebi como o seu corpo mal afundava no colchão, de tão leve que é e de tão escassa a sua presença. Ainda estava de sobretudo, com o rosto emoldurado pelo oval da gola de peles. Ela me fitava, aqueles olhos cinzentos erguidos para mim, maiores e mais arregalados do que nunca. Estaria assustada, será que eu a tinha assustado entrando em seu quarto daquele modo sinuoso e sinistro? Ou só estaria drogada? Sem levantar a cabeça, ela me estendeu sua mão livre. Subi em sua cama, de sapatos e tudo, e me deitei de frente para ela, com nossos joelhos se tocando; seus olhos pareciam maiores do que nunca. "Me abrace", murmurou ela. "Tenho a sensação de que estou caindo, o tempo todo." Ela ergueu um dos lados do seu sobretudo e eu a envolvi com um dos braços, por dentro do casaco. Seu hálito era frio no meu rosto, e seus olhos eram quase tudo que agora eu conseguia ver. Senti suas costelas debaixo do meu pulso, e as batidas do seu coração. "Imagine que eu sou a sua filha", disse ela. "Faça de conta que eu sou ela."

E assim ficamos por algum tempo, ali, na cama, no quarto frio e ensolarado. Eu me sentia como se olhasse num espelho. A mão dela pousava leve, como a pata de um passarinho, no meu braço. Ela me falou sobre o seu pai, como ele era bom, como era alegre, e como cantava para ela quando era pequena. "Umas musiquinhas bobas", contou ela. " 'Yes, We Have no Bananas', 'Roll Out the Barrel', esse tipo de coisa." Houve um ano em que ele foi eleito Pearly King de Londres. "Alguma vez você já viu o Pearly King? Ele ficou tão orgulhoso, naquele terno ridículo todo cravejado — até o gorro era coberto de pérolas — e eu tão envergonhada que me escondi no armário debaixo da escada e me recusava a sair. E minha mãe era a Pearly Queen." Ela chorou um pouco, depois limpou as lágrimas, impaciente, com a base da palma da mão. "Uma besteira", disse ela. "Uma besteira."

Retirei meu braço e nós dois nos sentamos. Ela removeu as pernas de cima de cama, mas continuou sentada na lateral, de costas para mim, e acendeu um cigarro. Tornei a me recostar, apoiado num cotovelo, e fiquei vendo a fumaça cor de lavanda descrevendo anéis e subindo em meandros no raio de luz do sol que entrava pela janela. Ela agora estava debruçada para a frente, com as pernas cruzadas, um cotovelo no joelho e o queixo apoiado na mão. Fiquei olhando para ela, o declive das suas costas, a posição dos seus ombros, o contorno de suas omoplatas dobradas como asas e seu cabelo adornado por aquela grinalda de fumaça. Um professor com quem tive aulas de representação me disse que um bom ator deve ser capaz de representar com a nuca. "Roll out the barrel", cantou ela baixinho, em voz rouca, "we'll have a barrel of fun."

E perguntei se ela tivera mesmo a intenção de se matar. Queria mesmo morrer? Ela não respondeu por bastante tempo, depois ergueu os ombros e deixou-os cair, como que derreados de cansaço. Não se virou para mim enquanto falava. "Não sei", disse ela. "Dizem que quem não consegue não estava realmente decidido, não é? Talvez tenha sido só, você sabe, isso que a gente faz, você e eu." Então ela virou a cabeça e olhou para mim de um ângulo estranho, por cima do ombro: "Puro teatro".

Eu disse que devíamos voltar, para casa. Ela ainda me olhava por baixo dos cabelos, a cabeça de lado e o queixo apoiado no ombro. "Para casa", ela repetiu. Sim, respondi. Para casa.

DE ALGUM MODO, ME PARECE QUE FOI A TROVOADA OU, MELHOR dizendo, acho que foi por alguma bruxaria ou ruína. Sem dúvida foi um presságio do fim. A tempestade nos surpreendeu no casebre de Cotter. Esse tipo de chuva tem alguma coisa de vingativo, parece uma vingança vinda do alto. Como ela caía implacável através das árvores nesse dia, como um ataque de artilharia chovendo sobre um povoado compacto e indefeso. Antes nunca nos importávamos com a chuva, mas sempre era do tipo mais suave, mera metralha comparada a essa verdadeira barragem. No casebre de Cotter, ela geralmente nos propiciava uma brincadeira, correr de um lado para o outro para pôr um pote ou vidro de geleia debaixo de cada nova goteira que surgia no teto. E que gritos agudos a sra Gray soltava cada vez que uma gota gelada caía na sua nuca e escorria por sua pele nua por baixo do vestido estampado. Por sorte, o canto onde tínhamos aberto o nosso colchão era um dos poucos locais secos da casa. Ficávamos ali sentados satisfeitos, lado a lado, escutando o sussurro da chuva em meio às dolhas, ela fumando um dos seus Sweet Aftons e eu treinando cinco-marias com as contas de um colar dela cujo cordão eu tinha rebentado sem querer numa certa tarde, durante uma contenda de amor físico especialmente vigorosa. "Duas crianças na floresta, você e eu", dizia a sra Gray, e sorria para mim, exibindo seus dentes da frente irresistivelmente encavalados.

Mas ocorre que ela tinha medo de trovoada. Assim que os trovões começavam, bem acima de nós e dando a impressão de estourar praticamente ao nível do telhado, ela empalidecia e se persignava rapidamente. E tínhamos quase chegado no casebre quando a chuva começou, desabando sobre nós por entre as árvores com um ronco abafado, e embora tenhamos corrido muito durante os últimos metros da picada estávamos encharcados quando entramos pela porta dianteira. O cabelo da sra Gray estava colado no crânio, salvo o cacho indomável atrás de sua orelha, e seu vestido tinha grudado à frente das suas pernas e moldado as curvas de seu ventre e dos seus seios. Ela ficou parada no meio do piso com os braços afastados do corpo e sacudia as mãos, despejando gotas d'água das pontas dos dedos. "E agora?", lamentou-se ela. "Vamos pegar uma pneumonia!"

O verão tinha chegado ao fim quase sem que percebêssemos — a tempestade brusca nos lembrava disso — e as aulas já haviam recomeçado. Não passei para pegar Billy no primeiro dia de aula, e nem em nenhuma das manhãs subsequentes. Estava mais difícil do que nunca olhá-lo nos olhos a essa altura, inclusive por seus olhos serem tão parecidos com os da mãe. O que terá imaginado que aconteceu para eu me afastar dele assim? Talvez pensasse naquele dia em que esbarrei com ele em Rossmore com seus parceiros de tênis e as duas raquetes nas prensas novinhas. No pátio da escola nós nos evitávamos, e caminhávamos de volta para casa por caminhos diferentes.

E eu ainda tinha problemas noutras áreas. Havia tirado péssimas notas nos meus exames finais, o que foi uma surpresa para todo mundo, embora não para mim, que o amor mantivera entretido ao longo de toda a primavera anterior, quando devia estar dedicado aos meus estudos. Eu era um garoto inteligente, esperavam muito de mim, e minha mãe teve uma decepção amarga. Reduziu minha mesada pela metade, mas só por uma ou duas semanas — nenhuma tenacidade moral, aquela mulher — e, o que era bem mais sério, ameaçou obrigar-me a ficar em casa e me aplicar a meus estudos e deveres a partir de então. A sra Gray, quando lhe relatei essas medidas punitivas, alinhou-se com ela contra mim, para meu espanto, dizendo que minha mãe tinha toda razão, que eu devia me envergonhar por não ter estudado direito e apresentar um desempenho escolar tão deficiente. Isso levou na mesma hora à primeira briga de verdade que tivemos, quer dizer, a primeira causada por algum motivo que não o meu ciúme constante e a reação que costumava provocar nela, que pouco ligava e achava graça, e dei início às hostilidades sem atentar para as consequências, ou seja, como faria um adulto — estava muito mais velho do que antes daquele verão. E como ela me olhou de volta com uma raiva sombria, com um ar de desafio, as sobrancelhas baixadas, enquanto eu aproximava meu rosto do dela, entre rosnados e lamúrias. Uma briga assim nunca se esquece, mas continua a sangrar despercebida por baixo de sua frágil cicatriz. Mas com quanto carinho fizemos as pazes em seguida, com quanto amor ela me embalou em seus braços.

Não nos ocorreu, à luz dourada daquele verão duradouro, que mais cedo ou mais tarde teríamos de procurar um lugar mais resistente aos elementos que o velho casebre da floresta. O frio do outono já se fazia sentir, especialmente nos fins de tarde, depois que o sol declinava do zênite, e agora com as chuvas o frio tinha aumentado — "Daqui a pouco vamos estar nos amando de sobretudo", disse a sra Gray em tom tristonho — e o assoalho e as paredes emanavam um aroma deprimente de umidade e podridão. Então veio aquela tempestade. "Agora", declarou a sra Gray, a voz trêmula e as gotas de chuva pingando das pontas dos seus dedos, "a coisa não podia ficar pior." Mas em que outro lugar poderíamos encontrar abrigo? Especulação desesperada. Cheguei a brincar com a ideia de desapropriar um dos quartos sem uso junto ao sótão da casa da minha mãe; poderíamos atravessar o jardim dos fundos, propus ansioso, já nos imaginando lá, entrar pela porta traseira e subir as escadas de serviço que partiam da copa, e ninguém perceberia a nossa presença. A sra Gray se limitou a me olhar. Está certo, respondi amuado, e ela tinha alguma ideia melhor?

No fim das contas, não precisávamos nos preocupar. Melhor dizendo, devíamos ter nos preocupado, mas não com a procura de um lugar novo. Naquele dia, antes mesmo que a tempestade chegasse ao fim e cessasse a trovoada, a sra Gray no seu medo partiu, correndo na chuva pela trilha que atravessava o bosque caudaloso, os sapatos na mão e o cardigã aberto em cima da cabeça como um capuz ineficaz, e já estava na camionete com o motor ligado, em marcha, antes que eu chegasse e conseguisse entrar no carro ao lado dela. A essa altura, estávamos os dois totalmente encharcados. E aonde podíamos ir? A chuva metralhava o teto de metal, e uma quantidade incrível de água era lançada para um lado e para o outro pelo empenho valente do limpador de para-brisa. A sra Gray, agarrando o volante com os nós dos dedos muito brancos, dirigia com o rosto próximo ao para-brisa, o branco de seus olhos brilhando e as narinas dilatadas de medo. "Vamos para a minha casa", disse ela, pensando em voz alta, "ninguém está lá, não vai haver problema." A janela do meu lado estava coberta de água, e as árvores trêmulas, de um verde vítreo àquela luz elétrica, assomavam de repente e num instante sumiam, como que derrubadas à nossa passagem. Um sol improvável conseguia brilhar em algum lugar, e as rajadas da chuva no para-brisa eram agora fogo e faíscas líquidas. "Isso mesmo", disse a sra Gray, confirmando o que dizia com a cabeça, "isso mesmo, vamos para a minha casa."

E lá fomos nós — para a casa dela. Quando chegávamos à praça, ocorreu um zunido quase audível e a chuva parou de repente, como se uma cortina de contas prateadas fosse afastada com um gesto peremptório, e a luz encharcada do sol ressurgiu aos poucos, restabelecendo seu abalado domínio sobre as cerejeiras, o cascalho faiscante ao pé delas e o calçamento das ruas, que já começava a emanar vapor. Na casa, o ar parecia úmido e tinha um certo cheiro atenuado e cinzento, a luz interna parecia incerta, e havia uma quietude vaga, como se a mobília tentasse encobrir alguma atividade prévia, alguma dança ou correria que tivesse interrompido no momento em que entramos. A sra Gray me deixou na cozinha, seguiu em frente e reapareceu um minuto mais tarde envolta num roupão de lã grande demais — seria do sr Gray? — debaixo do qual, era mais que evidente, pelo menos para os meus olhos ávidos, estava nua. "Você está cheirando igual a um carneiro", disse ela risonha, e me conduziu — sim! — me conduziu para a lavanderia.

Desconfio que ela não se lembrava de nosso embate anterior naquele mesmo aposento. Quer dizer, acho que não lhe ocorreu lembrar-se dele nessa ocasião. Será possível? Para mim, aquela peça estreita com o teto estranhamente alto e a única janela bem acima de nós era um local sagrado, uma espécie de sacristia onde residia uma lembrança santificada, enquanto para ela imagino que tivesse voltado a ser simplesmente o lugar onde ela lavava as roupas da família. A cama baixa, ou colchão, reparei de imediato, não estava mais lá, debaixo da janela. Quem a teria tirado de lá, e por quê? Por outro lado, quem a teria posto lá da outra vez?

A sra Gray, cantarolando de boca fechada, começou a enxugar meus cabelos molhados com uma toalha. Disse que não sabia o que fazer com as minhas roupas. Será que eu devia vestir uma das camisas de Billy? Ou não, disse ela, franzindo a testa, talvez não fosse uma boa ideia. Mas o que a minha mãe iria dizer, perguntava-se ela, quando eu chegasse em casa ensopado até os ossos? E ela parecia não ter percebido que, protegido pela toalha que ela esfregava com tanta força na minha cabeça — quantas vezes na vida teria enxugado os cabelos dos filhos? — eu tinha me aproximado cada vez mais dela; e agora estendi as mãos às cegas e a agarrei pelos quadris. Ela riu, e deu um passo para trás. Eu fui atrás, e dessa vez enfiei as mãos por baixo do roupão. Sua pele ainda estava um pouco úmida, e um pouco gelada também, o que de alguma forma a fazia parecer ainda mais totalmente e mais irresistivelmente nua. "Pare com isso!" disse ela, rindo de novo, e novamente deu um passo para trás. Eu me desvencilhei da toalha, que ela embolou e empurrou contra o meu peito num esboço de tentativa de me manter à distância. Não tinha mais para onde recuar, pois suas omoplatas já estavam encostadas à parede. O roupão fechado com um cinto estava aberto no alto, onde eu vinha mexendo, e a fenda da parte de baixo também estava aberta, deixando suas pernas nuas até o alto, de modo que por um momento ela estava idêntica à mulher da Kayser Bondor, tão provocadoramente desfeita quanto a original parecia composta. Pus minhas mãos em seus ombros. O sulco largo entre os seus seios tinha um brilho prateado. Ela começou a dizer alguma coisa, parou, e então — foi a coisa mais estranha — então eu vi a nós dois ali, realmente nos vi, como se eu estivesse na porta olhando para dentro da lavanderia, e me vi curvado sobre ela, um pouco inclinado para a esquerda com o ombro direito erguido, vi a camisa molhada entre as minhas omoplatas e os fundilhos das minhas calças pendendo de tão encharcados, vi minhas mãos no corpo dela, um de seus joelhos lustrosos dobrado, e seu rosto empalidecendo por cima do meu ombro esquerdo, com os olhos fixos.

Ela me empurrou para o lado. De todas as coisas que estavam prestes a acontecer, acho que aquele empurrão, o choque que produziu em mim, embora não tenha sido violento e nem propriamente indelicado, é a coisa de que me lembro de todo esse dia com a clareza mais incisiva, com a angústia mais aguda. É assim que a marionete deve sentir-se quando seu manipulador larga os cordões e vai embora da cabine, assobiando. Era como se, naquele instante, ela se despojasse de uma identidade, a identidade que eu conhecia, passando ao largo de mim como uma desconhecida.

Quem estava de pé à porta? Sim, sim, nem preciso contar, vocês já sabem quem era. As tranças finas, os óculos de lentes grossas, as pernas tortas. Ela usava um daqueles vestidos vagamente alpinos das meninas da época, sempre salpicados de florezinhas, com a saia plissada e uma frente franzida de elástico na altura do peito. Na mão ela segurava alguma coisa, não lembro o quê — uma espada de fogo, talvez. E Marge também estava lá, a amiga gorda da festa de aniversário, a que se encantou comigo mas eu mal lhe dei atenção. Só ficaram paradas, as duas, olhando para nós, com curiosidade, acreditei, mais que qualquer outra coisa, e depois se viraram de lado, não com pressa, mas com a falta aparente de reação de espectadores que só afastam os olhos da cena de um acidente, virando o rosto, depois que a ambulância se retira. Ouvi seus desajeitados sapatos escolares fazendo barulho nos degraus de madeira que levavam à cozinha. Terei ouvido um riso abafado de Kitty? A sra Gray foi até a porta e olhou para fora, mas não chamou a filha, não disse nada, e depois de um instante voltou, para a lavanderia, para mim. Estava com a testa franzida e mordia o lábio inferior. Dava a impressão de ter deixado alguma coisa no lugar errado, e de fazer um grande esforço para lembrar onde podia ser. O que eu fiz? Terei dito alguma coisa? Lembro que ela olhou para mim por um segundo como que intrigada, e depois sorriu, com um ar aturdido, e pôs a mão no meu rosto. "Acho", disse ela, "que você devia ir para casa." Foi tão estranha, a finalidade simples, absoluta, incontestável dessas palavras, dessa sentença. Como no *finale* de um número orquestral. Tudo que nos manteve suspensos e arrebatados por tanto tempo, toda aquela energia violenta, toda aquela tensão e concentração, todo aquele clamor glorioso, de repente, naquele momento, cessava, deixando no ar um mero bruxuleio, cada vez mais tênue, de som. Nem me ocorreu protestar, suplicar ou gritar; fiz o que ela me dizia e passei humildemente a seu lado, sem dizer nada, e fui para casa.

O que aconteceu depois disso ocorreria com uma velocidade e uma presteza estonteantes. À noite, a sra Gray já tinha ido embora. Ouvi alguém dizer — quem? — que ela voltara para a cidade de onde tinha vindo com o sr Gray, de volta para as grandes avenidas e os cosmopolitas sofisticados sobre as quais e os quais gostava tanto de falar para implicar comigo. Devia ser o lugar onde nasceu, pois disseram que tinha ido para a casa da sua mãe. A notícia de que a sra Gray tinha mãe era tão espantosa que chegou a me distrair por um momento da minha angústia. Ela nunca falara de mãe para mim, ou se tinha falado eu não estava prestando atenção; é possível, mas penso que nem mesmo eu conseguiria estar tão desatento. Tentei imaginar esse personagem de fábula e visualizei uma versão imensamente envelhecida da própria sra Gray, enrugada, curvada e por algum motivo cega, apoiada numa cerca de vime no jardim ensolarado de um chalé encerrado numa profusa flora de verão, com um sorriso triste de perdão e estendendo as mãos com o jeito vagamente suplicante dos cegos, recebendo de volta ao lar a filha penitente caída em desgraça. Tão estranho, tão estranho ainda hoje pensar numa outra sra Gray anterior — não, teria sido senhora alguma outra coisa. Eis outra coisa que eu nunca soube, o nome de solteira da minha amada.

No dia seguinte, cartazes de leiloeiro brotaram em frente da casa na praça, e na janela da loja do centro também, e as narinas e as bordas dos olhos da srta Flushing ficaram mais vermelhas do que nunca. Será que me lembro mesmo da camionete se afastando da praça carregada de utensílios domésticos, com o sr Gray, Billy e a irmã de Billy apertados no banco dianteiro, o mesmo em que a sra Gray e eu tantas vezes corcoveávamos juntos como numa cama elástica encantada, o sr Gray com um ar compungido mas o queixo determinado, como Gary Fonda em *Tambores da ira*? Devo estar inventando de novo, como tantas vezes.

Entretanto, pensando melhor, a partida deles não pode ter sido tão precipitada, porque muitos dias ainda se passariam, até mesmo uma semana, ou mesmo mais de uma semana, antes do meu encontro final com Billy Gray. Na minha memória as estações mudaram mais uma vez, pois embora ainda fosse setembro vejo nosso confronto desenrolar-se num dia áspero de inverno. O lugar era conhecido como A Forja, perto da praça onde ficava a casa da família Gray; deve ter sido a oficina de um ferreiro, muito tempo atrás. A área era apropriada, porque A Forja sempre foi associada para mim, e ainda é, a uma inquietação sem nome. No entanto, era um lugar sem nada de notável, onde uma ladeira que conduzia até a praça se alargava e fazia uma curva estranha, inclinada para um dos lados, de onde outra rua, mais estreita e menos usada, saía num ângulo fechado rumo ao campo. No início dessa rua árvores escuras de copa farta se aglomeravam, e debaixo delas havia uma fonte, ou não uma fonte, mas um cano de metal de boca larga do qual corria um jorro constante de água, liso e lustroso como zinco moldado e da grossura do braço de um homem, mergulhando em seguida num poço de concreto coberto de musgo que estava sempre cheio mas nunca transbordava. Eu costumava me perguntar de onde podia vir tanta água, pois o jorro não se atenuava nem nos meses mais secos do verão, e era, a meu ver, um tanto sobrenatural na sua dedicação incansável a seu único e monótono dever. E para onde ela iria, a água? Devia correr por baixo da terra até o rio Sow — poderia ser esse mesmo o seu nome? — um fio d'água estreito e sujo que corria ao longo de um valão ao pé do morro. Mas o que importam esses detalhes? Quem quer saber de onde a água vinha ou para onde ia, que estação era, qual era o aspecto do céu ou se o vento estava soprando — quem quer saber dessas coisas? Mas alguém precisa se importar com elas — alguém tem a obrigação de se importar. Eu, imagino.

Billy caminhava ladeira acima enquanto eu descia a ladeira. Não sei dizer por que eu estava ali, nem de onde estaria vindo. Devia estar na praça, muito embora me lembre claramente de ter feito o máximo esforço para evitar a visão daquele cartaz que dizia À VENDA e se erguia na janela do quarto da sra Gray como uma bandeira num navio assolado pela peste. Eu podia, ou Billy podia, ter atravessado a rua, mas nenhum de nós dois mudou de direção. Minha memória, com sua preferência deplorável pela falácia patética, evoca a violência de um vento frio entre nós dois, e folhas mortas, claro, arrastando-se pelo chão, enquanto as árvores escuras balançavam e estremeciam. De novo os detalhes, estão vendo? Sempre os detalhes, precisos e impossíveis. No entanto, não me lembro o que Billy me disse, só que me chamou de filho da puta imundo da pior espécie e coisas assim, mas ainda vejo as suas lágrimas e escuto seus soluços de raiva, vergonha e sofrimento extremo. E ele ainda tentou me bater, soltando golpes a esmo com aqueles seus braços que lembravam um lavrador na colheita, enquanto eu recuava a passos rápidos e alguns saltos, o corpo inclinado para trás como o de um contorcionista. E o que eu terei dito? Terei tentado pedir desculpas, explicar minha vil traição da nossa amizade? Que explicação eu poderia ter dado? Sinto-me especialmente distanciado nesse momento. É como se o que aconteceu me fosse exibido, uma cena especialmente violenta de um drama alegórico de fundo moral, ilustrando a consequência inevitável da Incontinência, da Lascívia e da Luxúria. Ao mesmo tempo, entretanto, e sei que vou provocar risos de desprezo e de descrença, ao mesmo tempo, contudo, eu nunca tinha sentido tanto carinho, tanta compaixão, tanta ternura — tanto, sim, tanto amor por Billy quanto naquela ladeira, enquanto ele balançava seus braços, soluçando, e eu pulava para trás, esquivando-me e recuando, com o vento frio que soprava, as folhas mortas que se arrastavam pelo chão e aquele grosso jorro de água que caía e caía em seu poço sem fundo. Se eu tivesse achado que ele consentiria, acredito que o teria abraçado. O que se encenou ali, em meio aos gritos de dor e aos golpes sem qualquer pontaria, foi para mim, imagino, uma versão da cena de despedida que não ocorreu entre mim e a sra Gray, e assim encarei com satisfação esse precário simulacro do que fora interrompido e me fazia uma falta tão sentida.

Nos dias imediatamente subsequentes à partida da sra Gray, acho que meu sentimento dominante foi o medo. Sentia-me abandonado e perdido num lugar estranho, um lugar de cuja existência sequer sabia, e no qual suspeitava não ter a experiência ou a força necessárias para sobreviver sem sofrer graves danos. Era território adulto, onde eu não devia me encontrar. Quem poderia me salvar, quem haveria de me buscar, encontrar e conduzir de volta para o cenário e a segurança que eu conhecia antes daquele verão mágico? Agarrei-me à minha mãe como não fazia desde bebê. E devo dizer que, embora eu achasse impossível que ela não tivesse ouvido nenhum eco do escândalo que envolvia a sra Gray e a mim — a notícia deve ter sido divulgada pelo pregoeiro da cidade, tal a instantaneidade e o volume dos rumores à medida que a novidade voava das esquinas para a porta da igreja, de lá até as cozinhas e de volta à rua — ela não proferiu uma palavra sequer a respeito, nem para mim e nem, seguramente, para mais ninguém. Talvez ela também tivesse medo, talvez minha devassidão a tenha feito ir parar, ela também, num território desconhecido e apavorante.

Ah, mas que bom filho eu era agora, atento, sério, estudioso, prestativo muito além do chamado do dever. Como eu me apressava a cumprir qualquer tarefa doméstica para a minha mãe, com quanta paciência e solidariedade eu escutava suas queixas, suas denúncias, suas perorações contra a preguiça, a venalidade e a negligência dos nossos hóspedes quanto à higiene pessoal. Tudo falso, é claro. Se a sra Gray mudasse de ideia e voltasse tão repentinamente quanto tinha partido, eu teria me atirado sobre ela com o mesmo ardor, a mesma imprudência de antes. Pois não era a descoberta e a vergonha, nem os mexericos da cidade e nem as acusações caladas da minha mãe o que me fazia tremer de medo. O que me dava medo era a minha própria dor, o quanto ela era pesada, o quanto era inelutável seu poder de corrosão; além da consciência inapelável de que, pela primeira na minha vida, eu estava inteiramente só, um Crusoé naufragado e à deriva na extensão indivisível e sem limites de um oceano indiferente. Ou, melhor dizendo, um Teseu, abandonado em Naxos enquanto Ariadne se entregava despreocupada aos seus afazeres.

O que também impressionava era o silêncio que eu sentia à minha volta. A cidade fervilhava de comentários, e eu era o único com quem ninguém falava. Achei bom o ataque de Billy contra mim naquele dia, na Forja, porque pelo menos produziu algum barulho, dirigido unicamente a mim. Haverá gente da cidade que tenha ficado autenticamente atônita e escandalizada, mas também quem tenha invejado em segredo a sra Gray e eu, dois grupos que não excluíam necessariamente um ao outro. E todos, com certeza, devem ter achado os acontecimentos muito divertidos, mesmo os que possam ter simpatizado conosco, por mais que possamos ter ficado cobertos de vergonha, destituídos e magoados. Eu esperava a qualquer dia uma nova visita do padre Priest, dessa vez para recomendar que eu fosse encarcerado entre os trapistas em alguma encosta salpicada de cabras no trecho mais remoto dos Alpes, mas mesmo ele manteve distância, e nada disse. Talvez estivesse constrangido. Talvez, eu me pergunto com desconforto, eles todos não tenham ficado constrangidos, ao mesmo tempo em que esfregavam as mãos, deliciados com o escândalo? Eu teria preferido que reagissem ultrajados. Eu acharia uma atitude mais — como dizer? — mais respeitosa à coisa grande que a sra Gray e eu criamos juntos, e que agora deixava de existir.

Esperei, primeiro confiante mas depois com uma amargura crescente, que a sra Gray me enviasse alguma coisa, um recado, um discurso de despedida à distância, mas nada. Como se teria comunicado comigo? Não podia me remeter uma carta pelo correio, endereçada para a casa da minha mãe. Mas um minuto — como é que nos comunicávamos antes, quando nosso caso ainda estava em andamento? Havia um telefone no cubículo transbordante ao lado da cozinha que minha mãe chamava de seu escritório. Era de um modelo antiquado, tendo na base uma manivela que era preciso girar para chamar a telefonista, mas eu jamais ligaria para a sra Gray por ele, e ela jamais sonharia em telefonar para mim, pois além de tudo a telefonista sempre escutava as conversas, era possível ouvi-la na linha, mudando de posição e produzindo constantes garatujas com um ruído que parecia os passinhos de um camundongo. Devíamos deixar bilhetes um para o outro em algum lugar, provavelmente no casebre de Cotter — mas não, a sra Gray nunca ia até lá sozinha, tinha medo da floresta, e nas ocasiões em que por acaso chegava antes de mim eu sempre a encontrava agachada ansiosa à porta, a ponto de ir embora. Então como fazíamos? Não sei. Mais um mistério inexplicado, entre tantos mistérios. Houve uma ocasião em que, por algum problema, ela não chegou quando devia, e esperei por ela, agoniado, a tarde inteira, cada vez mais convencido de que ela nunca mais viria, de que eu a tinha perdido para sempre. Foi a única ocasião que lembro em que as linhas de comunicação entre nós foram interrompidas — mas que linhas eram essas, e por onde passariam?

Eu não sonhei com ela depois que foi embora ou, se sonhei, esqueci do sonho. Minha mente adormecida era mais piedosa que a desperta, que nunca se cansava de me atormentar. Bem, sim, com o tempo acabou se cansando desse esporte.

Nada tão intenso poderia durar muito. Ou devia ter durado, se eu a amasse de verdade, com uma paixão desinteressada, como dizem, tal como as pessoas tinham nos tempos de outrora? Um amor assim teria levado à minha destruição, sem dúvida, como costumava destruir heróis e heroínas dos livros antigos. Mas que belo cadáver eu teria dado, marmorizado no meu esquife, segurando em meus dedos entrelaçados um lírio de mármore como recordação.

E por falar em problemas. Marcy Meriwether diz que vai me processar. Telefona dez vezes por dia, exigindo que eu diga o que fiz com Dawn Devonport, onde eu a escondi. Na ligação, sua voz furiosa varia entre agudos de gorjeios operísticos e o grunhido gutural de um gângster. Imagino Marcy como uma cabeça de Medusa sem corpo suspensa no éter, ameaçando, provocando, adulando. Repito que não sei onde pode estar a sua estrela. Ao que ela responde com um riso áspero e encatarrado, seguido por um intervalo de intenso resfolegar enquanto acende mais um cigarro. Ela sabe que estou mentindo. Se a filmagem continuar interrompida por mais um dia, *mais um único dia*, ela vai rescindir o meu contrato e atiçar seus advogados contra mim. É o que vem dizendo diariamente há uma semana. Não vou receber nem mais um tostão, guincha ela ao meu ouvido, nem mais um centavo, e ainda vou ser processado para devolver tudo que recebi até agora. Por trás de todo choro e ranger de dentes, julgo perceber uma nota de satisfação, porque ela adora brigar, o que já ficou mais do que claro. Quando ela bate o telefone, fico alguns segundos com uma sensação de vibração no ouvido.

Toby Taggart me convidou para almoçar nas Ostentation Towers no dia seguinte à minha chegada da Itália. Encontrei-o na Salão Coríntio, numa cabine forrada de veludo, agitado, aflito, suspirando e fazendo o impossível para não roer as unhas. Que olhar magoado e queixoso ele me lançou. Estava tomando um martíni com uma única azeitona, e me contou que era o seu terceiro; eu nunca o vi beber antes, é um sinal da sua angústia. Escute, Alex, disse ele, em tom contido e paciente, a coisa é séria, baixando a cabeça despenteada e as mãos quadradas juntas à sua frente por cima do seu martíni, como se pretendesse consagrá-lo — isto põe o filme inteiro em risco, Alex, você sabe disso, não é? Toby me lembra um menino que conheci no colégio, um sujeito trôpego com uma cabeça enorme que parecia maior ainda devido aos cabelos negros lustrosos em cachos cerrados que caíam por cima de suas orelhas e da sua testa. Ambrose, era o nome dele, Ambrose Abbott, e tinha o apelido óbvio de Bud, ou ainda o mais engenhoso de Lou — sim, mesmo em matéria de nomes ele não tinha sorte, sorte nenhuma, pobre coitado. Todos ouviam Ambrose chegar de longe, pois era um colecionador contumaz de objetos metálicos — canivetes cegos, chaves descasadas da fechadura, moedas manchadas fora de circulação, até tampinhas de garrafa, em tempos de escassez — de maneira que tilintava e tinia ao andar como o camelo carregado de um beduíno. Também era asmático, e emitia uma constante mescla de murmúrios, pios abafados e assobios ásperos. Era imensamente inteligente, porém, tirava o primeiro lugar em todas as provas da escola e em todos os exames públicos. Hoje eu acho, olhando para trás, que ele tinha uma queda por mim. Imagino que invejasse minha pose de bravata insolente — eu já ensaiava para os futuros papéis de galã — e o desdém que eu costumava proclamar pelo estudo e a assiduidade. Talvez ele também percebesse a aura almiscarada da sra Gray à minha volta, pois foi no tempo da sra Gray que eu o conheci melhor, ou menos pior. Era uma doce alma. Costumava me obrigar a aceitar presentes, joias de sua coleção, que eu aceitava a contragosto e trocava por outras coisas, ou perdia, ou jogava fora. Ele morreu mais tarde num acidente, quando sua bicicleta foi atropelada por um caminhão voltando da escola. Dezesseis anos, ele tinha, quando morreu. Pobre Ambrose. Os mortos são a minha matéria escura, e preenchem impalpáveis os espaços vazios do mundo.

Tivemos um almoço agradável, Toby e eu, e falamos de muitas coisas, sua família, seus amigos, suas esperanças e ambições. Eu realmente o acho um homem bom. Quando acabamos e eu me preparo para ir embora, digo-lhe que não se preocupe, que tenho certeza de que Dawn Devonport decidiu simplesmente se eclipsar por algum tempo, mas logo voltará a estar entre nós. Toby está hospedado nas Towers, e insiste em me acompanhar até a rua. O porteiro toca a aba da cartola para nos cumprimentar, abre a porta alta de vidro — *boing-g-g!* — e saímos juntos para a tarde de final de dezembro. E o tempo está formidável, claro, fresco e sem vento, com delicados céus japoneses e a sensação no ar de uma contínua vibração sutil, como se a borda de um copo fosse friccionada o tempo todo. O poeta tem razão, a primavera do meio do inverno é uma estação à parte. Toby, tonto depois daqueles martínis e mais alguns copos de vinho, recomeça a insistir comigo acerca de Dawn Devonport, que precisa voltar logo ao trabalho. Eu sei, Toby, digo eu, dando-lhe palmadinhas no ombro, eu sei, eu sei. E lá volta ele trôpego para dentro, espero que para dormir e purgar todo aquele álcool.

Saí andando pelo parque. Havia gelo no lago dos patos e, no gelo, a claridade enlouquecida do reflexo de uma luz solar sem calor. Na mesma hora, à minha frente, localizei uma figura familiar, arrastando os pés ao longo do passeio de metal em meio às árvores negras e úmidas. Fazia algum tempo que eu não o avistava, e já estava ficando preocupado; algum dia ele certamente há de beber até finalmente cair. Alcancei-o e comecei a andar a passos mais lentos bem atrás dele. Não detectei o fedor que costuma segui-lo de perto, o que me encorajou. Na verdade, como logo ficou claro, ele acaba de passar por uma de suas metamorfoses periódicas — sua filha deve tê-lo tomado mais uma vez pela mão, aplicando-lhe um tratamento completo. Ele não transmite uma impressão tão vivaz quanto em ressurreições anteriores, é bem verdade — seus pés em especial, apesar das botas forradas de pelúcia, parecem permanentemente danificados — e ele desenvolveu uma corcunda bem perceptível acima da omoplata direita. Ainda assim é um novo homem, comparado à aparência do velho homem mais recente. Sua japona está limpa, seu cachecol universitário foi lavado, sua barba foi aparada, e suas botas claras parecem novinhas — eu me pergunto se a filha trabalha numa sapataria. A essa altura eu caminhava em paralelo a ele, embora me mantivesse a uma distância discreta, do outro lado do caminho. Ele progredia bem, embora mancasse devido à enfermidade dos seus pés. Trazia as mãos suspensas, como sempre, meio cerradas em punho dentro de suas luvas sem dedos; agora, porém, em seu estado ressuscitado, ele lembra mais o *sparring* favorito de algum campeão que o bêbado hesitante de épocas anteriores. Tentei pensar em alguma coisa que eu possa fazer por ele, dar a ele ou simplesmente lhe dizer, para assinalar o pequeno milagre de mais esse retorno das ínferas profundezas. Mas o que eu poderia fazer, o que poderia dizer? Se tentasse travar com ele mesmo a mais neutra das conversas, sobre o tempo que fazia, digamos, essa conversa haveria de resultar em constrangimento tanto para ele quanto para mim, e quem sabe, ele até poderia resolver me atacar, com aquela sua aparência tão sóbria, lépida e pugnaz. Mas me animei ao vê-lo com tanto aprumo, e quando um pouco adiante ele se desviou e tomou o caminho que contornava o lago, eu segui em frente com um passo bem mais aliviado.

Preciso lembrar de contar a Lydia que eu o avistei, em todo seu vigor renovado, como um Lázaro. Ela só o conhece de fama, através dos meus relatos, mas ainda assim mantém um interesse ativo por seus sucessivos declínios e recuperações. Ela é uma alma desse tipo, a minha Lydia, sempre pensando nos perdidos do mundo.

Nos longos e turbulentos anos da infância de Cass, havia certos momentos, certas intermitências, em que uma calma se instalava e tomava conta, não apenas de Cass mas de toda a nossa pequena família, embora fosse uma calma duvidosa, no fundo ansiosa e infeliz. Tarde da noite, às vezes, quando eu me encontrava ao lado da cama de Cass e ela finalmente caía numa espécie de sono ao cabo de horas de agitação e de muda angústia interior, eu tinha a impressão de que seu quarto, e não só o quarto mas toda a casa e o terreno que a cercava, de algum modo imperceptível tinha mergulhado abaixo da superfície comum das coisas, penetrando numa área de silêncio e tranquilidade enganosa. Esse estado langoroso e de ligeira clausura me lembrava como, na infância, à beira-mar em certas tardes paradas, com o céu encoberto e o ar pesado, eu entrava até o pescoço na água víscida e morna e, muito lentamente, deixava-me afundar aos poucos até que a minha boca, o meu nariz, os meus ouvidos, eu todo submergia. E como era estranho o mundo logo abaixo da superfície, glauco, turvo, animado por um balanço muito lento, e que rugido produzia nos meus ouvidos, e que queimação nos meus pulmões. Uma espécie de pânico eufórico tomava conta de mim nesses momentos, e uma bolha de alguma coisa, não só de ar, mas de uma espécie de júbilo louco e assustado, ia crescendo na minha garganta até eu me ver finalmente obrigado a pular para cima, como um salmão subindo o rio, debatendo-me e arquejando, no ar velado e explosivo. Toda vez que eu entro em casa nesses últimos dias, detenho-me no saguão e fico um momento imóvel, escutando, com as antenas agitadas, e quase me sinto de volta, em plena noite, ao quarto de Cass — seu quarto de doente, quase escrevi, pois era assim que ela estava quase sempre — de tão quieto e parado está o ar, de tão atenuada e matizada é a luz, de alguma forma, mesmo nos pontos onde é mais forte — Dawn Devonport, com um feitiço negativo, impôs um lusco-fusco permanente à nossa casa. Não me queixo disso, pois a bem da verdade me agrada o efeito — que acho reconfortante. Gosto de imaginar, parado ali, ansioso, no tapete logo depois da porta da frente, submerso e sem fôlego, que se eu me concentrar com a devida intensidade poderei localizar, apenas através do esforço mental, o ponto exato da casa onde se encontram tanto a minha mulher como Dawn Devonport. Como posso ter desenvolvido esse poder divinatório, não sei dizer.

Nos últimos dias, elas reinam como divindades gêmeas, as duas, sobre o nosso outro mundo doméstico. Para minha surpresa — mas por que a surpresa? — gostaram muito uma da outra. Ou é o que me parece. Nem preciso dizer que não tocam no assunto comigo. Nem mesmo Lydia, nem mesmo no santuário do nosso quarto, onde esses assuntos são supostamente abordados, diz nada a respeito da nossa hóspede, se é mesmo nossa hóspede — será nossa cativa? — ou nada que possa sugerir quais sejam seus sentimentos ou opiniões acerca dela. Imagino que não é da minha conta. Quando Dawn Devonport e eu voltamos da Itália, Lydia a recebeu em casa sem uma palavra, ou melhor, sem nenhuma palavra de queixa ou protesto, como se isto fosse uma coisa estabelecida. Será que as mulheres se acolhem naturalmente umas às outras em situações difíceis? Será assim, mais do que os homens acolhem os homens, as mulheres acolhem os homens ou os homens acolhem as mulheres? Não sei. Nunca sei essas coisas. Os motivos alheios, os desejos e os anátemas dos outros, são um mistério para mim. E os meus próprios também. A meus olhos, pareço me deslocar sempre em desconcerto, imobilizado, como o infeliz herói obscuro de um conto de fadas, enredado em espinhos, atolado em pântanos.

Um dos refúgios favoritos de Dawn Devonport na nossa casa é a velha poltrona verde do meu mirante no sótão. Ela passa horas ali, horas sem fazer nada, só vendo a luz mudar nas onipresentes montanhas distantes dos limites do nosso mundo. Ela diz que gosta da sensação de céu e espaço que tem lá. Pegou emprestado comigo um suéter que Lydia tricotou para mim anos atrás. Lydia, tricotando, hoje eu não consigo imaginar. As mangas são compridas demais, e ela as usa como luvas improvisadas.

Está sempre com frio, me conta, mesmo quando a calefação da casa está regulada na temperatura máxima. Lembro-me da sra Gray: ela também se queixava do frio quando o nosso verão começou a findar. Dawn Devonport se instala encolhida na poltrona com as pernas encostadas no corpo, abraçando-se. Não usa maquiagem, e prende os cabelos com uma fita. Tem uma aparência muito jovem com o rosto assim nu, ou não, não exatamente jovem, mas em formação, ainda sem forma, uma versão anterior, mais primitiva, de si mesma — um protótipo, será esta a palavra que procuro? Adoro em segredo sua presença. Instalo-me à minha mesa, na cadeira giratória, de costas para ela, e escrevo no meu caderno. Ela diz que gosta de ficar ouvindo a pena arranhar o papel. E eu me lembro de como Cass, bem pequena, costumava deitar de lado no chão enquanto eu andava de um lado para o outro, lendo em voz alta as minhas falas do texto que segurava à minha frente, lendo as falas vezes sem conta para decorá-las. Dawn Devonport nunca trabalhou no teatro — "Fui direto para a tela, sem escalas" — mas diz que a vista das montanhas lembra um telão de fundo de palco. Agora vive dizendo que resolveu abandonar de todo a profissão de atriz. Não conta o que irá fazer depois de parar. Eu falo das ameaças de Marcy Meriwether, dos apelos patéticos de Toby Taggart. Ela olha para as montanhas, de um azul-acinzentado à luz inesperada do sol de fim de tarde, e não diz nada. Desconfio que goste de se imaginar uma fugitiva a quem todos procuram. Estamos na mesma conspiração; Lydia também. Tento me lembrar como era amar Cass. Amar: eu digo a palavra e meu pobre coração idoso dispara, tique-taque, acelerando as rodinhas de sua engrenagem. Não vejo nada, não entendo nada, ou no máximo um pouco;

bem pouco. Não parece fazer diferença. Talvez o que nos caiba não seja compreender, não mais. Só existir já parece suficiente por enquanto, aqui nesse aposento do alto da casa, com a moça na poltrona atrás de mim.

Hoje havia uma carta à minha espera em minha mesa, uma carta num envelope comprido de cor creme trazendo em relevo o brasão da Universidade de Arcady. O que fez soar um sino rachado. Claro — o porto seguro de Axel Vander na mesma costa ensolarada da América da qual me liga Marcy Meriwether. Adoro artigos caros de papelaria, a maneira como estalam, a aspereza lustrosa de sua superfície, o aroma de cola que, para mim, é a mesma coisa que o cheiro do dinheiro. Convidam-me para um seminário batizado, tranquilizadoramente, de *Anarquia: autarquia — desordem e controle na obra de Axel Vander*. Sim, também fui levado ao dicionário; o resultado não foi muito esclarecedor. Todas as despesas pagas, porém, voos de primeira classe, e um cachê, ou "honorários", como define delicadamente o signatário da carta, um certo H. Cyrus Blank. Esse Blank é o professor da cadeira Paul de Man — novamente ele! — de Desconstrucionismo Aplicado no Departamento de Inglês da Universidade de Arcady. Parece um tipo simpático, pelo tom da carta. No entanto, é vago, e não diz a título de quê me convidam a participar dessas folias arcádicas. Podem estar esperando que eu encarne o velho vigarista, com a perna manca e a bengala de ébano, o tapa-olho e tudo o mais — não acho que o douto professor Blank e seus colegas desconstrucionistas estejam acima da ideia de me contratar para o papel de Vander, uma espécie de estátua de cera móvel de seu herói. Devo ir? JB também foi convidado. Pode ser um passeio agradável — basta pensar nas laranjas frescas recém-

-colhidas do pé — mas estou desconfiado. As pessoas, as pessoas de verdade, imaginam que os atores se transformam nos personagens que representam. Mas eu não sou Axel Vander, e nem um pouco parecido com ele. Ou será que sou?

Blank. Já me deparei com esse nome no livro de JB sobre a vida de Vander, tenho certeza. Não havia um Blank envolvido em alguma coisa quando a mulher de Vander morreu, em circunstâncias suspeitas, como se diz? Preciso olhar no índice do livro. Será meu professor Blank pai desse outro Blank, ou seu filho? Esses filamentos aracnoides de conexão, estendendo-se mundo afora, quando encosto neles sempre estremeço. Blank.

Acho que já é hora de Dawn Devonport ser devolvida ao mundo. Mas não sei ao certo de que maneira lhe comunico esse fato. Lydia há de me ajudar, eu sei. Elas passam muito tempo juntas na cozinha, fumando, tomando chá e conversando. Lydia se tornou uma bebedora inveterada de chá, como a minha mãe. Eu me aproximo da porta da cozinha, mas quando escuto as vozes delas do outro lado, um rumor ondulante, eu paro, dou meia-volta e volto na ponta dos pés. Nem imagino as coisas sobre as quais elas conversam. Vozes atrás de uma porta sempre me parecem estar vindo de outro mundo, onde vigoram outras leis.

Sim, vou pedir a Lydia que me ajude a convencer nossa convidada matinal, nossa estrela da manhã, a reassumir seu papel, a tornar a entrar em seu personagem, a voltar para o mundo. O mundo? Como se fosse o mundo.

Encontro-me com JB para uma bebida, e agora preferia não ter ido. Fomos, na hora do aperitivo, a um local de sua escolha, uma espécie de clube masculino numa rua transversal, um estabelecimento curioso, de fora imperceptível mas por dentro um palácio de luz atenuada, inclusive com pórticos e pilares, e mergulhado num silêncio sonolento. Os pilares eram brancos, as paredes de um azul ateniense, e havia muitos retratos de figuras indistintas de olhos fixos no espectador, com colarinhos altos e suíças abundantes. Sentamo-nos dos dois lados de uma vasta lareira, em poltronas de couro capitonê que rangiam e gemiam de protesto sob o nosso peso. A lareira era funda, e perturbadoramente negra em suas profundezas, com uma grade adornada de latão, um recipiente de latão para o carvão e reluzentes apoios para a lenha, mas estava apagada. Um velhíssimo garçom de gravata-borboleta e casaca nos trouxe nossos conhaques numa bandeja de prata, e os pousou resfolegando numa mesa baixa entre nós, afastando-se sem dizer uma palavra. Achei que fôssemos os únicos presentes, até ouvir alguém que não víamos, nas profundezas distantes do salão, pigarrear com um ruído prolongado de engasgo.

JB é especialmente estranho, e cada vez que o encontro acho mais estranho ainda. Está sempre com uma expressão furtiva e ansiosa, e dá sempre a impressão de estar prestes a se afastar, nervoso, mesmo quando está sentado imóvel, como agora, em sua poltrona alta de braços elevados, com as pernas cruzadas e um copo de conhaque na mão. Toby Taggart me disse que foi JB quem me recomendou para o papel de Vander. Parece que ele estava na plateia naquela noite desastrosa de anos atrás, quando tive um branco no palco que me transformou num Anfitrião gaguejante e estrangulado, e ficou impressionado. Eu me pergunto o que lhe terá causado tanta impressão. E o que ele se disporia a fazer por mim caso eu tivesse arrastado aquela situação até o fim da peça? Agora ele está aqui sentado, com os olhos ao mesmo tempo vidrados e alerta, observando atentamente meus lábios enquanto eu falo, como se tentasse ler neles uma versão diferente e reveladora do lado sombrio das coisas de aparência tão inocente que as minhas palavras manifestam. Não, apressou-se ele a dizer, interrompendo-me, não, ele tinha certeza de que não havia ninguém com Axel Vander na Ligúria. O que me fez hesitar. Se eu quisesse, ele podia consultar as suas notas, continuou, com um gesto veemente da mão livre do copo de conhaque, mas ele julgava poder afirmar com certeza que Vander tinha ido sozinho até Portovenere, totalmente a sós. Então ele desviou os olhos, franzindo a testa, e produziu um murmúrio perturbador com o fundo da garganta. Fez-se uma pausa. Quer dizer que Vander, disse eu, tinha realmente estado em Portovenere. Eu me sentia como uma pessoa que tivesse obtido alta no hospital com a saúde dada como perfeita, mas que ao chegar em casa encontra uma ambulância à sua espera no meio-fio, com as portas traseiras escancaradas e dois enfermeiros entediados parados na rua segurando a maca preparada, com seu cobertor cor de sangue. À minha pergunta JB virou-se de novo para mim, quase consegui ouvir as engrenagens rangendo em seu pescoço, e me encarou com os olhos muito abertos, abrindo e fechando a boca como que para dar um descanso ao mecanismo antes de começar a falar. Lembrava-se, disse ele, que o erudito Fargo DeWinter, de Nebraska, tinha feito alguma menção, numa conversa que tiveram em Antuérpia muitos anos atrás, a uma assistente que tinha trabalhado com ele na pesquisa sobre Vander. Fiquei esperando. JB piscou os olhos, fitando-me agora com o olhar apertado de alguém que tenta, em desespero, aferrar-se a alguma coisa frágil que sabe estar a ponto de deixar cair, e mencionou apenas uma impressão, fique bem claro, a mera sugestão de uma desconfiança, de que fora essa assistente, e não o próprio DeWinter, quem tinha descoberto os fatos, os duros fatos sobre Vander e seu passado, para dizer o mínimo, questionável. Continuei esperando. JB continuou com o olhar fixo, contorcendo o rosto. Agora era eu quem me sentia a ponto de deixar cair aquela coisa quebradiça. Quando Cass era pequena, costumava dizer que logo que ficasse grande se casaria comigo e nós teríamos uma filha igualzinha a ela, e assim, se ela morresse, eu não sentiria a falta dela. Dez anos; fazia dez anos que ela estava morta. Devo partir mais uma vez à sua procura, envolto no luto e na dor? Ela nunca mais voltará para o meu mundo, mas eu rumo para o dela.

Billie Stryker telefonou. Agora tenho medo dessa ligações. Ela me diz que encontrou alguém com quem eu preciso conversar. Achei que ela tinha dito que a pessoa era uma freira, e imaginei que tinha escutado mal. Preciso realmente que alguém veja a minha audição. Que alguém veja a minha audição — rá! De novo, as palavras brincando consigo mesmas.

Comecei a olhar para Billie sob uma nova luz. Depois de tanto tempo na sombra da minha desatenção, ela própria parecia uma sombra. Mas tem lá a sua aura. É ela, afinal, o elo entre tantas das figuras que me dizem respeito mais de perto — a sra Gray, a minha filha, até mesmo Axel Vander. E me pergunto se pode ser mais que apenas um elo, se ela, na verdade, não será, de alguma forma, um elemento de coordenação. Coordenação? Palavra estranha. Não sei o que quero dizer, mas tenho a impressão de que é importante. Muito tempo atrás, eu pensava que, a despeito de todos os indícios em contrário, era eu quem estava no comando da minha vida. Existir, eu pensava, é atuar. Mas o trocadilho vital me escapou. E agora percebo que sempre fui impelido por forças que nem reconhecia, tantas coerções ocultas. Billie é a mais recente dessa linhagem de dramaturgos que conduzem, dos bastidores, o pobre espetáculo que eu sou, ou que acham que sou. Agora, qual nova guinada do enredo ela terá descoberto?

O Convento de Nossa Santa Madre ergue-se numa encosta nua acima de uma confluência batida pelos ventos em que três caminhos se encontram. Aqui estamos nos subúrbios, mas eu me sinto como se me aventurasse numa floresta sem trilhas. Não me entendam mal — gosto de lugares assim, pouco habitados e sem nenhuma característica aparentemente especial, se é que é o verbo certo; quero dizer, gostar. Sim, sempre hei de preferir um canto meio esquecido aos vales verdejantes, aos picos ensolarados e majestosos. Meus passeios panorâmicos levariam vocês por ruas sujas onde a roupa lavada pende das janelas e velhos de chinelas e dentaduras ficam olhando quem passa, parados diante da porta. Haveria cães esquivos cuidando da própria vida, e crianças de cara suja brincando por trás do arame farpado num terreno baldio, debaixo de um céu crestado. Os rapazes jogam a cabeça para trás e inflam as narinas para reforçar o olhar truculento, e moças de salto alto e cabelos penteados para cima se exibem enfeitadas, fingindo não ver os passantes, berrando umas com as outras com vozes de papagaio; são sempre as moças que sabem da existência de outro lugar, e dá para ver o quanto desejariam ir para lá. Pode-se sentir o cheiro de latas de lixo, de massa de parede mofada e colchões apodrecidos. Você não quer estar ali, mas ao mesmo tempo alguma coisa dali lhe fala de perto, algo desconfortável que você em parte lembra e em parte imagina; algo que é você e ao mesmo tempo não-você, um presságio vindo do passado.

Por que as sagazes madres haveriam de construir sua sede matriz — madres! matriz! — num lugar semelhante? Talvez a casa, pintada de azul-celeste e com muitas janelas, tão espaçosa quanto uma das prometidas mansões do Céu, tenha sido originalmente projetada com alguma outra finalidade, um alojamento militar, talvez, ou talvez um hospício. O céu nesse dia estava impossivelmente baixo, as nuvens gordas como que apoiadas nas fileiras de chaminés e as gralhas voando baixo em arcos extensos próximos à relva polida pelo vento, aparentemente impelidas para baixo pelo peso daquele céu, e guiando-se pelas pontas esgarçadas das asas.

Irmã Catherine era um corpo miúdo e nervoso com uma tosse de fumante. Eu jamais diria que se tratava de uma freira. Seu cabelo é grisalho como o meu porém mais curto, e seu hábito, se é que posso dizer assim, de corte reto e sarja cinzenta, me parece antes o tipo de traje que bibliotecárias e secretárias menos preocupadas com a elegância costumavam usar no meu tempo. Qual foi o momento exato em que as freiras pararam de ostentar seu figurino? Hoje, precisamos descer muito para o sul, até as terras latinas, para encontrar o original autêntico: as saias pretas e pesadas até o chão, a touca e o capuz, o rosário de madeira de contas grandes preso à cintura inexistente. As pernas dessa pessoa estavam descobertas, seus tornozelos eram grossos.

Por mais que me esforce, não consigo enxergar nela qualquer semelhança com a sua mãe. Está aqui, conta-me ela, tirando férias, a expressão que usou, de sua missão no estrangeiro. Na mesma hora, imaginei uma extensão arenosa debaixo de um sol branco e impiedoso, salpicada de crânios e ossos alvejados, com lascas reluzentes de vidro e metal amarradas a hastes pintadas com tiras de couro. Ela é médica, além de freira — e me lembrei de seu cobiçado microscópio. Seu sotaque, hoje, tem vestígios do Novo Mundo. Fuma um cigarro atrás do outro, da marca Lucky Camels. Ainda usa os óculos de lentes grossas; podiam ter sido comprados na loja do seu pai. Eu lhe conto que Catherine também é, foi, o nome da minha filha. "E também tinha o apelido de Kitty, como eu?" pergunta ela. Não, respondi: Cass.

Há um claustro interior para o qual nos dirigimos, um corredor calçado de pedra e encimado por uma arcada, ao redor dos quatro lados de um pátio de cascalho a céu aberto. No cascalho há palmeiras crescendo em altos vasos torneados de boca estreita, e uma treliça com alguma variedade de trepadeira que floresce no inverno, exibindo botões pálidos e desalentados. Mesmo com meu sobretudo eu sentia frio, mas a irmã Catherine, como imagino que deva referir-me a ela, em seu fino cardigã cinzento, parecia não notar o ar frio nem os dedos gelados e insidiosos do vento.

Parece que estava enganado a respeito de tudo. Ninguém soube da mãe dela e eu. Ela não contou a ninguém o que viu aquela tarde na lavanderia. Acende um cigarro com a mão em concha protegendo o fósforo, e em seguida ergue os olhos enviesados para mim, o que me lembrou a antiga Kitty, sempre desdenhosa e zombeteira. Por que, pergunta ela, eu imaginava que todo mundo soubesse? Mas achei, respondi aturdido, achei que a cidade inteira só falava do comportamento escandaloso da mãe dela e meu por todo o verão. Ela abana a cabeça, desprendendo um floco de tabaco dos lábios. Mas e o seu pai, perguntei, não contou para ele? "O quê — para o meu pai?" diz ela, soltando a fumaça que lhe enchia a boca. "Era a última pessoa a quem eu contaria. E mesmo que eu tivesse contado ele nunca iria acreditar — para ele, Mamãeze não podia ter defeitos." *Mamãeze*? "Era assim que Billy e eu chamávamos a nossa mãe. Você não lembra?" É claro que não.

Continuamos andando. O vento geme em meio às arcadas de pedra. Eu sofro o mesmo travamento que costumava tomar conta de mim nos velhos tempos, debaixo da zombaria de Kitty. E como é esquisito, estar ali com ela depois de todos esses anos, aquela pessoinha calejada que emite baforadas de fumaça como uma antiga locomotiva a vapor e sacode a cabeça, rindo espantada com a minha ignorância e as minhas ilusões. Diziam que ela era delicada; obviamente, estavam enganados. E mesmo, diz ela, e mesmo que tivessem provado ao seu pai que a mulher dele tinha passado meses envolvida com um garoto de — quantos anos eu tinha mesmo na época? — ele não teria feito nada, porque amava Mamãeze com tal desespero, e tamanha veneração desamparada, que admitiria qualquer coisa da parte dela. Quando diz isso, ela não demonstra qualquer rancor em relação a mim, nem minha pessoa de agora e nem minha pessoa daquela época. Não dá sequer a impressão de achar que eu tenha errado. Pelo meu lado, eu suava de vergonha e constrangimento. Reações primitivas de primata.

Mas e Marge, pergunto, parando de chofre ao me lembrar de repente dela, a sua amiga Marge? Sim, diz ela, parando também, o que tem Marge? Ela, certamente, disse eu, deve ter contado o que viu. Irmã Catherine franze o rosto, fitando-me como se eu tivesse perdido a razão. "Como assim?" pergunta ela. "Marge não estava lá." E nisso eu não pude acreditar. Eu tinha visto as duas na porta da lavanderia, e me lembrava claramente da cena, as duas de pé lado a lado, Kitty com suas trancinhas e seus óculos redondos e a gorducha Marge respirando pela boca, ambas olhando fixo daquele jeito obtuso e um tanto intrigado, como um par de *putti* pousados por engano numa cena da crucifixão. Mas não, responde a freira em tom firme, eu estava enganado, Marge não estava lá, era ela sozinha na porta aberta.

Chegamos ao canto do pátio retangular onde uma estreita janela em arco sem vidro, uma seteira, acho que se chama, dá para o pé da ladeira para onde confluem aqueles três caminhos. Dali se veem abarrotados conjuntos residenciais com telhados muito próximos, carros estacionados que parecem besouros coloridos, jardins, antenas de televisão e caixas d'água que brotam como cogumelos. O vento atravessa a fenda na pedra, frio e forte como uma cachoeira. Paramos e nos inclinamos na direção do vão profundo, para sentir no rosto a sensação do seu frescor. Irmã Catherine — não, Kitty, vou chamá-la de Kitty, qualquer outra forma me parece artificial — Kitty protege seu cigarro com o punho e continua a sorrir para si mesma, achando graça da enormidade dos meus enganos, das minhas falsas memórias. Sim, torna ela a dizer alegremente, eu estava enganado a respeito de tudo, tudo. O dia em que ela se deparou conosco na lavanderia não foi o mesmo dia em que a sra Gray partiu para a casa da mãe, a viagem aconteceria um mês mais tarde, mais de um mês, e o sr Gray só iria fechar a loja e pôr a casa à venda muito tempo depois, já na época do Natal. A essa altura, a mãe dela, que tinha passado todo o verão doente, o nosso verão, dela e meu, piorava depressa; todo mundo se surpreendia ao vê-la resistir por tanto tempo. "Por sua causa, provavelmente", disse Kitty, batendo com a ponta do dedo na manga do meu sobretudo, "se isso lhe serve de consolo." Aproximo mais o rosto da seteira e contemplo aquele vale populoso. Tantas, tantas pessoas vivas!

Ela já estava mortalmente doente havia algum tempo, a minha sra Gray, e eu sem fazer a menor ideia. A criança que ela perdera havia dilacerado alguma coisa em seu ventre enquanto nascia, e nessa fissura células enlouquecidas foram se aglomerando, de tocaia, até soar a hora delas. "Carcinoma endometrial", diz Kitty. "Brr" — estremece — "ser médica é saber demais." A mãe dela morreu, continua, no último dia daquele ano. A essa altura meu coração estava recuperado, eu completara dezesseis anos e cuidava de outros assuntos. "Ela morria de frio o tempo todo, naquele mês de setembro", conta Kitty, "e você se lembra do calor que fazia? Todo dia de manhã meu pai acendia a lareira para ela, que passava o dia inteiro ali sentada envolta num cobertor, olhando para o fogo." Solta uma espécie de risinho feroz pelas narinas e abana a cabeça. "Estava esperando por você, eu acho", diz ela, lançando-me um olhar. "Mas você nunca veio."

Damos a volta e retornamos atravessando o pátio. Conto a ela como Billy tinha me atacado naquele dia na Forja, gritando, chorando e tentando me dar socos. Sim, diz Kitty, ela tinha contado a Billy, foi ele a única pessoa para quem contou. Achou que devia isto ao irmão. Não pergunto por quê. Agora estamos caminhando de novo debaixo das arcadas, nossos passos ecoando nas pedras. "Olhe só para elas", diz Kitty, parando e apontando com o cigarro, "essas palmeiras. Que ideia, plantá-las aqui." Billy tinha morrido três anos antes, de algum problema cerebral, um aneurisma, imagina ela. Já fazia muito tempo que não via o irmão, mal sabia quem ele era. Seu pai ainda sobreviveu a Billy por mais um ano — "Imagine só!" Agora estavam todos mortos, e ela era a última da linhagem, cujo nome morreria junto com ela. "Fazer o quê?" diz ela, "o mundo não vai sentir falta de mais esses Grays."

Eu gostaria de ter perguntado por que ela tinha virado freira. Acreditaria naquilo tudo, a manjedoura e a cruz, o milagre da natividade, o sacrifício, a redenção e a ressurreição? Se ela for uma pessoa de fé, em sua versão do mundo Cass estará eternamente viva — Cass, a sra Gray, o sr Gray, Billy, minha mãe e meu pai, e os pais e mães de todo mundo, geração atrás de geração, até os primórdios do Éden. Mas este não é o único céu possível, nem o mais alto de todos. Entre as prodígios de que me falou Fedrigo Sorrán naquela noite de nevasca em Lerici estava a teoria dos mundos múltiplos. Certos sábios acreditam que existe uma multiplicidade de universos, todos presentes, todos existindo ao mesmo tempo, nos quais tudo que pode acontecer acontece. Da mesma forma que na concorrida planície paradísica de Kitty, nessa realidade também, com suas infinitas camadas e ramificações, Cass não morre, a criança que ela esperava nasce, Svidrigailov não vai para a América; em algum lugar, também, a sra Gray sobreviveu e talvez ainda sobreviva, sempre jovem e pensando em mim, como penso nela. Em que reino eterno acreditarei, qual escolherei?

Nenhum deles, posto que meus mortos todos estão totalmente vivos em mim, para quem o passado é um presente perpétuo e luminoso; vivos em mim embora perdidos, salvo na frágil vida póstuma destas palavras.

Se é para eu escolher uma memória da sra Gray, da minha Celia, uma última lembrança de meu depósito repleto, ei-la aqui. Estamos no bosque, no casebre de Cotter, sentados nus no colchão, ou melhor, ela estava sentada enquanto eu me recostava em seu colo com os braços frouxamente enlaçados em torno de seus quadris e minha cabeça apoiada em seu peito. Eu olhava para cima, para além do ombro dela, fitando um ponto onde via o sol brilhando por uma brecha do telhado. Devia ser pouco mais que um furo minúsculo, pois o feixe de luz que deixava passar era muito fino, mas também intenso, irradiando-se em todas as direções, de modo que ao menor ajuste do ângulo da minha cabeça ela produzia uma roda trêmula de chamas ferozes que girava, parava e tornava a girar, como a engrenagem de ouro de um imenso relógio. Percebi que eu era a única testemunha desse fenômeno, gerado naquele ponto insignificante pela conjunção das grandes esferas do mundo — mais, que era eu quem o criava, que era em meus olhos que ele se dava, que ninguém além de mim tinha como vê-lo ou saber da sua existência. Nesse exato momento a sra Gray mudou a posição de seu ombro, tapando a luz do sol, e a roda de raios de fogo deixou de existir. Meus olhos ofuscados ajustaram-se depressa aos contornos de sua sombra pouco acima de mim, e logo o momento do eclipse passou e lá estava ela, debruçada sobre mim, amparando de leve o seio esquerdo com três dedos espalhados e oferecendo-o aos meus lábios como um vaso reluzente e precioso. O que eu via, porém, ou o que vejo agora, é seu rosto abreviado pelo meu ângulo de visão, largo e imóvel, com as pálpebras pesadas, a boca sem sorrir, e a expressão que exibia, pensativa, melancólica e remota, enquanto contemplava não a mim, mas alguma coisa além de mim, alguma coisa muito, muito além.

Kitty levou-me até um canto do claustro, onde se abre uma saída secreta secundária, ou poterna — ah, sim, como eu amo as palavras antigas, como elas me reconfortam. Eu ocupava as mãos com o meu chapéu, com as minhas luvas, de uma hora para outra um velho atrapalhado. Não sabia o que dizer a ela. Trocamos um rápido aperto de mãos, eu me virei, tive a impressão de rolar ladeira abaixo, e logo me encontrava de novo no meio daquelas ruas reles e impuras.

Vou para os Estados Unidos. Encontrarei Svidrigailov por lá? Talvez sim. JB e eu vamos viajar juntos, uma dupla descombinada, eu sei. Confiamos nosso destino à largueza do professor Blank, nosso suposto anfitrião na Axelvanderfest de Arcady, onde me dizem não haver diferença entre as estações. Nossa passagem está reservada, nossas malas estão prontas, estamos ansiosos para partir. Só falta filmarmos nossa cena final, a cena em que Vander se despede de Cora, a trágica jovem que morre por amor a ele. Sim, Dawn Devonport está de volta às filmagens. No final foi Lydia, claro, quem a convenceu a voltar para o mundo dos vivos. Não pergunto a que acordo elas terão chegado no covil daquela cozinha, em meio a libações de chá e às exalações sacrificiais de fumaça de cigarro. Prefiro esperar nas fímbrias da luz enquanto estendem a estrela em sua mortalha e aplicam os últimos retoques à sua maquiagem, e penso, ali parado, antes de me adiantar para debruçar-me e beijar sua testa fria e pintada, que um cenário de cinema lembra acima de tudo um presépio, aquele pequeno espaço iluminado cercado por suas figuras obscuras e atentas.

Billie Stryker também deve partir em breve para uma viagem, indo de Antuérpia a Turim e Portovenere. Sim, contratei-a para retraçar o rastro de gosma que Axel Vander possa ter deixado dez anos atrás ao longo desse trajeto. Mais questões em aberto. As coisas que ela irá desencavar nem me atrevo a pressentir, mas ainda assim quero saber. Temo que muita coisa esteja sepultada para sempre. Ela está ansiosa para partir, afastar-se logo desse marido dela, sem dúvida. Transferi para o seu nome tudo que me pagaram para fazer o papel de Vander nessas últimas semanas. Que uso melhor poderia dar a esse butim infecto? Billie, meu sabujo.

Quando eu era criança também sofria, como Cass, de insônia. Acho que no meu caso eu me mantinha acordado por vontade própria, pois tinha pesadelos e sofria de um medo permanente da morte súbita — nunca me deitava sobre o meu lado esquerdo, eu me lembro, convencido de que, caso meu coração deixasse de funcionar enquanto eu dormia, eu acordaria e sentiria que ele estava parando, sabendo que iria morrer. Não sei dizer que idade eu teria quando essa angústia começou a me atormentar; deve ter sido em torno da época da morte do meu pai. Assim, aumentei o sofrimento da minha mãe enlutada afligindo-a com a minha vigília, noite após noite. Eu implorava que ela deixasse a porta do quarto aberta, para que eu pudesse chamá-la a intervalos curtos e me certificar de que ela também ainda estava acordada. Ao cabo de algum tempo, certamente esgotada por sua própria dor e pela minha insistência impiedosa em importuná-la, ela acabava adormecendo, e eu ficava sozinho, arregalado e com as pálpebas em fogo, encolhido debaixo das sufocantes cobertas negras da noite. E assim ficava, entregue ao terror e à angústia, pelo tempo que conseguia suportar, que não era muito, antes de me levantar e ir para o quarto da minha mãe. O pretexto, convencionado e invariável, era de que eu tinha adormecido e fora despertado por um dos meus pesadelos. Pobre mamãe. Ela não me deixava deitar na sua cama, regra que sempre cumpriu, essa menos regrada das criaturas, mas me passava alguma coisa, um cobertor ou um edredom, para eu abrir no chão ao lado da cama e deitar-me nele. Também tirava uma das mãos de baixo das cobertas e a estendia, dando-me um dos seus dedos para segurar. Com o tempo, depois que esse ritual se transformou na norma e eu passava boa parte de cada noite deitado no chão ao lado da sua cama, agarrado a seu dedo, concebi uma solução própria. Encontrei um saco de dormir de lona no sótão — deve ter sido deixado para trás por algum hóspede — e o guardava num armário, arrastando-o comigo para o quarto da minha mãe, onde me enfiava nele e me instalava no meu lugar, no chão ao lado da cama. Isto continuou meses a fio, até que no final eu devo ter ultrapassado algum obstáculo, entrado numa outra fase, mais robusta, do crescimento, passando a conseguir ficar no meu quarto e dormir na minha própria cama. E então, anos mais tarde, numa noite de angústia logo depois da partida da sra Gray, eu me descobri remexendo no armário em busca do velho saco de dormir e, depois de encontrá-lo caminhei, com soluços abafados, até o quarto da minha mãe, onde o estendi no chão, como antigamente. O que minha mãe terá pensado? Achei que ela estaria dormindo, mas em seguida — será que ela percebeu que eu estava chorando? — ouvi um farfalhar de tecido e sua mão emergiu debaixo dos lençóis, tocando-me no ombro e oferecendo seu dedo para eu segurar, como nos velhos tempos. Fiquei rígido, claro, e me encolhi, fugindo ao seu toque. Depois de algum tempo, ela retirou a mão, virou-se com um suspiro e logo estava roncando. Olhei para a janela. A noite chegava ao fim, a aurora rompia, e a luz, ainda incerta, um fulgor tênue, emergiu no contorno das cortinas. Meus olhos ardiam de tanto chorar, minha garganta estava inchada e dolorida. O que eu achava infindável tinha chegado ao fim. Quem eu amaria agora, quem me amaria? Fiquei escutando o ronco da minha mãe. O ar no quarto estava viciado pelo seu hálito. Um mundo se acabava, em silêncio. Olhei novamente para a janela. A luz que orlava a cortina tinha ficado mais forte, uma luz que tremulava ao mesmo tempo em que ficava mais forte, e era como se algum ser radioso avançasse para a casa pela relva cinzenta e pelo pátio coberto de musgo, com as grandes asas frementes bem abertas; e esperando sua chegada, sempre à espera, imergi sem perceber no sono.

Este livro, composto na fonte fairfield,
foi impresso em pólen soft 80 g na Imprensa da Fé.
São Paulo, Brasil, maio de 2013.